W0215689

Für Peter Jacob.

Mauricio Borinski

Arschloch!

1. Auflage, Juli 2010

Lektorat: Marion A. Müller,
Fotografien: Moritz Becker
Satz, Layout: Thomas Manegold

Druck & Bindung: META Systems, Wustermark, Deutschland

Periplaneta - Verlag und Mediengruppe
Marion Alexa Müller
Postfach: 580 664
10415 Berlin

www.periplaneta.com

ISBN: 978-3-940767-56-1

Mauricio Borinski

Arschloch!

TOTENGRAEBER

„Glauben Sie, dass die Menschen sich zu allen Zeiten gegenseitig umgebracht haben, wie sie es heutzutage tun?"...
„Glauben Sie", stellte Martin die Gegenfrage,
„dass die Sperber von jeher Tauben gefressen haben,
wenn sie solche fanden?" – „Selbstverständlich", gab Candide zu.
„Nun also", versetzte Martin, „wenn Sperber zu allen Zeiten
die gleichen Gewohnheiten hatten, warum sollen die Menschen
die ihren geändert haben?"
Voltaire „Candide"

PROLOG

Die Tür geht auf und das Licht geht an und in dem hell erleuchteten Spiegel vor mir, an dem an beiden Seiten jeweils drei 100 Watt Lampen angebracht sind, erkenne ich eine Frau, die so aussieht wie Claudia Schiffer. Sie trägt einen kurzen weißen Kittel mit tiefem Ausschnitt, schwarze, spitz zulaufende Stiefel und hat ihre langen Haare zu einem Zopf zusammengebunden. Sie kommt langsam auf mich zu und stellt sich neben mich. Ich kann ihr Parfüm riechen, einen strahlend frischen Hauch von Ewigkeit für die feminine, moderne Entdeckerin. Sie streicht mir über meine unrasierten Wangen und dreht sich zum Spiegel. Ihre unter dem Kittel deutlich hervortretenden Brüste spiegeln sich direkt vor mir. Ich schätze ihre BH-Größe auf 75 C. Ich kann sogar die Farbe des BHs im Spiegel erkennen. Frau Schiffer trägt schwarze Spitze. Sie lächelt mich mit ihren makellosen Zähnen an, aber ich sitze regungslos auf meinem fixierten Stuhl, schaue in den Spiegel und erwidere das Lächeln nicht. Jetzt hat sie einen Rasierer in ihrer rechten Hand, die in perfekt manikürten und klar lackierten Fingernägeln endet. Seine optimale Ergonomie und die gute Griffigkeit der Oberfläche ermöglichen ihr eine sichere Handhabung. Sie stellt sich hinter mich und berührt mit ihren Brüsten leicht meinen Hinterkopf, hält meinen Kopf fest und setzt den Rasierkopf an. Der Gleitstreifen ist mit Aloe Vera und Vitamin E angereichert und die Klingen gleiten sanft über das Gel mit innovativer, hautpflegender, feuchtigkeitsspendender Rezeptur für den unkonventionellen und experimentierfreudigen jungen Mann von heute. Das macht jede Rasur, speziell für empfindliche Haut, zu einem wohltuend sanften Erlebnis und durch das verwendete Black Pepper Öl erhält man seine besondere, individuelle, frisch-würzige Note. Nach und nach verschwindet der Schaum von meinem Gesicht. Meine Stoppeln landen in dem weißen Waschbecken vor mir und vermischen sich mit dem Wasser. Jetzt ist sie über meinen Lippen angekommen, wo die acht asymmetrisch angeordneten Schutzbügel die Haut dort optimal schützen, wo beim Rasieren der Druck am

größten ist, nämlich in der Klingenmitte. Der präzise arbeitende Schwingkopf sorgt dafür, dass die Klingen jederzeit im perfekten Winkel zur Haut stehen, wodurch eine besonders schonende und gründliche Rasur erreicht wird. Selbst am Kinn. Ein paar Minuten später sind meine Wangen glatt rasiert. Wie ein Babypopo. Wie man so schön sagt. Frau Schiffer streicht kurz drüber, dann läuft sie rüber zur Badewanne, beugt sich runter und lässt Wasser in die Wanne laufen. Ich kann deutlich erkennen, dass sie einen schwarzen Stringtanga trägt.
Wie bin ich hierher gekommen?
Sie wartet bis das Wasser die richtige Temperatur erreicht hat, dreht den Hahn zu, gibt etwas von dem Schaumbad in die Wanne, schnappt sich ein frisches Handtuch aus dem Regal und kommt wieder zurück zu mir. Ich schließe die Augen und einen Moment später spüre und rieche ich das Handtuch auf meinem Gesicht. Es ist weich und duftet wie eine Waldwiese im Frühling, allerdings ohne Allergene, deswegen wunderschön. Sie steht hinter mir, als sie mir das Handtuch von den Augen nimmt. Ihre Brüste direkt hinter meinem Schädel. Sie entfernt die restlichen Spuren des Rasierschaums, wäscht mein Gesicht mit lauwarmem Wasser ab und trocknet es anschließend. Ich habe freie Sicht auf mein Spiegelbild und muss plötzlich an alte Bekannte denken. Die sagten mal, ich hätte was von Dean Cain, dem Superman-Darsteller in der Fernsehserie, die Mitte der 90er ausgestrahlt wurde. Aber sie irren sich. Und dann fällt mir wieder ein, wie ich hierher kam, ...

TEIL 1

„Ich liebe diese Welt nicht. Ich liebe sie ganz entschieden nicht.
Die Gesellschaft, in der ich lebe, widert mich an;
die Werbung geht mir auf die Nerven ...
Dieser Welt mangelt es an allem..."
Michel Houellebecq „Ausweitung der Kampfzone"

03.01.2005

Ich trete das Gaspedal durch und werde in die Rückenlehne meines schwarzen Ledersitzes gedrückt. War ein echter Glücksgriff meiner Mutter, als sie mir das Lotterielos schenkte, damals nur ein paar Tage nachdem ich den dritten Wagen, den ich von meinen Eltern bekommen hatte, zu Schrott gefahren hatte. Ich schalte in den zweiten Gang. Schon bin ich auf 70. Hoffentlich komme ich jetzt ohne weitere Probleme durch. Das wäre mal was. Ich passiere die Bahnunterführung, die eine leichte Linkskurve macht und bei diesem Tempo das Highlight der Hinfahrt ist. Auch nach der Kurve ist kein Auto vor mir. Nicht zu fassen. Ich trete auf das Gaspedal bis mein Tacho 100 anzeigt und donnere über die Straßenkreuzung am Albersloher Weg. Kurz vor der Watusi Bar setze ich den Blinker, gehe voll in die Eisen und biege rechts ab, fahre direkt auf das Pierhouse zu, dann geht es nach links, vorbei am ehemaligen Dockland und am Beach, der im Sommer der schönste Ort der Stadt ist und an dem ich gerne mein Feierabendbierchen trinke. Gleich dahinter beginnen die Osmohallen, Industrieanlagen, die leer stehen und von einem Insolvenzverwalter an Gastronomen verpachtet werden. Bin gespannt was dort entsteht. Im nächsten Jahr haben wir die Fußball-WM im eigenen Land. *Die Welt zu Gast bei Freunden.* Menschenaufläufe wie bei den Nazis und wenn dann ein Tor fällt, dann heben wir nicht nur einen, sondern gleich zwei Arme. Das wird bestimmt der Hammer. I like it jetzt schon.

Direkt hinter den Hallen befindet sich der Parkplatz meines Arbeitgebers und einen Moment später stehe ich zwischen Annes roten Nissan Primera und dem blauen Opel Corsa, der Yasmin gehört. Ich werfe einen Blick in den Rückspiegel und begutachte meine Frisur. Ich hätte mir ein bisschen mehr Mühe geben sollen, aber leider hatte ich nicht viel Zeit. Naja, vielleicht ab morgen. Dann sitzt auch die Frisur. Selbst bei den Zotteln, die ich momentan habe. Ich muss dringend mal wieder zum Friseur und auf die blonden Strähnen habe ich mittlerweile auch keine Lust mehr. Ich steige aus und als ich über den Parkplatz laufe und meinen Wagen lässig per Fernbedienung abschließe, fällt mein Blick auf mein Nummernschild. **MS-MB-69**. MB sind zum einen meine Initialen, zum anderen stehen sie für >My Balls<. Meine Karre. Meine Eier. Ich betrete die Eingangshalle und rufe den Fahrstuhl. Einen Moment später sehe ich, wie er durch die Decke saust. Die Tür öffnet sich, niemand kommt mit ihm herunter, ich betrete ihn. Im Fahrstuhl riecht es nach Furz. Die Tür schließt sich und dann geht es auf in die letzte Etappe vor dem Ziel. Meinem Arbeitsplatz im Callcenter. Ich bin Teil eines freundlichen Teams, das aus mehr als 50 jungen, hochmotivierten Mitarbeitern besteht, von denen jeder seine individuellen Fähigkeiten und Interessen einbringt. Wir verkaufen Spielzeug, Fan-Artikel, Postkarten, Poster, Kostüme, Masken, Partyzubehör und ein paar elektrische Geräte für den privaten DJ Bedarf. Der Spaßfaktor in unserem Job ist riesig, jedenfalls wenn man unseren Katalog aufblättert und einen Blick auf die tollen Fotos wirft. In Wahrheit sieht es anders aus. Ungefähr so wie in jeder anderen Firma. Ziemlich beschissen. Mit Spaß hat das nichts zu tun. Es ist sicherlich kein Zufall, dass es im Fahrstuhl bis zum Himmel stinkt. Auf der dritten Etage kommt er zum Stehen, die Tür öffnet sich, ich atme tief durch, gehe ins Callcenter und schicke ein lautes >Frohes Neues< durch das mit Neonlicht geflutete Großraumbüro. Ich gehe vorbei an weißen halbhohen Trennwänden und in meine Zelle, die neben einem Schreibtisch mit Schubladenelement auch noch einen Computer zu bieten hat. Ein FHM Kalender und ein riesiges Foto von den Alpen geben den billigen weißen Kunststoffplatten etwas Heimeliges.

Ich setze mich auf meinen Drehstuhl und fahre meinen Computer hoch, ziehe meine Jacke aus, hänge sie an meinen Haken an der Trennwand und hole mir schnell eine Tasse Kaffee, denn sonst geht gar nix. Als ich wieder an meinen Arbeitsplatz komme, ist es soweit: Es ist 8 Uhr, 58 Minuten, 47 Sekunden, als ich mich einstempele. Grade noch rechtzeitig. Ich wähle mich ein, sodass ich Kunden bedienen kann und einen Moment später klingelt auch schon das Telefon. Ich setze mein ultraleichtes Design-Headset auf, das ausgezeichnete Klangqualität bietet. Ich habe überhaupt keine Lust, aber als ich das Gespräch annehme, bin ich freundlich wie immer.

„Herzlich willkommen bei Lift. Mein Name ist Moritz Becker. Wie kann ich Ihnen weiterhelfen?“, sage ich in dem Ton, der mir während der zahlreichen Verkaufsschulungen beigebracht wurde. Der Ronny aus Hoyerswerda ist am anderen Ende der Leitung und will wissen, was mit seiner Bestellung ist. „Du hast vor zwei Wochen etwas bei uns bestellt und es ist immer noch nicht angekommen? Das gibt‘s doch gar nicht!“

„Guten Morgen, Thomas“, rufe ich meinem Arbeitskollegen und Zellennachbarn Thomas Blender zu, der unglaubliche Ähnlichkeit mit Oliver Pocher hat und heute ein paar Minuten zu spät zu seiner Schicht eintrifft.
„Guten Morgen Moritz und frohes neues Jahr!“
„Danke dir auch!“
Er zieht seine schwarze Jacke aus, hängt sie an seine Garderobe, wirft sich auf seinen Stuhl und schaltet den Computer ein. Einen Augenblick später kann ich sein Parfüm riechen, mit dem er heute Morgen offensichtlich unbescheiden umgegangen ist. Die ganze Bude stinkt nach einem kraftvollen und männliche Ausstrahlung verkörpernden Eau de Toilette, das überhaupt nicht zu diesem Blender passt.
„Und, alles klar bei dir?“, frage ich. Danach folgt das übliche Gefasel. Was hast du Silvester gemacht? Was für Vorsätze hast du für das neue Jahr? Wie war dein Urlaub, dein Weihnachtsfest und wann kommt endlich besseres Wetter? Ich erzähle ihm alles, außer der Wahrheit. Die wirft schlechtes Licht auf mich, da bin ich mir sicher.
Als er sich einloggt, klingelt mein Telefon, ich nehme das Gespräch an und sage dem Kunden, dessen Name ich nicht verstanden habe, dass das von ihm erwünschte Produkte leider nicht auf Lager ist. Kurze Zeit später lege ich wieder auf. Thomas hat sich inzwischen eingewählt. Wurde aber Zeit und obwohl zwei Kunden in der Warteschleife ihre Runden drehen, wähle ich mich sofort aus und gehe rüber zu Daniela Schneider, die irgendwie so aussieht wie Anke Engelke und seit ein paar Minuten an ihrem Arbeitsplatz sitzt. Sie hat ihre Ausbildung in der Chefassistenz gemacht und

ist übernommen worden. Sicherlich wegen ihres Arsches, denn ihre Fähigkeiten sprechen nicht unbedingt für sie. Kurz vor Weihnachten ist sie ins Callcenter versetzt worden. Bisher habe ich sie noch nicht gevögelt, aber das ist nur eine Frage der Zeit.
„Guten Morgen Daniela, na, alles klar bei dir?"
„Hi Moritz! Ja, alles bestens. Frohes Neues!"
„Frohes Neues! Und?"
Ich nehme rittlings auf dem Drehsstuhl platz und rieche ihr Parfüm. Ein zarter Rosenduft, den ich auch einer meiner Exfreundinnen zum 23sten Geburtstag geschenkt habe.
„Was hast du Silvester gemacht?"
„Ich war bei ein paar Freunden auf einer Techno-Party", antwortet sie. „Und du, was hast du gemacht?"
Auch ihr erzähle ich alles. Und alles ist erlogen.
„Sag' mal, weißt du schon, wo du zu Mittag essen möchtest?"
„Nein, bisher noch nicht, aber wir können gerne zusammen irgendwohin fahren!"
„O.K."

Gleich nach der Mittagspause, verschwinde ich auf dem Herrenklo, auf dem es nach einer ordentlichen Wurst riecht. Irgendwer hat hier vor kurzer Zeit mächtig Müll abgeladen und dann nicht einmal das Fenster geöffnet. Das hab' ich ja gerne. Ich öffne ein Fenster, schließe mich in einer Kabine ein, öffne meine Hose und schon springt mein Pimmel hervor. Hatte während des Essens die ganze Zeit über eine Latte, weil Daniela mir im Restaurant gegenüber saß. Sie regte sich über unsere Chefin Anne auf und ich starrte ihr so unauffällig wie möglich auf ihre dicken Titten. Während ich ihn mir abrubbele, krame ich mein Handy aus der Hosentasche, schalte die Kamera ein und filme, wie ich auf die Klobrille spritze. Ich wische mein Erbmaterial mit grauem Klopapier weg und als ich kurze Zeit später wieder ins Großraumbüro komme, werfe ich einen Blick auf die große, rot leuchtende LCD Anzeige. Acht Mitarbeiter sind eingewählt und kein Kunde wartet in der Warteschlange. Das ist doch mal eine gute Nachricht. Es ist glücklicherweise ruhig und ich kann nun endlich die Idee, die mir seit dem Tsunami im Kopf rumschwirrte, in die Tat umsetzen. Sicherheitshalber wähle ich mich aus, denn dann habe ich Ruhe. Ich starte Microsoft Word und nach einer halben Stunde habe ich es geschafft. Meine Einladung klingt super. Hätte auch aus der Feder meiner Mutter stammen können. Die macht so was ja andauernd. Immer wenn es irgendwo Not und Elend gibt, ist sie an vorderster Spendenfront. Sie feiert die Waldbrände in Australien. Die Sturmflut in Südeuropa. Den Taifun in Birma. Den Vulkanausbruch auf Indonesien. Die Lawinen in den Alpen und den auf Grund gelaufenen Öltanker. Auf Benefiz-Veranstaltungen mit B-, C- und Doppel-D-Promis spendet sie Geld an Hungerleidende und Kranke, für Bürgerkriegsopfer, Katastrophenopfer und Kinder aus einem Land, bei dem das jährliche Pro-Kopf-Einkommen unter dem Preis eines drei Gänge Menüs bei ihrem Lieblingsitaliener liegt.

Hinter dem Werbetext für meine Party erkennt man noch ein leicht durchscheinendes Bild einer geilen Fete. Mit Menschen, die ihre Hände in die Luft strecken. Auf der zweiten Seite der Einladung eine Tabelle, auf der sich alle Teilnehmer eintragen können, damit ich vorplanen kann. Ich will nicht unnötig Geld ausgeben, das wäre viel zu schade, es soll bei den richtigen Leuten ankommen. Da muss gut kalkuliert werden. Ich sende den Druckauftrag durch das Netzwerk, zünde mir eine Zigarette an, laufe rüber zum Drucker und schnappe mir den Aushang.

Liebe Kolleginnen und Kollegen,

Aufgrund der schweren Naturkatastrophe in Asien, bei der rund 250.000 (!) Menschen getötet wurden und knapp 2 Millionen Menschen das Dach über ihrem Kopf verloren haben, wollte ich euch am Samstag, den 29.01.2005, zu einer kleinen Party zu mir in die Wohnung einladen. Zweck des Abends ist, Spenden zu sammeln, die einer karitativen Organisation zukommen sollen. In Anbetracht der immer noch (!) katastrophalen Lage in der Region, würde ich mich über eure Teilnahme freuen.

The world needs you!!

Euer Moritz

P.S.: Dresscode: White ☺ für eine saubere Welt…

Nirgendwo ein Rechtschreibfehler. Super. Ich bin stolz auf mich und muss an den ersten Bericht der Naturkatastrophe denken, den ich im Fernsehen sah. Holla – hier ist etwas zu holen, schoss es mir durch den Kopf. Einen Versuch kann man ja mal wagen und nun ist es soweit. Ein paar Sekunden später klebt mein Aushang bombenfest am Schwarzen Brett und als ich wieder auf meinem Drehstuhl sitze, muss ich das Ganze nur noch per Rundmail an alle Mitarbeiter und den Chef verschicken.

04.01.2005

Pünktlich um 11 Uhr mache ich meine Frühstückspause. Ich esse meine Schweinskopfsülzebrötchen, trinke eine Tasse Kaffee, erstelle einen neuen Avatar und logge mich in meiner Community ein. Als >Sir Hilary Bray<, ein 74-jähriger pensionierter Kritiker, chatte ich mit einem 28-jährigen Biologen, der sich >Marc Ange Draco< nennt, höchst verächtlich von unseren deutschen Dichtern denkt und ein Buch über einen Callcenteragenten schreibt, der gerne Porno-, Nonsens-, Gewalt- und Kunstfilme dreht. Was die deutschen Dichter angeht, ist das kein weiteres Unglück, aber die Story, an der er arbeitet, klingt verdammt langweilig. Er sollte es gleich sein lassen. Die Mühen sind umsonst. Kunst ist schön, macht aber viel Arbeit.
Da ich keine Lust habe zu arbeiten, erstelle ich gleich noch einen Avatar und als ich mit einer Frau chatte, die sich >Anya Amasova< nennt und Literaturwissenschaften studiert, gebe ich mich als verkappter Schriftsteller aus, der an einem Skandalroman arbeitet.

anya amasova: 11.47.32
haben Sie denn auch bedacht, dass die unsittlichen worte >arschficken< und >muschi< auf den ersten 10 seiten oder allerspätestens im 2. kapitel 3 x vorkommen müssen, da alle gute dinge 3 sind und es sich nur dann um einen echten skandalroman handelt?

professor dent: 11.47.51
nein, bisher noch nicht. >arschficken< und >muschi< sind worte, die mich langweilen, selbst wenn nichts über >arschficken< und >muschi<

geht. aber vielen dank für den tipp.

anya amasova: 11.48.11
ein weiterer geheimtipp: beschreiben Sie den geschlechtsverkehr zwischen erwachsenen und kindern, die kurz vorher noch gesäugt wurden. desweiteren sollten Sie sich näher mit flatulenzen beschäftigen. da sollte eine beschreibung von mindestens einer halben seite vorliegen. diese detailverliebtheit sollte auf alle vorgänge unterhalb der gürtellinie übertragen werden.

professor dent: 11.48.36
das sollte für mich kein problem darstellen, denn nichts kenne ich so gut wie laute und leise flatulenzen. zudem besitze ich als mann schließlich den vorteil, dass sich mein hirn in dieser region befindet.

Gegen 16 Uhr werde ich rüber zu Anne gerufen. Sie teilt mir mit, dass meine Umsatzzahlen mit Abstand die schlechtesten sind und dabei fällt mir auf, dass sie irgendwie aussieht wie Sarah Kuttner. Sie erinnert mich daran, dass mein Job auf dem Spiel steht. Es gibt einige, die besser verkaufen als ich. Das glaube ich gerne. Aber was kann ich dafür, dass nur Idioten zu mir durchgestellt werden.
„Ich werde mich bessern! Ich versprech‘s!“, gelobe ich, dann erkundige ich mich nach dem Arbeitsplan.
„Den muss ich noch machen. Ist morgen Früh fertig.“
Morgen Früh ist der Arbeitsplan also fertig. Das will ich aber hoffen. Ich will endlich wissen, wann ich in der nächsten Woche arbeiten muss. Die braucht vielleicht immer lange. Als wäre das so schwer. Die wird schon sehen, was sie von ihrer Unfähigkeit hat. Ich lasse mir das nicht mehr lange bieten.
Als ich auf dem Weg zurück an meinen Arbeitsplatz bin, winkt Daniela mich zu sich. Sie bietet mir einen Sitzplatz an und ich setze mich rittlings auf den Drehstuhl. Sie hat - genau wie ich an meinem Computer - ein kleines Fenster geöffnet, in dem sie sehen kann, welche Bekannten gerade online sind.
„Du chattest während der Arbeit?“, sage ich und entdecke ihren Chatnamen. Sie heißt >honey rider<.
„Ja, ähm, wieso?“
„Dann lass dich bloß nicht erwischen!“

„Ich pass schon auf! Aber verrat mich nicht!“

„Quatsch!“, sage ich und schüttele den Kopf. „Mach dir keine Sorgen. Ich glaube das macht hier jeder.“

Daniela öffnet ein weiteres Browserfenster per Doppelklick, dann tippt sie eine Adresse ein und sagt: „Ich zeig‘ dir mal was!“

Einen kurzen Moment später zeigt sie mir das Profil eines Mitglieds, das sich >mayday< nennt. Ich werfe einen Blick auf das Foto, das in dem Profil abgespeichert ist und erkenne darauf meine Abteilungsleiterin.

„Anne Weißer?“

„Ja. Und jetzt lies dir mal das Profil durch“, sagt Daniela. Sie nimmt ihre Tasse Tee in die Hand, überfliegt die Zeilen und kann sich vor Lachen kaum auf ihrem Drehstuhl halten.

Da mein Telefon klingelt, muss ich zurück an meinen Platz, aber gleich nach dem Kundengespräch nehme ich Annes Profil etwas genauer unter die Lupe. Es dauert nicht lange, bis ich alles gelesen habe. Ich logge mich aus und fahre langsam mit den schriftlichen Bestellungen fort. Bis Feierabend habe ich knapp die Hälfte des Stapels abgearbeitet. Die andere Hälfte jage ich durch den Aktenvernichter. Dann kann sie auch kein anderer verkaufen.

Plötzlich steht Michael Weise, der irgendetwas von Johnny Depp hat, an meinem Arbeitsplatz.

„Hi Moritz!“

„Michael, was geht so bei dir? Wie war dein Urlaub?“, frage ich und reiche ihm meine Hand.

„War super.“

„Cool. Und wie war es in Bolivien?“

„Bolivien? Ich war in Brasilien!“

„Ach so! Und wie war‘s?“

„Klasse! Es war super, echt. Die Leute waren alle so nett! Und gutes Wetter.“ ... Ach ja, gutes Wetter.

Nach einer kurzen Pause sagt er: „Kann ich noch eine Kippe von dir haben?“

„Ich habe leider keine mehr. Die Schachtel ist leer“, sage ich und werfe die Zigarettenschachtel, die sich auf meinem Schreibtisch befindet, in den Mülleimer.

„Naja, kann man nichts machen.“
Kurz danach verabschiedet er sich von mir und verschwindet aus dem Callcenter. Ich packe meine Sachen, hole die Zigarettenschachtel, die noch fast voll ist, aus dem Mülleimer und mache mich auf den Weg in die Stadt. Es gilt zwei Sachen zu erledigen: Ich muss zum Friseur, meine Haare sollen stufig geschnitten und die blonden Strähnen durch Schwarze ersetzt werden, zu Jahresbeginn muss ein neuer Look her und außerdem möchte ich zu einer Tierhandlung und mir ein kleines Haustier zulegen. Ein Kaninchen oder ein Meerschweinchen oder einen Hamster oder ähnliches, ganz genau weiß ich es noch nicht. Jedenfalls hätte ich gerne ein Tier mit dem ich mich ein bisschen beschäftigen kann. Ich kenne das ja noch von früher und ich habe mich schon lange nicht mehr um ein Tier gekümmert. Früher hat es immer viel Spaß gemacht und vielleicht hilft es gegen die Langeweile. Damit mache ich was für das Heimkino.

07.01.2005

Susan Stahnke, mein neues Meerschweinchen, hat die letzten Tage ohne Nahrung im Kühlschrank verbracht. Sie fiept, als ich den Karton anhebe und ihn auf den Küchentisch stelle. Ich ziehe mir Lederhandschuhe über, stelle meine Kamera auf und filme, wie ich den Karton öffne und ihr die Freiheit schenke. Langsam tritt sie aus dem Karton und läuft schnuppernd über meinen Tisch. Ich schnappe mir meine Kamera und mache mehrere Schwenks über sie hinweg, fast so als würde ich in einem Helikopter sitzen und über eine rennende Büffelherde fliegen. Nach mehreren Runden wie ein Geier über seiner Beute, stoppe ich die Aufnahme und wähle einen anderen Blickwinkel. Die Bodenperspektive, in der ich mir vorkomme wie Heinz Sielmann. Susan entdeckt die Kamera und ich filme sie dabei wie sie an meinem Objektiv schnüffelt, aber nach kurzer Zeit das Interesse verliert und rechts aus dem Bild verschwindet. Ich locke sie mit ein paar Kellogg‘s Smacks auf ein Küchenbrett und als sie auf dem Brettchen ist, halte ich es an die Luke meiner Waschmaschine. Mit der anderen Hand filme ich das

Geschehen. Susan tastet sich langsam voran. Sie sucht rechts und links nach einem Ausweg. Da ist der Boden, etwa 50 Zentimeter unter ihr. Nach vorne gibt es bloß das metallene Innere der wäscheschonenden Trommel. Als sie ein paar Zentimeter vor der Öffnung steht, schubse ich sie hinein und schließe die Luke. Ich kippe Waschmittel in die Maschine, wähle das Waschprogramm 95°C Kochwäsche, stelle das Stativ auf und richte die Kamera so aus, dass sie die Luke voll im Bild hat. Während die Maschine anheizt und meine Kamera alles sorgfältig aufnimmt, setze ich mich auf einen meiner Stühle und beobachte das Geschehen. Susan fiept wie am Spieß. Aber hier gibt's kein Entrinnen. Ganz egal wie du schreist! Sie fiept weiter und dabei dreht sich die Trommel noch gar nicht. Sie füllt sich bloß mit Wasser. Ganz langsam und das Fiepen hört erst irgendwann während des ersten Waschgangs auf, als die ersten weißen Luftblasen zu sehen sind. Susan rutscht dann nur noch hin und her und ich schalte das Programm vor, auf Schleudern mit 1400 Umdrehungen in der Minute.
Nach dem dritten Schleudergang öffne ich die Luke und hole Susan heraus. Sie ist warm und riecht wunderbar nach Ariel. Aber ein Schuss Weichspüler wäre auch nicht schlecht gewesen. Ich lege sie in eine Schüssel und schütte Cola hinein. Richtig viel. Dann stelle ich die Kamera auf das Stativ und nehme auf, wie sich Susan in der Phosphorsäure auflöst.
Da es nicht so schnell geht wie in den Horrorfilmen, setze ich mich drüben im Wohnzimmer auf mein schwarzes Ledersofa, schalte den Fernseher ein, schaue mir eine Reportage über Seemöwen an und schnappe mir einen Stift und ein Blatt Papier. Jetzt geht es mit dem Brainstorming für meine Party los. Es soll ein reichhaltiges Buffet geben, einen roten Teppich, Spezialdeko, Cocktails, Bier und weitere Alkoholika. Nachdem ich alle Punkte notiert habe, setze ich mich an meinen Laptop, bestelle mir im Internet Palmen und logge mich gleich danach in meiner Community ein.
Um drei Uhr nachts, nachdem ich stundenlang unter falscher Identität mit fremden Menschen aus aller Welt gechattet und mir hunderte von Videoclips angesehen habe, hat sich die Phosphorsäure immer noch nicht über Susan Stahnke hergemacht.

Also beschließe ich, das Experiment abzubrechen. Es langweilt mich. Die Cola landet im Ausguss, Susan neben alten Pizzaresten im Biomüll und die Kameraaufnahme auf meiner externen Festplatte mit USB-Anschluss. Ich mache mich bettfertig und starte eine Pornoszene, in der es eine Frau, die irgendetwas von Sonya Kraus hat, auf irgendeiner Landstraße mit zwölf Typen treibt, die den Hells Angels ähnlich sehen. Als die Cumshot-Session beginnt, öffne ich den Sicherheitsverschluss der Tupperdose und nehme den Deckel ab. Wenn die voll ist, dann habe ich genau soviel, wie ich für mein Zaziki benötige und um diesen Punkt der angefertigten to-do Liste so schnell wie möglich abzuhaken, wichse ich mir gleich noch einen.

10.01.2005

Nachdem ich meinen Schreibtisch aus jedem erdenklichen Winkel gefilmt habe, mache ich einen Schwenk über die Tastatur am Flachbildmonitor entlang zum Aktenvernichter, durch den ich noch eine Kundenanfrage jage, um mehr Authentizität von meiner Arbeit zu vermitteln.

Anschließend zoome ich auf Thomas, der seine Tasche packt.

„Hey Thomas!“

„Was ist?“

„Komm‘ stell‘ mal das Callcenter vor und ich filme dich dabei!“

„Wieso?“

„Ich will einen Film für meine Freundin machen. Damit sie weiß, wie ich arbeite!“, sage ich, obwohl ich keine Freundin habe, aber das muss ja keiner wissen.

„Hab‘ kein Bock drauf. Außerdem habe ich jetzt Feierabend.“

„Dann eben nicht!“, sage ich und filme wieder meinen Arbeitsplatz. Ich halte die Kamera auf Kopfhöhe und mache über den Trennwänden einen Schwenk durch das mit Neonlicht durchflutete Großraumbüro. Ich filme, wie Thomas das Callcenter verlässt. Die Eingangstür schwingt wunderbar vor und zurück und als sie stillsteht ist das Firmenlogo voll im Bild und dank des digitalen Bildstabilisators wackelt es auch kaum. Nach zehn Sekunden beginne ich mit meinem Weg durch das Großraumbüro. Bis zu Danielas Arbeitsplatz filme ich aus der Hundeperspektive - Deutsche Dogge, nicht Rauhaardackel - entlang an den Trennwänden. Das schwenkbare Kameradisplay nach oben gedreht, um das Bild stets kontrollieren zu können, was alles andere als leicht ist, denn der Weg gleicht mit all seinen Schikanen, den Yucca-Palmen, Drehstühlen und Tischbeinen einem anspruchsvollem Hindernisparcour. Trotz ruhiger Hand bin ich mir sicher, dass ich diese Kamerafahrt nicht eins zu eins in meinen Film übertragen kann, was echt schade ist, denn ich liebe solche langen Kamerafahrten. Nach drei Yucca-Palmen, die mal wieder etwas Wasser vertragen könnten und acht Tischbeinen erreiche ich Danielas Arbeitsplatz. Sie hat einen Kunden an der Strippe und als sie mich mit der Kamera in der Hand sieht, nimmt sie ihren Zeigefinger in den Mund und lutscht dran rum. Ich habe sofort einen Steifen in meiner Hose, vielleicht weil ich solche Szenen schon oft genug in Pornos gesehen habe und weiß woran die Darstellerinnen dann als nächstes lutschen.

„Ich habe einen Kunden in der Leitung!“, flüstert sie. Ich gehe ein paar Schritte zurück, zoome auf ihre Titten und dann kurz auf ihr Gesicht. Sie lächelt in die Kamera, verabschiedet sich freundlich vom Kunden, knallt den Hörer auf und dann gehe ich ganz nah an sie ran.

„Was machst du?“, fragt sie.

„Ich mache einen Film für meine Freundin! Über meine Arbeit.“

„Du hast eine Freundin?“

„Ja, seit Ende letzten Jahres. Da wir eine Fernbeziehung führen, möchte ich ihr zeigen wie und mit wem ich arbeite.“

„Nicht, dass sie eifersüchtig wird, wenn sie mich sieht.“

„Nee, nee, die ist schon ganz entspannt!“

Ihr Telefon klingelt erneut, sie nimmt das Gespräch an und ich laufe zu den anderen Mitarbeitern. Michael schickt sogar einen extra dicken Gruß an meine imaginäre Freundin Petra, was ich sau korrekt finde.

Als ich wieder an meinem Arbeitsplatz bin, gönne ich mir eine Pause, bis zum Feierabend ist es zwar noch etwas mehr als eine

Stunde hin, aber es lohnt sich gar nicht, jetzt noch was zu machen. Da die Zeit allerdings nicht vergeht, mir die Minuten vorkommen wie Jahre und ich nicht weiß was ich machen soll, erstelle ich einen neuen Avatar und logge mich in meiner Community ein. Etwa eine Viertelstunde nachdem ich einen Chatroom betreten habe, werde ich gefragt, ob ich vor meiner Webcam masturbieren könne. Mein Chatpartner, angeblich ein Berliner Jesuiten-Heimleiter, ist bereit, 50 Euro auf mein Konto zu überweisen, wenn ich ihm ein Live-Video zukommen lasse. Ich lehne jedoch mit der Begründung ab, ich hätte keine Webcam und logge mich kurze Zeit später aus der Community aus. So direkt war bisher noch niemand, aber vielleicht lag es daran, dass ich mich in meinem neuen Profil zu ersten mal als zehnjähriger Junge und Sohn einer alleinerziehenden, alkoholkranken und depressiven Mutter ausgegeben habe.
Ich logge mich kurze Zeit später wieder ein. Diesmal als >james bond 0007<. In seinem Profil steht, dass er im wahren Leben Markus Geier heißt. Leider existiert er im wahren Leben überhaupt nicht. Mehrere Community-Mitglieder haben Nachrichten für mich hinterlassen. Einer gratuliert mir zu meiner tollen Seite. Ein anderer richtet mir liebe Grüße aus. Ein weiterer will, dass ich seiner Seite mal einen Besuch abstatte und einer ist merkwürdigerweise der Meinung, dass er gemeinsam mit Markus zur Schule gegangen ist. Ich sehe, dass Daniela online ist und schicke ihr eine Sofortnachricht. Markus und sie haben sich vor ein paar Tagen bereits kennengelernt. Sie wird sich bestimmt freuen.

james bond 0007: 18.53.15
hallo miss honey! wie geht es Ihnen? wie haben Sie Ihr wochenende verbracht?

Ich warte eine ganze Weile auf die Antwort, aber nachdem ich einen Blick rüber an Danielas Arbeitsplatz geworfen habe, weiß ich, dass sie verhindert ist und mit einem Kunden telefoniert. Erst als sie das Gespräch beendet hat, antwortet sie mir.

honey rider: 18.56.35
hallo james. schön von Ihnen zu hören. ich war mit meinen freundinnen aus. wir waren etwas essen, plauderten über handtaschen,

schuhe, haben cocktails ohne crush-eis zu uns genommen und uns selbstverständlich über geschichten mit dem anderen geschlecht unterhalten. anschließend waren wir aus zum tanz.

james bond 0007: 18.56.49
Sie hatten einen vergnüglichen abend, wie mir scheint.

honey rider: 18.57.23
oh, ja. aber das war auch nötig. nach all den strapazen mit dem ehemaligen partner. ich brauchte dringend ablenkung und was gibt es da besseres als gespräche über unsinn, die nur durch das trinken von cocktails ohne crush-eis unterbrochen werden. aber ohne crush-eis muss der cocktail sein!

james bond 0007: 18.57.51
oh. cocktails ohne crush-eis. ☺ ich könnte dafür morden.

honey rider: 18.58.12
Sie sagen es. und wie es so ist, wenn man mehrere cocktails ohne crush-eis zu sich genommen hat, landet man schnell in starken armen. man muss ja seinen wert bestätigen.

james bond 0007: 18.58.45
☺

honey rider: 18.59.04
ich muss gestehen, dass es mir doch gefallen hat. der kerl war das, was man in meinen kreisen als sahneschnitte bezeichnet. endlich bin ich wieder frei! es war wunderbar.

james bond 0007: 18.59.38
das freut mich für Sie. auch mir ist ähnliches widerfahren. erst ein paar tage ist es her. da war es das bier, das mich schnell in den silikongestützten busen einer alkoholisierten, in meinen kreisen als milchschnitte bezeichneten dame gleiten ließ.

honey rider: 19.00.00
sehr schön, sehr schön! genießen Sie Ihr leben!! es ist doch so kurz und was hätten wir ohne die körperlichen freuden!! nicht auszuhalten wäre es.

james bond 0007: 19.00.05
Sie sagen es. wir sind jung, wir wollen spaß. und so soll es das ganze

leben lang gehen. leider muss ich unser erfreuliches gespräch beenden. ich befinde mich zurzeit noch auf der arbeit und es wäre ein unding mich erwischen zu lassen, so kurz nach den ersten ermahnungen durch die abteilungsleitung.

honey rider: 19.00.21
gut, ich kann Sie verstehen, aber ich möchte Ihnen noch mitteilen, dass es mir eine freude wäre, Sie in naher zukunft erneut zu sprechen. gehaben Sie sich wohl!

james bond 0007: 19.00.45
ganze meinerseits, besten dank und auf bald, verehrteste ☺

Ich logge mich aus und gerade nachdem ich das Browserfenster geschlossen habe, steht Daniela neben mir und fragt mich nach einer Zigarette.
„Hier!", sage ich und reiche ihr meine Schachtel. „Wie war dein Wochenende?"
„Langweilig. Habe nicht viel gemacht. Und du?", antwortet sie und steckt sich eine Zigarette an.
„Ich habe am Wochenende eine Kneipentour gemacht! Mit ein paar Kameraden, die ich noch aus der Schulzeit kenne. Das war super lustig!", antworte ich, obwohl ich am Wochenende nur zu Hause war, am Computer gesessen und Filmmaterial geschnitten habe.
„Cool!"

14.01.2005

Die Sonne ist längst untergegangen und nur noch Daniela und ich sind anwesend. Ich klemme mir eine Zigarette hinters Ohr und schlendere lässig rüber zu ihr. Als ich bei ihr ankomme, fragt sie mich, ob ich Lust auf einen Tee hätte.
„Tee? Nein, danke", antworte ich.
„Also ich brauch' dringend einen Tee! Mir ist so kalt."
Sie geht rüber in die Küche und ein paar Minuten später kommt sie mit einer Tasse Tee zurück an ihren Arbeitsplatz. Als sie sich hinsetzt und ihre Tasse abstellt, kann ich für einen kurzen Moment

ihren schwarzen Tanga erkennen. Ich muss sofort an den kurzen Film denken, den ich vor ein paar Tagen von ihr gedreht habe und den ich in den letzten Tagen als Wichsvorlage genommen habe. Ich habe sofort einen Ständer in der Hose, hole einen Drehstuhl aus der Nachbarzelle und setze mich mit übereinander verschränkten Beinen neben sie. Sie loggt sich in unserer Community ein, doch nach einem kurzen Blick auf die Liste der Mitglieder, die online sind, loggt sie sich wieder aus. Ihr Ex ist online und der soll bloß nicht auf den Gedanken kommen, sie wieder anzuquatschen. Es ist vorbei! Schluss, aus. Das soll er mal so langsam begreifen. In den letzten Tagen hat er sie mit Kurzmitteilungen bombardiert, ihr gar gedroht und sie denkt darüber nach, ihn anzuzeigen, ihn, den blöden Penner, der aus ihrem Leben gespült ist wie ein Haufen Scheiße nach dem Kacken, aber dessen Spuren einfach nicht weggehen wollen.

Sie schnappt sich ihre Handtasche, nimmt ein Tampon heraus und sagt: „Ich muss mal auf Toilette!" Sie schwingt auf ihrem geilen Gestell davon und ich spüre wie sich meine Hose weiter wölbt. Ich werde durch den Anblick ganz verrückt und als sie das Callcenter verlassen hat, laufe ich rüber an meinen Arbeitsplatz, hole meine Kamera raus, renne wieder zurück an ihren Schreibtisch, starte die Aufnahme, stelle mich vor den Tisch, öffne meine Jeans, was mit einer Hand gar nicht so einfach ist, da ich die Szene aus der Egoshooter-Perspektive aufnehmen will. Ich halte die Kamera nach unten gerichtet vor mein Gesicht, greife in meine Unterhose und ziehe meinen Schwanz raus, ziehe die Vorhaut zurück und sehe das Smegma; weiß, weich, ein bisschen schleimig. Sofort stinkt es nach Proteinen, Nukleinsäure, Wichse und sonstigem Schmutz. Die Reste der Wichsorgie gestern Abend, die Dose muss schließlich voll werden. Ich rubbele kurz, um richtig hart zu werden, was schnell geht, schließlich hatte ich gerade den geilsten Arsch der Welt vor mir, schnappe mir Danielas Tasse, versuche die Kamera in Position zu halten, schaue mich kurz um und visiere die Tasse über das Display an. Ich drücke meinen stinkenden Schwanz runter, bis er kurz über der Tasse steht. Er ist gespannt wie ein Katapult und es tut ein bisschen weh, weil er so hart ist und ich

ihn so weit runter drücken muss. Dann mache ich es wie immer. Ich stecke ihn tief rein. Es ist ein tolles, erhabenes Gefühl. Für den ersten Moment ist es schön warm. Doch schon einen Augenblick später spüre ich den kochend heißen Tee. Es zuckt bis unter die Stirn und es gelingt mir nicht, die Kontrolle zu bewahren. Mit meiner Eichel stoße ich die Tasse um. Der Tee ergießt sich auf Danielas kleinkarierter Schreibtischunterlage mit Jahreskalender. Ich schreie laut auf, beiße mir auf die Zunge und kann nicht mit ruhiger Hand weiterfilmen. Meine Kamera rutscht mir fast aus der Hand. Der Tee tropft auf das Laminat. Ich versuche alle Spuren so schnell wie möglich zu beseitigen. Ich schließe meine Hose und packe die Kamera in meine Bag. Verdammt. Es brennt höllisch und die ganze Hose ist voll. Ich schnappe mir meine Sachen, wähle und stempele mich aus, nehme meine Jacke von der Garderobe und bemerke, wie es wieder kälter wird. Genauso als hätte ich mich vollgepisst. Ich will gerade in meine Jacke schlüpfen, als Daniela zur Tür reinkommt.
„Hi Moritz! Was ist denn mit dir los?“, fragt sie mich.
Ich halte die Jacke vor meinen Schritt.
„Äh. Ich muss weg! Meine Mutter hatte einen Schlaganfall.“
„Oh, mein Gott!“
„Ich muss los! Du kommst klar?“
„Ja, klar! Ich schaffe das schon!“
„Schönes Wochenende! Tut mir leid mit dem Tee!“, sage ich und stürze aus dem Großraumbüro.

Auf den Schreck logge ich mich zuhause erstmal bei Ebay ein. Ich finde ein paar Schuhe, die in einer seltenen Farbkombination angeboten werden. Die Auktion läuft in ein paar Minuten aus und der Preis liegt bisher weit unter der unverbindlichen Preisempfehlung. Ich gebe ein Gebot ab und werde sofort zum Höchstbietenden. Ich aktualisiere die Seite alle paar Sekunden. Dann noch mal und noch mal und noch mal und noch mal und noch mal, bis die Auktion beendet ist und ich sie gewonnen habe. Der seltene Schuh gehört mir und ich leite die Bezahlung ein.
Jetzt geht es mir wieder besser.

17.01.2005

„Wie geht's deiner Mutter?", fragt Daniela äußerst besorgt.

„Meiner Mutter? Was soll denn mit der sein?", sage ich und beiße in mein Schweinskopfsülzebrötchen.

„Hast du das etwa vergessen?"

„Was?"

„Am Freitag bist du wie von einer Tarantel gestochen aus dem Callcenter gestürmt. Ich musste meinen Arbeitsplatz aufräumen, weil du meinen Tee umgeschüttet hast!"

„Ach, ja, stimmt!", sage ich und starre sekundenlang vor mich hin. „Entschuldige bitte, aber ich bin ein wenig von der Rolle."

Ich lege das Schweinskopfsülzebrötchen ab, fahre mir über meine Augen und seufze.

„Das kann ich verstehen! War bestimmt ein Schock, du Armer!"

Ich versuche deprimiert zu wirken, was alles andere als leicht ist, denn ich war heute Morgen schon im Fitness-Studio, unter der Sonnenbank und in der Sauna. Ich fühle mich top fit. Wie ein Turnschuh mit Gel- oder Air-Sohle sozusagen. Nicht einmal mein Schwanz tut noch weh und ich konnte ohne Probleme damit weitermachen, meine Tupperdose aufzufüllen. Die muss ja voll werden, sonst schmeckt's nicht.

„Ja, klar, ist verständlich. Wenn ich dir irgendwie helfen kann, dann komm' einfach zu mir rüber."

„Danke!", sage ich gedankenverloren und starre auf meinen TFT-Monitor, auf dem das Warenwirtschaftssystem geöffnet ist, in dem die Lagerbestände angezeigt werden. Als mein Telefon klingelt, versuche ich meine Stimme so monoton wie möglich zu halten, so dass alle mir anmerken, dass irgendetwas nicht stimmt. Meine arme Mutter. Ein Schlaganfall. Oh nein!

Kurz vor meiner Mittagspause reiche ich für die ersten beiden Februarwochen Urlaub ein. Ich muss mich dringend um meine Mutter kümmern, lautet die Begründung. Ist reiner Zufall, dass dann Karnevalszeit ist.

Nachdem ich das Großraumbüro wieder betreten habe, checke ich kurz meinen Aushang. Bisher hat sich nur Robert eingetragen, was mich total enttäuscht. Vielleicht interessiert sich niemand für meine Spendenparty und dabei gibt es doch nichts Geileres als Charity. Was für eine Welt hätten wir ohne UNICEF und Co? Mein Telefon klingelt. Ich nehme das Gespräch an und gleich danach verschicke ich eine weitere Rundmail in der ich zur Teilnahme an der Spendenparty aufrufe.

VON: moritz.becker@liftorama.de
AN: daniela.richter@liftorama.de
CC: thomas.blender@liftorama.de, michael.weise@liftorama.de, robert.ober@liftorama.de,melanie.wagner@liftorama.de, jan.weissendorn@liftorama.de, yasmin.wagner@liftorama.de, markus.gebrauer@liftorama.de, annika.schultze@liftorama.de, magda.schmolinski@liftorama.de, chef@liftorama.de, soeren.becker@gmx.net,..

BETREFF: Ihr solltet mal bedenken, wie gut es uns im Vergleich zu anderen geht!!

Wenn wir die ganze Menschheit auf ein Dorf von 100 Einwohnern reduzieren und auf die Proportionen aller bestehenden Völker achten würden, so wäre dieses Dorf so zusammengestellt:

80 hätten keine ausreichenden Wohnverhältnisse, 70 wären Analphabeten, 50 wären unterernährt, 1 würde sterben, 2 würden geboren, 1 hätte einen PC, 1 hätte einen akademischen Abschluss, 6 Personen würden 59% des gesamten Weltreichtums besitzen und alle 6 Personen kämen aus den USA. Falls sich in deinem Kühlschrank Essen befindet, du angezogen bist, ein Dach über dem Kopf hast und ein Bett zum Hinlegen - bist du reicher als 75% der Einwohner dieser Welt. Falls du ein Konto bei der Bank hast, etwas Geld im Portemonnaie oder etwas Kleingeld in einer kleinen Schachtel - gehörst du zu 8% der wohlhabendsten Menschen auf dieser Welt. Und denkt mal drüber nach, wie gut es euch geht, auch mit ein paar Kilo mehr auf den Rippen oder mal einer schlechten Note, denn das sind klitzekleine Probleme!

Tut Gutes! Kommt zu meiner Party und zieht euch weiß an!!

Hochachtungsvoll

Euer Moritz

Nachdem ich die Rundmail abgeschickt habe, fragt mich Thomas, ob ich eine Zigarette für ihn habe und da meine Schachtel offen rumliegt, bleibt mir nichts anderes übrig, als ihm eine anzubieten. Ohne Aufforderung fängt er an, von seiner Ex zu berichten. Sie hat ihn vor einigen Wochen, kurz vor Weihnachten, verlassen. Sie ist auf nach Amerika, macht dort angeblich ein Praktikum beim Fernsehen. Sie will berühmt werden, aber letztendlich will sie bloß einen neuen Stecher haben, wenn sie nicht schon vorher einen hatte. Und wenn ich mich in ihre Lage versetze und mir meinen Arbeitskollegen so anschaue, ist das völlig nachvollziehbar.
„Meld' dich bei einer Singlebörse an. Vielleicht triffst du dort deine Traumfrau, wärst nicht der Erste!"
„Ich weiß nicht!", sagt er und ascht ab.
„Du solltest andere Leute kennenlernen!"
„Ja, da ist wohl was dran!"
„Also, wenn du ein Problem damit hast, dann melde ich dich bei einer Singlebörse an. So kann's nämlich nicht weitergehen. Ich bin dort angemeldet, Daniela auch, viele Freunde von mir und selbst Anne ist Mitglied in der Community. Eine Freundin von mir hat da sogar ihren Traummann gefunden. Weißt du woher der kommt?"
„Nee, woher sollte ich das?", sagt er, immer noch geknickt.
„Aus Brasilien und jetzt sind sie seit über zwei Jahren glücklich verheiratet. Es kann echt klappen, aber wenn du es nicht versuchst, dann wird nichts draus."
„Du hast recht. Ich will endlich, dass es vorbei geht. Ich habe selber keinen Bock mehr darauf!"
„Vielleicht solltest du dich mal ablenken, ne?"
„Ja. O.K. Kennst du eine gute Adresse?"
„Ja, klar!", sage ich und zeige ihm die Internetseite meiner Community.

24.01.2005

Auf meinem Aushang hat sich einiges getan. Endlich. Zwölf Mitarbeiter haben sich in die ausgehängte Liste eingetragen. Die Sache kommt ins Rollen. Wie schön. Daniela Schneider kommt

mit zwei Freundinnen. Michael mit seiner Freundin. Sogar Thomas hat es sich überlegt. Er will ebenfalls reinschauen. Und zwar allein. Aber das war nicht anders zu erwarten. Anne hat sich bisher nicht eingetragen. Sie ist sich wohl zu fein dafür. Aber ich will sie gar nicht da haben. Soll sie sonst was machen.
Ich gehe rüber an meinen Arbeitsplatz, lege meine Sachen ab und fahre meinen Computer hoch. Es ist kurz vor elf als ich mich einstempele und meine E-Mails checke. In meinem Posteingang entdecke ich gleich mehrere E-Mails meiner Arbeitskollegen. Mittlerweile muss ich mit knapp 25 Personen rechnen. So langsam wird es eng in meiner Wohnung, aber trotzdem verschicke ich eine weitere Rundmail an alle Arbeitskollegen. Schließlich soll möglichst viel Geld bei rumkommen. Die Flutwelle war unglaublich. Wir müssen helfen!!
Meinem Chef sende ich eine persönliche Einladung, denn bisher haben weder er noch seine Sekretärin geantwortet, was ich echt schade finde, aber offensichtlich existiert die familiäre Arbeitsatmosphäre bloß auf dem Papier des Kundenkatalogs.

Kurz vor Feierabend ruft Anne alle zusammen und bittet um unsere Aufmerksamkeit. Daniela wirft mir einen Blick zu, zeigt auf Anne und verdreht die Augen. Dann hält sie ihren Zeigefinger vor den Mund und deutet an, dass Anne sie ankotzt. Ich lächele sie an. „Ich komme gerade von einem Meeting mit dem Chef und soll euch mitteilen, dass die Verkaufszahlen nicht so hoch waren wie erwartet. Die Firmenleitung denkt über Kürzungen nach. Jeder einzelne sollte sich anstrengen, sonst rollen Köpfe!", sagt Anne, nachdem etwas Ruhe eingekehrt ist. Sie wünscht uns noch alles Gute und dann verschwindet sie wieder an ihren Arbeitsplatz.
Daniela gesellt sich zu mir. „Hast du Anne gesehen? Sie spielt sich vielleicht auf. Und wie sie da vor uns stand." Daniela zieht ihre Oberlippe unter die Nase und imitiert unsere Chefin: „Strengt euch an, sonst rollen Köpfe!", wiederholt sie übertrieben nasal. „So ein Schwachsinn. Die macht doch den ganzen Tag nichts als rumzusitzen und dem Chef in den Arsch zu kriechen. Gut, dass die nicht auf deiner Party erscheint! Das würde ich nicht aushalten!"

29.01.2005

Ich betätige den Türöffner, hole meine Digitalkamera aus dem Schlafzimmer und eile rüber in den Hausflur, in dem Absätze laut klackern. Es ist Daniela und wie bereits angekündigt hat sie zwei Freundinnen im Schlepptau. Alle sind dem Dresscode entsprechend gekleidet. In Weiß. Wie die Unschuld, die Kapitulation und der Frieden. Wir begrüßen uns kurz per Bussi, dann bitte ich sie hinein in die Wohnung. Sie sind überrascht von der tollen Dekoration. Mit den bestellten Palmen und Kokosnüssen sieht meine Wohnung klasse aus. Man kommt sich so vor wie in einer Neckermann Werbung für eine Strandbar in Thailand, die nur 200 Meter Fußmarsch vom Hotel entfernt liegt. Natürlich einen Tag vor der Flutwelle. Ich reiche ihnen ein Glas Prosecco, führe sie auf den roten Teppich und halte meine Kamera hoch. „Darf ich ein Foto machen?"

„Klar!"

Die drei Mädels stecken ihre Köpfe zusammen und lächeln ins Objektiv. Ich schieße das erste Foto des Abends und mache danach noch eine Aufnahme mit dem Selbstauslöser. Ich zwischen den drei Bunnys. Mit breitem Grinsen und Schumi-Daumen.

Wir setzen uns ins Wohnzimmer auf mein schwarzes Ledersofa und den dazugehörigen Sessel. Die weiße Kleidung kommt auf der Couch wunderbar zur Geltung. Ich frage die Damen, ob sie etwas trinken wollen.

„Hast du noch Prosecco?"

„Natürlich. Aber zuerst würde ich gerne den Spendenbetrag kassieren. Dann könnt ihr euch bedienen, solange der Vorrat reicht."

„Ja, natürlich", sagen sie im Chor und reichen mir je 20 Euro. Ich habe mich kurzer Hand dazu entschlossen, alles ein wenig zu vereinfachen und einen Festpreis zu nehmen. Nur die Cocktails kosten extra.

„Das Geld, das dabei rumkommt, wird auf ein Spendenkonto eingezahlt."

„Das ist doch eine tolle Idee!"

„Auf jeden Fall. Hast dir ja richtig Mühe gegeben!"

„Natürlich!"

Nach einer kurzen Pause sage ich: „Ich ziehe mich eben um. Bin sofort zurück!“
„Klar, mach das!“, antwortet Daniela und schaut sich in meiner Wohnung um. Ich begebe mich in mein Schlafzimmer und ziehe mir in Windeseile eine schwarze Jeans und einen schwarzen Pullover an. Da ich der Gastgeber bin und mich um alles kümmern muss, ist es angebracht, dass ich komplett in Schwarz auftrete. Ich laufe in die Küche, werfe das Geld in meine Spardose, die ich in weiser Voraussicht mit einem Kensington-Lock vor Diebstahl gesichert habe. Schließlich kann man nie wissen was für asoziales Pack sich unter meinen Gästen befindet. Ich schnappe mir eine Flasche Prosecco aus dem Kühlschrank, laufe zurück ins Wohnzimmer und setze mich neben Daniela. Sie macht mir Komplimente zu meiner Wohnung. Das Laminat mit seinen Leuchtreihen sei total stylish, mein schwarzes Ledersofa super schön, die Dekoration klasse und mein riesiger Fernseher mit einer Bildschirmdiagonale von 106 cm die absolute Bombe. Und das, obwohl er nicht einmal ein Plasmafernseher ist. Ich präsentiere ihnen noch meine Handys, die in chronologischer Reihenfolge des Herstellungsjahres in meinen beleuchteten Glasvitrinen und auf ihren individuellen Sofas aufgestellt sind. Sie bestaunen sie und ich höre bei der ganzen Schwärmerei ein bisschen Neid heraus. Ich erwähne nicht, dass alles von meinem Vater gesponsert wurde. Jedes Handy, jede Sitzgelegenheit, jede CD und DVD. Jede einzelne Laminatleiste und jeder Millimeter der Designer-Tapete.
Danielas Handy klingelt plötzlich. Sie kramt es aus ihrer Handtasche, wirft einen kurzen Blick drauf und fängt gleich an zu brabbeln. Sie erzählt von ihrem Exfreund, diesem bescheuerten Psycho. Er hat sie mal wieder mit Kurzmitteilungen bombardiert. Allein heute waren es knapp 50. Das muss man sich mal vorstellen. Und so geht es schon seit Tagen. Dann klingelt es an meiner Tür. Die nächsten Gäste treffen ein, Yasmin, die Chefsekretärin, in Begleitung eines gut aussehenden jungen Mannes, der mich an Justin Timberlake erinnert, Bianka, die Praktikantin aus dem Marketing, Peter, der Graphiker und noch ein paar Leute, die ich nicht kenne. Sie werden mir gleich an der Tür vorgestellt,

aber die Namen merke ich mir nicht, ich will keinen unnötigen Speicherplatz in meinem Hirn verschwenden. Ich schüttele ihre Hände und reiche jedem einzelnen ein Glas Prosecco. „Könntet ihr euch vielleicht nacheinander auf den roten Teppich stellen? Am besten in Paaren?"
„Kein Problem!", höre ich mehrmals und dann mache ich von allen Neuen ein Foto. Dann klingelt es schon wieder. Und dann schon wieder. Alle kommen plötzlich auf einen Schlag, so als hätten sie sich abgesprochen, um mir möglichst viel Mühe zu bereiten. Ich sause zwischen Flur, Wohnzimmer und Küche hin und her. Glücklicherweise muss ich nicht jedem einzelnen Gast noch das Prozedere der Party erklären. Es ist das Gesprächsthema Nummer eins. Eine Spendenparty. Charity. Und das mit einem Festbetrag von 20 Euro. Ach wie schön! Da tun wir was richtig Gutes. Genau! Gegen neun Uhr eröffne ich das Buffet und schiebe die Lasagne in den Ofen und jeder, der bezahlt hat, darf sich bedienen. Solange der Vorrat reicht.
„Tolles Buffet!", sagt Daniela, als sie endlich an der Reihe ist. Sie tunkt ihre Käsestange in mein Zaziki.
„Danke!"
„Das Zaziki schmeckt super!"
„Danke. Das Rezept ist von meiner Mutter! Eine geheime Gewürzmischung", sage ich.
„Cool!" Sie schnappt sich eine weitere Stange, tunkt sie erneut in das Zaziki und verschwindet aus der Küche.
Thomas kommt gegen zehn, aber von ihm mache ich kein Begrüßungsfoto, weil ich keinen Speicherplatz verschenken will. Außerdem ist er nicht dem Dresscode entsprechend angezogen, womit er, außer mir, aber das ist was anderes, der einzige ist. Ich führe ihn in meine Küche und er schnappt sich sofort einen Pappteller.
„Äh, stop!"
„Was? Wie läuft das hier?"
„Also für 25 Euro hast du heute all inclusive! Außer Cocktails. Die kosten extra!"
„25 Euro? Das ist aber eine Menge."

„Ich weiß, aber das Geld wird gespendet und die anderen haben es ja auch bezahlt!"
„Aha. Ich gebe dir einen Zehner. Ich habe eh nicht soviel Hunger!"
„Nee, das läuft nicht! Solche Typen kenne ich. Die sagen immer, sie würden nichts zu sich nehmen und deswegen bräuchten sie nicht den vollen Preis bezahlen und dann sind es diejenigen, die einem die Haare vom Kopf fressen. Entweder bezahlst du, wie alle anderen, oder du bekommst nichts!"
„Naja, O.K. ist ja für einen guten Zweck!", antwortet er und gibt mir das Geld, das ich gleich in die Spardose stecke.
„Alles klar! Dann bedien' dich!"
„Aber nicht, dass die nicht gespendet werden!"
„Wo denkst du denn hin! Ich bekomme ja eine Spendenquittung. Die kann ich dir dann zeigen, damit du mir auch glaubst."
Er nimmt sich Zaziki und Baguette. Gute Wahl. Ich biete ihm Bowle an, in die ich gepisst habe, aber er lehnt dankend ab. Bowle findet er scheiße. Dann fragt er mich nach der Musik.
„Der DJ kann heute leider nicht. Ich glaube, der muss auf Ibiza auflegen! Aber ich kann mein iPod anschließen", antworte ich und nehme mir ein Bier aus dem Kühlschrank.
„Mach' mal."
„Gleich!", rufe ich ihm zu. „Ich gönne mir erstmal eine Pause." Ich laufe rüber ins Wohnzimmer, denn ich habe nämlich keine Lust mehr, alle zu bedienen. Kellnern ist voll der Scheißjob. Auf weitere Anfragen hin schließe ich mein iPod an meine Anlage und spiele einen Mix meines befreundeten DJs, der mit dem Megahit >be faithful< von Fat Man Scoop beginnt. Ein paar Lieder später, filme ich wie die Lasagne verspeist wird. Johanna, diejenige der ich vor ein paar Tagen unter falscher Identität im Internet eine Nasen-OP empfohlen habe, macht mir ein Kompliment, während ich sie beim Essen filme.
„Die schmeckt super!", sagt sie.
„Ist ein Geheimrezept!"
„Und du hast sie selbst gemacht?"
„Natürlich!"
„Klasse!"

Die Lasagne schmeckt allen super und Michaela, der anderen Freundin von Daniela, verrate ich, als ich neben ihr auf meinem Sofa sitze und mich an ihre Schulter lehne, weil alles so stressig ist, das komplette Rezept. Da es die Wahrheit ist, glaubt sie mir das sowieso nicht. Und ich tue es dann sicherheitshalber als Scherz ab. Nach diesem kurzen Flirt filme ich meine Wohnung und meine Gäste, von denen nun einige zu >Destiny's Child< das Tanzbein schwingen. Ich mache eine Kamerafahrt durch den Flur, vorbei an ein paar Gästen und unter einem Palmenwedel entlang bis rüber in die Küche, in der ich Thomas antreffe. „Und? Schmeckt's? Hoffe ich doch!"
Als er mich mit der Kamera in der Hand sieht und mich fragt, ob ich filme, nicke ich kurz, dann hält er seinen Teller vor das Objektiv und sagt: „Dein Zaziki ist klasse! Schmeckt super! Und auch die Leberpastete ist lecker. Echt gut."
„Danke!", antworte ich und filme wie Thomas ein Stück Baguette mit einer Menge Zaziki isst.
„Wo ist eigentlich deine Freundin?"
„Meine Freundin?", frage ich erstaunt und erst nach ein paar Sekunden fällt mir eine Antwort ein. „Ach, Petra! Die hat heute ein Shooting in London und kann leider nicht kommen!"
„Schade, ich hätte sie gerne mal kennengelernt."
„Vielleicht beim nächsten Mal. Wer weiß. Ist eben schwierig. Sie hat doch so viel zu tun!"
Ich verlasse die Küche und gehe rüber ins Wohnzimmer, in dem die Stimmung immer ausgelassener wird und die Gäste wild flirten. Ich kann ein paar richtig stramme Ärsche beim Tanzen filmen. Daniela trägt heute wieder ihren roten Stringtanga und nachdem ich das kleine Stück Stoff kurz in meinem Zoom habe, erscheint Michael.
„Hey Moritz!"
„Da bist du endlich!", sage ich und reiche Michael die Hand.
„Ja, sorry, hatte noch Stress mit meiner Freundin!"
„Scheiße!", sage ich und stelle mein Sektglas ab, schnappe mir meine Kamera und mache ein Bild von ihm.
„Die hat sie einfach nicht alle. Aber egal. Jetzt bin ich hier! Wie

läuft das? Ich geb' dir einen Fünfer und dann ist es O.K."

„Nee, nee. Einen Zehner in die Kasse und alles gehört dir!"

„Einen Zehner?"

„Ja, das ist das mindeste! Alle anderen mussten 20,- bezahlen. Thomas hat 25,- gezahlt, aber es ist eben Thomas, wenn du verstehst was ich meine."

„O.K. Aber ich kann mir soviel nehmen, wie ich will!"

„Klar! Solange der Vorrat reicht!"

„Alles klar. Sauber!"

Als Michael sich einen Pappteller schnappt sagt er: „Ach übrigens: wusstest du, dass Benjamin von Stuckrad-Barre vorgestern seinen dreißigsten Geburtstag gefeiert hat?"

„Wer zum Teufel ist Benjamin von Stuckrad-Barre?", frage ich.

„Ein Schriftsteller! Der hat das Buch >Soloalbum< geschrieben! Ein Buch darüber, dass ihn seine Freundin verlassen hat."

„Ich bin ja eh nicht der Bücherfreak, aber es klingt verdammt uninteressant. Und nimm dir was vom Zaziki!", rufe ich ihm zu, als ich die Küche verlasse und einen Schwenk durch die Anwesenden aufnehme, die zum Teil nicht erfreut darüber sind, dass sie gefilmt werden. Andere hingegen machen dann immer absichtlich auf verrückt, was lustig ist, denn wenn ich mit meiner Kamera an ihnen vorbei gehe, landen sie nach Sekundenbruchteilen wieder in ihrer öden Realität. Einer Realität, die noch viel ekeliger ist, wenn man als einziger weiß, was sie da eigentlich essen und trinken.

Gegen Mitternacht ist das von mir liebevoll und äußerst kreativ zubereitete Buffet fast leergeräumt. Nur von der Leberpastete existiert noch die Hälfte. Hätte gar nicht so viel machen müssen.

Ich schließe die Küchentür hinter mir ab, öffne die Spardose und zähle das Geld. Zwei 50 Euro Scheine, ansonsten nur kleine Scheine, die ich überhaupt nicht gerne habe. Aber immerhin sind sie besser als nichts. Es sind knapp 400 Euro in der Kasse. Nicht besonders viel, wahrscheinlich haben nicht alle bezahlt. Hätte ich Bändchen vergeben, hätte ich gleich besser sehen können, wer bezahlt hat und wer nicht. Bisher sind nicht einmal die Kosten gedeckt und wenn ich ehrlich bin, habe ich mit mehr Anteilnahme an den Katastrophenopfern gerechnet. Ich stecke das Geld in mein

Portemonnaie und sehe mich nach etwas Essbarem um. Nach den Drinks und der ganzen Maloche verspüre ich riesigen Hunger. Niemand hat bemerkt, dass ich außer Salz- und Käsestangen und einer ganzen Menge Alkohol nichts zu mir genommen habe. Ich hatte mir schon so schöne Ausreden einfallen lassen, falls es jemandem aufgefallen wäre. Zum Beispiel: „Dann bleibt mehr für die Gäste übrig!“ oder „Der Adel speist nicht mit dem Pöbel.“

Ich werfe einen Blick ins Tiefkühlfach, finde zwei Pizzen und habe einen Einfall. Mit den beiden Pizzen in den Händen geht es rüber ins Wohnzimmer. Ich lege die Kartons auf meinen schwarzen Couchtisch, drehe die Musik leiser und rufe:

„Ich habe gerade zwei Pizzen gefunden! Die Auktion läuft! Wer bietet?“

„Was sind das für Pizzen?“, frag Thomas.

„Die eine mit Salami und Peperoni. Die andere mit Thunfisch!“, sage ich und halte die Kartons in die Höhe.

„Geil!“, sagt Thomas. Ich gehe zu Michael rüber und reiche ihm meine Kamera.

„Hier! Film mich mal bei der Auktion!“

„Okay! Mach‘ ich!“

Nach ein paar Sekunden gibt er mir das Okay.

„Das Mindestgebot liegt bei drei Euro.“

„Ich biete fünf für die Salami Pizza!“, ruft Peter.

„Höre ich weitere Gebote?“

„Sieben!“, ruft mir der Kerl zu, der mit Yasmin gekommen ist.

„Neun!“, wirft Daniela ein. Nur so zum Spaß, wie sich einen Augenblick später herausstellt. Sie wollte mal einfach so mit bieten. Inzwischen ist sie total besoffen. Ein anderer Gast bietet großzügige 22 Euro. Ein Raunen geht durch mein Wohnzimmer. 22 Euro sind geboten. Höre ich mehr, höre ich mehr, mehr? Nein. Die Thunfisch Pizza geht an einen Freund von Michael, der die Idee der Spendenparty genial findet und der Ansicht ist, er würde der Welt was Gutes tun. Er bezahlt 22 Euro für eine schnöde Tiefkühlpizza. Und dann starte ich die nächste Auktion. 9, 12, 17, 27, 27, 27. Die Salami Peperoni Pizza scheint beliebter zu sein. Ich warte ein paar Sekunden, schaue mich in der Runde der Anwesenden um und zähle laut. Eins, Zwei, doch anstatt Drei zu sagen, schreie ich: „Einhundert Euro!“ und hole das Geld, die beiden 50 Euro Scheine, aus meinem Portemonnaie. Thomas ist ein bisschen baff. Alle sind das. Mit so viel Engagement hat niemand gerechnet.

„Und all das wird gespendet!“, rufe ich durch mein Wohnzimmer, so laut, dass jeder es mitbekommt. Manche klatschen Beifall, ich fühle mich wie Bob Geldof und Michael, der Gute, zeichnet alles mit meiner Kamera auf.

Kurz nachdem ich die Pizzen in den Ofen geschoben habe, steht mein Chef auf dem roten Teppich und präsentiert sich in einem wunderschönen schwarzen Nadelstreifenanzug. Ich schüttele seine Hand, was hat dieser Mann doch für einen festen Händedruck, dann frage ich ihn, ob ich ein Foto machen darf.

„Selbstverständlich!“, antwortet er und stellt sich in Pose, als sei er es gewohnt fotografiert zu werden. Ich schieße ein paar Bilder. Eins mit seiner Sekretärin Yasmin, die ihn mit einem Glas Prosecco in der Hand begrüßt. Eins, auf dem ich ihn per Handschlag begrüße und bei dem ich mir so vorkomme wie ein Politiker beim Staatsbesuch, denn der Handschlag dauert mehrere Sekunden, da Yasmin, angetrunken wie sie ist, Probleme hat, den Auslöser zu finden. Ich führe ihn ins Wohnzimmer. Er sagt kurz >hallo< und >wie geht‘s< und die meisten Anwesenden sind, genau wie ich, überrascht über sein Erscheinen. Er schüttelt ein paar Hände und fragt nach dem Buffet.

Ich führe ihn in die Küche und als er vor dem Tisch steht, reicht er mir einen 50 Euro Schein. „Stimmt so!“

„Einen Moment, bitte!“, rufe ich, ohne den Schein anzunehmen, laufe schnell rüber ins Wohnzimmer und besorge mir die Kamera, die Michael immer noch in den Händen hält. Ich nehme sie ihm ab und keine zehn Sekunden später filme ich meinen Chef beim Einwurf des Geldes. Einen Augenblick später schnappt er sich die letzten Scheiben vom Baguette, ein bisschen Zaziki und ein großes Glas der leckeren Bowle.

„Guten Appetit“, wünsche ich ihm. „Nehmen Sie sich so viel Sie wollen!“

„Danke! Das ist eine wirklich tolle Idee! Ich habe zwar schon etwas gespendet, aber das war nicht so schön wie hier!", sagt er und deutet auf die Kokosnüsse, die ebenfalls auf dem Buffettisch stehen. Er klopft mir auf die Schulter und nimmt sich noch ein paar Käsestangen.

„Das Zaziki ist nach einem Rezept meiner Mutter."

Ich gehe rüber in mein Wohnzimmer, schnappe mir mein iPod und starte den Megahit von Juli, den ich mir kurz vor der Party, während ich die Palmen aufstellte, aus dem Internet geladen habe.

„Das ist die perfekte Welle, das ist der perfekte Tag"

30.01.2005

Mit Hilfe der Infrarot-Fernbedienung versuche ich die DVD zu starten, doch leider sind die Batterien leer und ich muss noch mal aus dem angenehm temperierten Wasser steigen. Ich laufe rüber zum DVD Player, tätige die Play Taste, hüpfe wieder zurück in die Wanne und schalte die Whirlpoolfunktion ein. Dann muss ich die Lautstärke ein bisschen aufdrehen, sonst höre ich nichts. Es ist schön, dass wenigstens die Fernbedienung des Fernsehers einwandfrei funktioniert. Der Film beginnt und während des Vorspanns muss ich immer wieder furzen, aber zwischen den ganzen Luftblasen, die herrlich nach oben sprudeln, fällt das kaum auf. Für ein paar Sekunden riecht es zwar nach verfaulten Eiern, aber von der Optik her gleicht es einem Werbespot für ein Schaumbad. Als ich aus meinem Bad gehe, fällt mein Blick auf Pissflecken, die ein Gast hinterlassen hat. Ich muss meine Putze Mounia heute noch unbedingt anrufen. Sie soll einen Tag früher kommen als sonst. Gleich morgen, um den Dreck der Party so schnell wie möglich wegzumachen.

Ich laufe rüber in mein Schlafzimmer, vorbei an leeren Bierflaschen, vollen Aschenbechern, ein paar kaputten Sektgläser und Flyern, die irgendein Gast mitgebracht und verteilt hat. Ein paar ausgetretene Zigaretten liegen auf dem Laminat. Meine Gäste haben sich wie Schweine benommen. Es sieht so aus wie an einer Strandbar in Thailand. Einen Tag nach der Flutwelle. Schrecklich, und das nicht einmal vor der eigenen Haustür, sondern in den eigenen vier

Wänden. Ich schnappe mir mein Handy und versuche mehrmals Mounia zu erreichen. Aber sie nimmt nicht ab, obwohl ich es bei jedem der fünf Anrufe zwischen zwanzig und dreißig Mal klingeln lasse. Schließlich spreche ich ihr auf die Mailbox. So kann ich doch nicht leben! Das ist doch kein Zustand. Der einzig sichere Ort ist mein Schlafzimmer und deswegen verbringe ich den Nachmittag im Bett vor meinem Fernseher. Um diese Uhrzeit laufen ein paar Tierreportagen. Afrikanische Zwergigel, Lemminge, Wickelbären, persische Rennmäuse und Akazienratten sind mir nach vielen Stunden nicht mehr fremd.
Nach langem hin- und herzappen fällt mir ein, was ich noch unbedingt tun muss. Ich schalte den Fernseher aus, schleiche in mein Wohnzimmer, setze mich unter meine Palme, auf mein schwarzes Ledersofa und zähle in aller Ruhe das Geld. Es befinden sich 493,76 Euro und ein paar alte Münzen in der Spardose. D-Mark, Schilling, Lire und sogar Franc, die nichts mehr wert sind, außer man spendet sie für ein Kinderdorf. Da hat sich wohl einer meiner Gäste einen Scherz erlaubt. So ein unverschämter Sack.
Ich verstaue die Scheine in meinem Portemonnaie. Das Kleingeld stecke ich in mein Sparschwein. Ich fahre meinen Laptop hoch, scanne eine alte Spendenquittung meiner Mutter ein und bearbeite sie mit Photoshop. Nach kurzer Zeit sieht die Quittung aus wie neu und ist auf meinen Namen ausgestellt. Ich trage 700 Euro, dann 750 Euro und letztendlich 999 Euro als Spendenbetrag ein, weil es so einfach besser aussieht, drucke die Datei auf höchster Qualität aus, unterschreibe mit dem Namen ›Schwerdtfeger‹, knicke das Blatt zweimal und schiebe es in einen weißen Briefumschlag, den ein von mir erstelltes Logo eines karitativen Vereins ziert. Nachdem der Umschlag verklebt und in meiner Bag verstaut ist, lade ich den Film und die Fotos von gestern Abend auf die Festplatte, verschicke ein paar Aufnahmen via Rundmail an meine Mitarbeiter und werfe einen kurzen Blick auf das Gefilmte. Ich beginne, das Material zurechtschneiden, doch plötzlich, wie aus heiterem Himmel, macht mein Laptop nicht mehr mit. Er stürzt ab und als ich ihn wieder hochfahre, mute ich ihm nur noch prozessorverdauliche Brocken zu. Chat. Das sollte er ja wohl noch

hinkriegen. Ich starte den Internet Explorer und als ich auf meiner Communityseite ankomme, sehe ich, dass Daniela online ist.

james bond 0007: 19.47.12
hallo verehrte miss honey!!

honey rider: 19.47.34
oh, james. ich muss Ihnen mitteilen, was ich erlebt habe. es war wundervoll. ich habe mich prächtig amüsiert. gestern abend fand eine spendengala statt. nur das nobelste volk war anwesend. handverlesen, modisch gekleidet und scheinheilig. ich habe mich sehr gepflegt unterhalten können. und das essen war vorzüglich. der gastgeber hat sich nicht lumpen lassen, das muss man ihm schon lassen. es gab sogar cocktails ohne crush-eis!! ein traum!

james bond 0007: 19.48.03
eine spendengala zu gunsten der katastrophenopfer? das hört sich nach einen tollen spaß an. schön, dass Sie sich Ihrer verantwortung bewusst sind. aber hat es sich denn gelohnt? wissen Sie schon näheres über den spendenbetrag?

honey rider: 19.49.13
diese frage kann ich Ihnen leider nicht beantworten. erst morgen wird es mir der veranstalter, mein gut befreundeter geschäftsmann, mitteilen. aber ich bin sehr gespannt darauf. vielleicht gibt es eine wiederholung. katastrophen gibt es ja zuhauf und es sollen sogar immer mehr werden. mit cocktails ohne crush-eis und einem reichhaltigen buffet macht spenden spaß.

james bond 0007: 19.49.26
ich habe nur die befürchtung, dass wir durch die naturkatastrophen und die darauffolgenden katastrophalen partys, bei denen wir möglichst viel alkohol zu uns nehmen, je mehr ist schließlich desto besser, alle zu alkoholikern werden.

honey rider: 19.49.34
was bleibt uns anderes übrig, als uns die böse natur schön zu trinken? man ist doch so hilflos, wenn die erde bebt, das wasser kommt, der wind weht, der vulkan speit oder die lawine rollt! man muss alkohol trinken, um dieses elend auszuhalten! und heutzutage ist es unsere verpflichtung sehr viel zu trinken, um die welt zu verbessern.

james bond 0007: 19.49.48

Sie haben recht. man muss viel trinken um das leid zu minimieren und damit das gute zu maximieren. aber, bitte erlauben Sie mir meine nächste frage: glauben Sie der befreundete geschäftsmann meint es ehrlich mit Ihnen und der noblen gesellschaft, die ihn umgibt? wird er all das geld tatsächlich spenden? vielleicht ist er ein lügner, betrüger, verräter, räuber, schwächling, feigling, neidhammel, vielfraß, trunkenbold, geizhals, streber, blutsauger, verleumder, wüstling, fanatiker oder heuchler?

honey rider: 19.50.28

aber bitte!! was denken Sie denn bloß! ich lege meine hand für ihn ins feuer!!! er ist ein unglaublich engagierter junger mann. wenn man ihm eins vorwerfen kann, dann nur, dass er ein dummkopf ist.

03.02.2005

Der eingezahlte Spendenbetrag ist inzwischen gutgeschrieben und zusammen mit meinem Gehalt und dem Geld meines Vaters sieht mein Bankkonto richtig schön aus. Ich bin sogar ein paar Euro im Plus. Ich beschließe, in die Stadt zu gehen und das eingenommene Geld auf den Kopf zu hauen.

Nach zehn Minuten Wartezeit vor dem Parkplatz an der Stubengasse parke ich meinen Wagen und als ich an der ersten Telefonzelle vorbeikomme, entschließe ich mich, Mounia anzurufen. Über mein Handy konnte ich sie in den letzten Tagen ja nicht erreichen. Sie nimmt bestimmt nicht ab, wenn sie meine Nummer auf ihrem Display sieht und auf meine Mailboxansage von Sonntag hat sie nicht geantwortet. Seit der Party ist eine halbe Woche vergangen. Meine Wohnung sieht immer noch schrecklich aus und deswegen verbringe ich meine Zeit lieber in der Stadt. Ich werfe 50 Cent in den Apparat, suche in meinem Handy nach ihrer Nummer und rufe sie an. Da sie diese Nummer nicht kennt, nimmt sie das Gespräch an. „Hi Mounia! Wie geht‘s?“

„Hallo. Wer ist da?“

„Moritz Becker!“

„Hi Chef!“, höre ich sie sagen.

„Endlich erreiche ich dich!"
„Was ist denn? Ich bin in deiner Wohnung! Bin grade angekommen."
„Habe mehrmals versucht, dich zu erreichen!"
„Ich weiß! Wahrscheinlich wegen des ganzen Drecks."
„Richtig. Ich habe eine Party veranstaltet! Das war am Samstag."
„Und seit dem sieht das so aus?"
„Ja!"
„Ist ja ekelhaft!"
„Deswegen habe ich ja versucht, dich zu erreichen."
„Was war das denn für eine Party?"
„Es war eine Spendenparty!"
„Eine Spendenparty?"
„Ja, genau. Willst du nicht umsonst arbeiten?"
„Wieso?"
„Sieh es als eine Art Spende!"
„Wofür?"
„Für die Tsunami-Opfer! Und du bist sowas wie der ehrenamtliche Katastrophendienst!"
„Hast du sie noch alle? Ich mach doch nicht deinen Dreck umsonst weg!"
Dann piept es. Sie hat aufgelegt. Da sie bereits in meiner Wohnung ist, kann ich die Tarifverhandlung auch noch später durchführen. Ich laufe zu Bergmann und kaufe mir zwei Boxershorts, ein neues rosa Polo Shirt, ein blaues Hemd, dann laufe ich weiter zum nächsten Laden und kaufe mir dort eine dunkelblaue Jeans. Bei Karstadt Sport und Hobby kaufe ich mir drei Paar Sportsocken mit 80% Baumwolle. Habe in einer Kopernikusreportage gesehen, dass ein hoher Baumwollanteil gut gegen Fußgeruch ist. Ja, da bin ich mal gespannt. Selbst wenn es unglaublichen Spaß macht, an meinen Schweißfüßen zu pulen, kleine Stücke abzureißen und dann an ihnen zu schnüffeln und zu schmecken.
Weil ich dann nicht weiß, was ich machen soll, setze ich mich in ein Internetcafé und kontaktiere Anne über einen meiner erfundenen Avatare.

dr. no: 18.21.17
fräulein mayday. was haben Sie am wochenende unternommen?

mayday: 18.21.25
ach, wissen Sie, ich habe nur zuhause rumgesessen. mich treibt nichts in die noble gesellschaft von heute. am vergangenen wochenende hat jemand aus meinem beruflichen umfeld eine spendengala veranstaltet, aber ich hatte keine lust, dort hin zu gehen. ich kann es nicht ausstehen, gespräche über das wetter, film, fussball, fernsehen und ficken zu führen und vor all den dingen zu hören. das habe ich doch schon alles unter der woche. das benötige ich nicht noch am wochenende, schließlich ist die hälfte meiner mir unterstellten kollegen närrisch, andere sind allzu gerissen, ein paar recht sanftmütig und einfältig und wieder andere, die schöngeistig tun. bei allen ist die hauptbeschäftigung: die liebe, danach kommt das gebrabbel über den geschlechtsakt, über betäubungsmittelabusus und über technogewummer, gefolgt von der üblen nachrede und der zotenreißerei.

dr. no: 18.23.09
meine liebe, Sie sprechen mir aus der seele. aber mich interessiert doch eher die galaveranstaltung. die probleme auf der arbeit sollen auf der arbeit bleiben. es ist das vergnügen, das mich interessiert.

mayday: 18.23.24
es war eine spendengala. der gastgeber ist ein widerlicher typ. und trotzdem waren alle dort. es ist momentan gesprächsthema nummer eins. wie schön der abend doch war, mit seiner ganzen verlogenheit und aufgesetzten fröhlichkeit, dank cocktails ohne crush-eis.

Aha.
So denkt sie also über mich und meine Party. Das merke ich mir.

mayday: 18.23.40
ich glaube fest daran, dass der gastgeber höchst unehrenhaft ist und sich auf kosten der masse bereichert. er würde damit nicht aus dem rahmen fallen. Sie brauchen nur die tageszeitung aufzublättern.

dr. no: 18.23.51
das böse lauert überall, meistens natürlich in der dunkelheit. doch ich bin der meinung, nur wenn böses existiert, wovon wir ja genug kennen, erst dann existiert auch das gute.

mayday: 18.23.55
das stimmt, aber es steht in keinerlei verhältnis zueinander! leider muss ich nun schluss machen. sonst würde ich Ihnen mehr vom guten schein und bösen sein berichten. ich will früh ins bett. ich habe mir ein neues kissen zugelegt. es soll gegen kopfschmerzen helfen. das kann ich nur hoffen, denn morgen geht es zur arbeit.

Auch ich beende meine Sitzung im Internetcafé und versuche von der nächsten Telefonzelle aus erneut meine türkische Putzfrau zu erreichen. Sie nimmt nach dem vierten Klingeln ab.
„Hey Mounia, ich bin‘s noch mal."
„Was ist? Ich sauge gerade deinen Dreck weg. Und davor habe ich die ganzen Flaschen eingesammelt, den Müll zusammengefegt, das Geschirr gespült. Und das Bad muss ich auch noch wischen!"
„Das Problem ist, dass der Lohn von den Spenden bezahlt werden muss."
„Ja und, was kümmert mich das?"
Ich bin erstaunt über ihre Gleichgültigkeit. „Wenn du den vollen Stundenlohn nimmst, dann kommt nur noch ein Drittel des gespendeten Betrags in Thailand an! Willst du das?"
„Nein, das will ich nicht, aber ich brauche mein Geld."
„Aber die Menschen in Thailand brauchen es noch viel dringender!"
„Du hast recht, aber ich bin jetzt schon seit drei Stunden zugange, noch lange nicht fertig und umsonst mache ich den Dreck bestimmt nicht weg!"
„Wie sollen wir das dann machen?"
„Ich spende eine Stunde putzen! Was sagst du dazu?"
In Thailand verrecken Menschen und sie ist bereit, eine Stunde, also acht Euro zu spenden. Eine Stunde! Nur eine Stunde. Was soll ich denn davon halten?
„Wieso nicht zwei?"
„Also jetzt hör‘ mir mal zu. Ich verzichte auf eine bezahlte Stunde, oder nichts! Das ist mein letztes Angebot!"
Zähneknirschend willige ich ein.
„Wenn du das mit deinem Gewissen vereinbaren kannst?"
„Natürlich kann ich das! Ich spende doch was."

„Aber du könntest mehr spenden!“
„Nein, kann ich nicht!“, sagt sie und legt auf.
Ich hänge den Hörer ein, laufe weiter durch die Fußgängerzone und entdecke in einem Schaufenster ein neues Handy, über das ich schon eine Menge im Internet erfahren habe. Das könnte gut zu mir passen. Und da ich vor ein paar Tagen die peinliche Erfahrung gemacht habe, dass Anne und ich das gleiche Gerät besitzen, will ich mir dieses einzigartige Handy zulegen. Damit sie endlich sieht, dass wir uns nicht auf dem gleichen Niveau befinden. Sie wird sich das bestimmt nicht leisten können. Die Lusche, selbst wenn sie meine Vorgesetzte ist.
Ich betrete den T-Punkt und entdecke einen Verkäufer, der irgendetwas von einem Vollidioten hat und einen billigen Nadelstreifenanzug trägt. Er fragt mich, ob er mir helfen könnte. Sicher. „Beraten Sie mich mal!“
Nach einer Stunde, in der ich mir sämtliche Tarif- und Handymodelle habe vorstellen lassen, weiß ich erst recht nicht, welches Gerät ich haben möchte, also verschwinde ich und überlege in aller Ruhe bei einem Milchkaffee im Diesel. Auch nach der Beratung in einem anderen Handyladen, bin ich nicht schlauer, ganz im Gegenteil, aber im dritten Laden habe ich die Faxen dicke und entscheide mich für das Gerät.
„Hey, kennen Sie schon unsere Tarifmodelle?“, fragt mich der Kerl, der so aussieht wie Udo Lindenberg und genauso spricht.
„Die interessieren mich nicht! Ich will bloß das Gerät haben!“
„Weißt du, Mann! Dann kostet es dich 229 Euro.“
„Ja und?“, sage ich und zücke meine EC-Karte hervor.
„O.K. O.K.“
Der Karton mit dem Handy landet neben der neuen Jeans und gleich im Anschluss setze ich mich ins Café Extrablatt, bestelle mir einen Wodka Redbull und versuche, mein Handy mit Hilfe der Anleitung besser kennenzulernen. Als ich den Kellner, der irgendetwas von Collin Farrell hat, um die Rechnung bitte, sagt er: „Das gleiche Handy habe ich auch! Ist ein cooles Gerät!“

Zuhause entdecke ich in meinem Briefkasten eine Werbebroschüre eines Möbelhauses, bei der ich mir gar nicht vorstellen möchte, wie die Leute aussehen, die sich solche Sachen in ihre Wohnung stellen, und einen Brief der Stadt. Ich laufe hoch und vor meiner Wohnungstür liegt ein Paket. Ich hebe es auf und betrete meine Wohnung. Alles ist wieder sauber und duftet nach Putzmitteln. Mounia hat gute Arbeit geleistet. Ich lege meine Sachen ab, schalte den Fernseher ein und laufe rüber in die Küche wo ich mir eine Dose Cola aus dem Kühlschrank nehme. Ich öffne die Dose, es zischt kurz, dann setze ich das Aluminium an meine Lippen. Der erste Schluck läuft mir in den Rachen, es schmeckt wunderbar, und ich komme mir vor wie in einem Cola light Werbespot, nur dass ich keine Cola light trinke, sondern die normale, die mit richtig vielen Kalorien. Als ich meine Augen wieder öffne, entdecke ich einen kleinen Post-it Zettel auf dem Küchentisch. Ich reiße ihn ab. Mounia hat ihre Stunden aufgeschrieben. Sie hat heute fünf Stunden lang geputzt. Ansonsten braucht sie immer bloß zwei. Gut, dass ich sie dazu überreden konnte, ihre Putzkraft zu spenden.

Ich nehme die Cola Dose und das Paket mit ins Wohnzimmer, schalte den Fernseher ein und setze mich auf mein schwarzes Ledersofa. Es läuft eine Reportage über den Karneval in Rio. Die kenne ich noch gar nicht. In einer Werbeunterbrechung fällt mir der Brief ein. Ich gehe rüber in die Küche, reiße den Umschlag auf und lese ihn auf dem Rückweg ins Wohnzimmer durch. Es ist ein Bußgeldbescheid. Ich muss innerhalb der nächsten 14 Tage 80 Euro auf das angegebene Konto überweisen. Drei Punkte in Flensburg bekomme ich auch noch. Und das bloß, weil ich angeblich 57 in einer 30er Zone gefahren sein soll. So ein Scheiß.

Während im Fernsehen für eine neue Soap geworben wird, fahre ich meinen Laptop hoch und starte das Internetbanking. Gott sei Dank ist durch die Spendenparty genug Geld für solche Zwischenfälle rumgekommen, so dass es mich keinen eigenen Cent kostet. Die Sauftour wird sich auf ein paar Wodka Redbull beschränken und aus dem Puffbesuch wird leider nichts. Aber es gibt Schlimmeres. Ich überweise das Geld, logge mich aus und dann geht die Reportage auch schon weiter. Bald ist auch hier Karneval und irgendeine besoffene Fotze werde ich schon abschleppen. Dafür gibt‘s den Karneval ja. Ich öffne das Paket und entnehme das Kostüm, das ich mir vor ein paar Tagen im Internet bestellt habe. Mit dieser Verkleidung bin ich bestimmt ein Hingucker. Mal sehen, ob noch andere so rumlaufen werden wie ich. Aber ich bezweifele es. Das traut sich keiner.

07.02.2005

Ich laufe die Säulen am Prinzipalmarkt entlang, vorbei an der Lambertikirche, unter den Käfigen der Wiedertäufer entlang, über den alten Fischmarkt bis zum Schwarzen Schaf und suche meinen Bombengürtel nach ein paar Spirituosen ab. Heute Morgen, ganz in der Früh, als die Läden noch geöffnet waren, habe ich mir einen praktischen Gurt zum Umhängen zugelegt, in dem eine breite Geschmackspalette an Klopfern steckte. Doch inzwischen ist der Bombengürtel leer. Das einzige, was noch übrig ist, sind die roten Kerzen, die aussehen wie Dynamitstangen.
Das Schwarze Schaf platzt bereits am Nachmittag aus allen Nähten. Die Klimaanlage ist überfordert, es ist heiß und stickig. Es stinkt nach Menschenmasse. Ich zwänge mich durch die Menge hässlicher Kreaturen bis hin zur Toilette, auf der es nach Kotze riecht und man beim Pinkeln in Pisse steht. Ich stelle mich an ein Pissoir und suche nach einer Öffnung im Kaftan. Da es die nicht gibt, muss ich einmal unter ihn greifen, erst dann kann ich die Knöpfe meiner Hose öffnen. Ein satter Strahl hellen Urins ergießt sich in das weiße Pissoir und ich entdecke mein Spiegelbild auf der Spülung. An dem Turban erkenne ich wie ich schwanke. Mann, bin ich stramm. Von links ertönt ein Würgen und ein Kerl, der irgendetwas von Oli P. hat und als Wikinger verkleidet ist, lehnt sich an ein Pissoir neben mir und übergibt sich. Ein paar Tropfen landen auf meinen Schuhen. Ich schüttele den letzten Tropfen von der Eichel, schließe die Knöpfe, werfe den Kaftan wieder über meine Hose und torkele rüber zur Theke. Ich bestelle mir einen Wodka Redbull, scanne den Laden nach ficktauglichen Bräuten ab und

begebe mich auf die Tanzfläche. Irgendwann tanze ich zu deutschen Schlagerhits.
„Und dann die Hände zum Himmel, komm lasst uns fröhlich sein. Wir klatschen zusammen und keiner ist allein!"
Ich tanze noch lange weiter und gröle laut zu Udo Jürgens und Costa Cordalis und was weiß ich wozu. Es ist unglaublich, was für beschissene Texte man irgendwoher aus seinem Gehirn hervorholt, wenn man total besoffen ist.

09.02.2005

Ich weiß nicht mehr ganz genau, was ich gemacht habe. Nur das Video, das ich gedreht habe, das bereits fertig geschnitten unter dem Namen >drunk girl turns me on< abgespeichert ist, kann mir Auskunft über meine Taten geben, aber das erfasste selbst im Rohzustand leider nicht den kompletten Zeitraum von acht Uhr abends bis zwei Uhr morgens. Ob ich mich mit der Aktion straffällig gemacht habe, weiß ich nicht. Angeblich war sie 19 Jahre alt, aber bei den Gören heutzutage kann man nie wissen. Die haben ja schon Silikontitten, wenn sie in die Grundschule kommen.

10.02.2005

Michael teilt mir gleich zu Beginn meiner Arbeit mit, dass Bertolt Brecht genau heute vor 107 Jahren in Augsburg geboren wurde.
„Aha!", sage ich, begebe mich an meinen Schreibtisch und schalte meinen Rechner an. Bertolt Brecht? Wer ist Bertolt Brecht?

12.02.2005

Als ich zur Mittagspause einen Blick auf das Schwarze Brett werfe, entdecke ich einen Aushang der Marketingabteilung. Für das Katalog-Update, das im März erscheint, wird ein Mitarbeiter gesucht, der kurz über den Job hier in unserer Firma berichtet. Da trage ich mich doch gleich mal ein.

14.02.2005

Nachdem ich mir auf dem Klo einen auf Daniela runtergeholt habe, setze ich mich wieder an meinen Arbeitsplatz und checke meine E-Mails. Die Marketingabteilung hat mir geschrieben. Da bin ich ja gespannt, was die zu berichten hat.

VON: michael.meier@liftorama.de
AN: moritz.becker@liftorama.de
BETREFF: Interview

Hallo Moritz,
Wir haben uns entschieden, dich mit in den Katalog hineinzubringen. Dafür musst du das Formular, das sich im Anhang befindet bitte so schnell wie möglich ausgefüllt wieder an mich zurück schicken. In der nächsten Woche machen wir noch ein paar Fotos für das Update. Ich werde mich bei dir melden, wenn du an der Reihe bist. Wenn du weitere Fragen bezüglich des Interviews haben solltest, dann melde dich.

Gruß

Michael

Mitarbeiter Interview Update 01/2005.doc 38 kb

Ich lade die Datei auf meinen Rechner und mache mich, obwohl sich mehrere Kunden in der Warteschleife befinden, sofort über den Fragenkatalog her.

Ein paar Minuten vor Feierabend schicke ich meine Antworten zurück an Michael, rauche in aller Ruhe eine Zigarette, mache pünktlich Schluss und fahre dann zu meiner Tiefenreinigung und Rückenbehandlung in einem thailändischen Beauty-Center. Mit diesem Wellness Abend habe ich den gesamten Spendenbetrag unters Volk gebracht. Doch nach den anstrengenden letzten Tagen, dem ganzen Stress vor, während und nach der Spendenparty, habe ich dieses Happy End auch verdient.

20.02.2005

„Hi Moritz! Komm rein!", ruft mir Michael zu, als ich in der Tür der Marketingabteilung stehe. Im Büro ist vielleicht was los. Ich gehe an Scheinwerfern vorbei, über Kabel hinweg zu ihm und reiche ihm meine Hand.

„Die Fotografin ist gleich fertig. Sie ist grad drüben bei der Chefassistenz und muss noch ein paar Aufnahmen eines Schreibtisches machen. So eine auf der man den Monitor, die Tastatur und das Telefon sieht. Die brauchen wir für unseren Katalog."

„Alles klar!", sage ich und entdecke in seinem Gesicht eine große Ähnlichkeit mit Sean Penn.

„Und wie läuft die Produktion des Katalogs?"

„Ist stressig, aber wir liegen ganz gut in der Zeit."

„Bei uns wird es erst stressig, wenn das Update beim Kunden ist."

„Das wollen wir doch hoffen!"

„Ja, natürlich!" Ganz bestimmt freue ich mich auf den Kundenansturm. Da kannste aber einen drauf lassen. Die Zeit, in der das Telefon pausenlos klingelt, ist mir die liebste. Ich kriege das Kotzen, wenn ich an die bescheuerten Kunden denke.

Die Fotografin betritt das Büro. Sie sieht fast so aus wie Audrey Totou. Sie wird von Carmen Wolf, einer Mitarbeiterin, die unglaubliche Ähnlichkeit mit Liz Hurley hat und einer anderen Frau begleitet, die ich nicht kenne, mich aber an Sandra Bullock erinnert. Michael stellt mich vor und ich reiche der Fotografin und ihrer Assistentin die Hand.

„Hallo! Hallo!"

„Hi! Wir müssen noch eben kurz ein paar Sachen machen, aber dann können wir gleich anfangen! Michaela, kannst du ihn bitte schminken?"

Die Assistentin nickt und greift nach ihrem Schminkkoffer. Dann wischt sie mir mit einem kleinen Schwamm über die Wangen, die Augen und die Stirn. Nach dreißig Sekunden bin ich fertig, aber immer noch nicht an der Reihe. Ich stecke mir eine Zigarette an und schaue dabei zu, wie sie Aufnahmen von einem Laserdrucker machen, der grade eine Rechnung druckt. Ich bin echt gespannt

wie das wird, denn ich weiß nicht genau, welches Motiv wir machen. Vielleicht so eine Pose von vorn, als wäre man in Bewegung, mit einem breiten freundlichen Grinsen. Oder vielleicht eine ernste Variante, bei der ich ein Headset trage und so tue, als würde ich einem Kunden bei einem schwierigen Problem helfen.
„So jetzt können wir! Setz‘ dich mal dort hin!“, sagt die Fotografin und deutet auf den Schreibtisch im Rampenlicht. Ich setze mich auf den Drehstuhl, setze mir ein Bluetooth-Headset auf, mit dem wir überhaupt nicht arbeiten, lege eine Hand auf die Tastatur und eine auf die Maus, blicke zum Monitor, mache so einen Übungslook und warte auf die Anweisung. Let the show begin. Es klickt und blitzt drei Mal. Die ersten Probeaufnahmen.
„Was soll ich machen?“, frage ich die Fotografin.
„Nichts. Danke, das war‘s schon. Wir sind fertig.“
„Schon fertig?“, frage ich verwundert. „Das war‘s?“
„Wir machen am Fax weiter!“, ruft sie ihrer Assistentin zu, ohne mir Beachtung zu schenken. Das ging schneller als an einem Foto-Automaten.
„Vielen Dank!“, sagt Michael. „Du kannst jetzt wieder rübergehen!“

21.02.2005

„Wie sieht es eigentlich mit einer Spendenquittung aus?“, fragt mich Thomas.
„Glaubst du mir nicht, dass ich das Geld gespendet habe, ne?“
„Wenn ich eine Quittung sehe, dann schon!“
„O.K. Kleinen Moment.“
Endlich fragt mal einer nach. Ich habe schon gedacht, all die Arbeit am Computer sei umsonst gewesen. Ich laufe an meinen Platz und suche in meiner Bag nach der Quittung. Sie liegt ein wenig zerknittert, neben Schokoriegeln, Kugelschreibern und Kondomen. Ich nehme sie vorsichtig raus, gehe damit zu Thomas und knalle sie ihm auf den Tisch.
„Damit du mir glaubst!“
Er ließt den Schrieb durch, sagt: „Alles klar!“ und reicht ihn mir zurück.

Als ich zuhause bin, filme ich das Intro für meine FSK 18 Version, die für meinen Bruder bestimmt ist. Ich ziehe mir einen Kapuzenpullover, eine Baggy Pant und Skateschuhe an, lege eine dicke Goldkette mit dickem Kreuz, die ich mir vor kurzem im Internet bestellt habe um meinen Hals, binde mir ein rotes Durag, so ein Kondom für die Birne, um meinen Kopf und setze eine Sonnenbrille auf. Als ich einen Blick in den Spiegel werfe, sehe ich fast so aus wie Ali G. Ich montiere meine Kamera auf ihrem Stativ und starte Sidos >Arschficksong<, starte die Aufnahme und tanze so voll cool mit den Armen hin und her und mache es wie diese ganzen megakrassen Rapper in ihren geilen Hiphop-Videos. Yo check den Scheiß und so Yo! Yo! Du dumme bitch, nigga!

Nachdem das Lied zu Ende ist, stelle ich das Stativ auf eine andere Höhe ein und wiederhole die Aufnahme aus einer anderen Perspektive. Ich filme noch aus zwei weiteren Perspektiven, damit es so aussieht wie bei Bushido, Massiv und Fler und den ganzen Hiphop-Heads, doch als ich meine Aufnahmen an meinem Laptop überprüfe, sieht das alles überhaupt nicht cool aus. Egal aus welchem Blickwinkel ich es betrachte. Trotz der richtig fetten Bling Bling Klunker. Ich sehe total bescheuert aus, lächerlich, wie ich da in diesem albernen Outfit stehe, wild rumfuchtele und irgendwelche dämlichen Silben spitte. Irgendetwas fehlt! Und als ich die Kamera abbaue, fällt mir ein, was es ist. Bisher kommen keine Titten in meinem Videoclip vor. Ein Hiphop-Clip ohne Titten und Ärsche! Das geht doch nicht! Frag mal Snoop Dogg! Und um diesen Shit so richtig real wirken zu lassen, durchforste ich meine 3 x 300 GB Pornosammlung nach einer geeigneten Szene. Es dauert nicht lange, bis ich eine Sequenz gefunden habe, in der eine Frau, die irgendetwas von Michaela Schaffrath, aber natürlich nicht von Gina Wild hat, sich direkt vor dem Objektiv auszieht und stolz ihre prallen Möpse in die Kamera hält. In der Szene treibt sie es dann mit drei Typen, die irgendetwas von den Fat Boys haben. Ich schneide die ersten paar Sekunden raus, denn für mein Intro benötige ich nur ihren Strip, bis zu dem Zeitpunkt an dem man ihre Nippel sehen kann. Diese kurze Sequenz schneide ich dreimal zwischen die Aufnahme auf der ich tanzend und rappend zu sehen bin. Dann

sieht es schon besser aus. Wenigstens ein bisschen, aber am Ende wird es doch langweilig, weshalb ich noch ein paar Pornobilder aus der Szene reinschneide, in dem man dann auch schön die Muschi, den Arsch und den Mund erkennen kann, in denen jeweils ein Prachtexemplar von Pimmel steckt.
Ein paar Minuten später ist das Intro fertig und als ich mein Werk kontrolliere, bin ich schwer beeindruckt. Die pornographischen Elemente gegen Ende geben dem ganzen einen unglaublich realen Touch. Es ist sogar viel besser, als die Musikvideos, weil es nicht zensiert ist. Ich muss kurz überlegen, dann fällt mir der Titel für das Intro meines Films ein. Ich taufe es auf den Namen: >real-bitch-ass-nigga-to-the-heart aka big-daddy-muck-suck-fist-fuck: Original Pimpers Explizit Connection<. Kurz nachdem ich das Intro gespeichert habe, stürzt mein Laptop ab. Einfach so und dann geht nichts mehr. Nur Bluescreen. So ein Kack! Dieser blöde PC. Hätte ich doch einen Mac, dann gäbe es diese Sorgen nicht. Gott sei Dank sind meine Filmdateien auf meinen externen Festplatten abgespeichert. Die sind bestimmt in Ordnung. Aber jetzt reicht es. Ich muss Windows neu installieren.
Knapp zwei Stunden nach dem plötzlichen Absturz ist wieder alles in Ordnung, sämtliche Software, die ich benötige, neu installiert. Selbst das Internet funktioniert super, schnelle Verbindung, nur sind meine Zugangsdaten nicht mehr gespeichert und ich muss sie per Mail anfordern. Leider fällt mir das Passwort für meinen E-Mail-Account nicht ein.

01.03.2005

Zum ersten Mal halte ich die kleine, aktualisierte Version des Jahreskatalogs in den Händen. Auf knapp 40 Seiten informieren wir über die neuesten Vorgänge in unserem Produktsortiment. Neuheiten sind, wie in jeder Ausgabe, groß und farbig hervorgehoben, um auf sie aufmerksam zu machen, aber beim Großteil der Produkte handelt es sich um alte Güter, die noch zahlreich auf Lager sind, schlecht verkauft werden, mittlerweile Lagerraum verschenken und die wir endlich loswerden wollen, damit wir sie durch interessantere Produkte ersetzen können. Jeder Kunde, der den Katalog ein wenig genauer unter die Lupe nimmt, lernt mich kennen. Auf Seite 38. Oben in der rechten Ecke. Zwar stimmt nicht alles, was dort steht, aber das ist egal. Ich bin unglaublich stolz auf mich.

Moritz Becker arbeitet seit vier Jahren als Kundenberater. „Einen schöneren Arbeitsplatz kann ich mir nicht vorstellen", sagt der 22-jährige mit einem charmanten Lächeln. „Und manchmal, wenn ein Kunde kniffelige Fragen zu einem unserer Produkte stellt, spornt es meinen Ehrgeiz an, eine Lösung für ihn zu finden und wenn ich sie dann gefunden habe, erfüllt mich das mit Stolz."

Laut Katalog arbeite ich hier schon seit vier Jahren. Und ich bin gleich zwei Jahre jünger. Ich male mit einem roten Marker ein großes Herz um mein Foto.

Zur Mittagszeit brummt es im Callcenter. Und wie! Das Katalog-Update ist heute beim Kunden angekommen und dem entsprechend groß ist der Andrang am Telefon. Obwohl immer noch Kunden in der Warteschleife hängen, surfe ich im Internet. Heute ist mein letzter Tag vor meinem Urlaub und deswegen habe ich keine Lust zu arbeiten. Während ich meine Ebay-Auktionen checke, führe ich ein Selbstgespräch und verkaufe einem imaginären Kunden zwei Matrixfiguren aus Hartplastik und ein Vampirkostüm samt Barockperücke und Gebiss. Bei Ebay finde ich ein paar interessante Artikel, auf die ich ein Auge werfen will. Ich verabschiede mich von meinem nicht vorhandenen Kunden, lege den Hörer für einen Moment auf das Telefon und nehme ihn sofort wieder ab. „Guten Tag. Hier ist die Lift Hotline. Mein Name ist Moritz Becker. Was kann ich für Sie tun?"

Mich empfängt erneut das Tuten der Leitung. Ich drehe die Lautstärke am Headset etwas leiser und kann mich dann in aller Ruhe wieder dem Internet widmen. Als ich mich bei Ebay auslogge, beobachte ich auf meiner Seite 66 Artikel. Zu diesem Zeitpunkt befinden sich jedoch noch zwei Kunden in der Warteschleife, also führe ich ein weiteres fiktives Beratungsgespräch, in dem ich die neuesten Karnevalskostüme präsentiere.

Erst als auf der Anzeige zu erkennen ist, dass sich kein Kunde mehr in der Warteschleife befindet, bin ich bereit weiterzuarbeiten. Ich lege den Hörer auf das Telefon und warte ein paar Minuten bis ich den nächsten Kunden an der Strippe habe.

„Guten Tag. Hier ist die Lift Hotline. Sie sprechen mit Moritz Becker. Was kann ich für Sie tun?"

„Ja, endlich erreiche ich mal jemanden. Ich versuche es schon zum vierten Mal."

„Könnten Sie bitte etwas lauter sprechen? Ich verstehe Sie überhaupt nicht!"

Erst dann fällt mir ein, dass ich mein Headset wieder lauter drehen muss.

„IST ES JETZT BESSER?"

„Ja, viel besser!"

Ein wenig zu laut sogar. Da kriege ich doch einen Hörschaden von. Ich drehe die Lautstärke wieder runter.

„Tut mir leid, dass Sie so lange warten mussten. Ist viel los! Wie kann ich Ihnen weiterhelfen?" Ich berate einen Kunden aus Erfurt, der sich ein paar Boxen bestellen möchte, danach geselle ich mich zu Daniela und erzähle ihr, dass ich in ein paar Tagen zum Skifahren in die französischen Alpen fahren werde. Sie wünscht mir viel Spaß, dann muss sie sich um einen Kunden kümmern.

17.03.2005

Während der Arbeit lästere ich mit Daniela per Internet über meine Abteilungsleiterin ab. Und was Daniela alles missfällt! Ich habe nicht gedacht, dass ihr überhaupt so viel an Anne auffällt. Ihre Stimme, ihr Gang, ihre Klamotten, ihre Frisur, ihre Haltung, ihr Parfüm, ihre Brille, ihre Figur. Das gesamte Erscheinungsbild, das nach Danielas Aussage >irgendwie behindert< ist. Ich schreibe selbst nicht viel, sondern lasse Daniela das Wort. Alle paar Minuten habe ich eine neue E-Mail von ihr in meinem firmeninternen Posteingang.

21.03.2005

Noch bevor ich mich zu meiner Spätschicht einstempele, laufe ich rüber in unsere Küche und schmeiße Milch und Kakao in den Mixer. Danach werfe ich Vanilleeis drauf und verrühre das Ganze zuerst auf Stufe eins, dann für dreißig Sekunden auf Stufe zwei. Kurze Zeit später ist der Shake fertig und ein kleines bisschen des Inhalts landet in einem Glas. Das ist für mich. Anschließend fülle ich den Edelstahlbecher mit frischem Vanilleeis, Sojamilch, viel Kakao und dem Rinderhirn, dass ich mir heute Morgen im Schlachthof besorgt habe. Ich schalte den Mixer auf Stufe zwei, verteile den Inhalt auf mehrere Gläser und laufe dann mit einem Tablett in der Hand rüber ins Callcenter.

Gestern habe ich eine Reportage gesehen, in der berichtet wurde, dass Bakterien durch die Aufnahme von Partikeln, deren Eigenschaften absorbieren können. Ich bin gespannt, ob das, was die Bakterien machen, auch bei meinem Kollegen klappt. Vielleicht lernen sie ja was. Ist natürlich scheiße, dass ich das Hirn einer dummen Kuh und nicht das von Albert Einstein verfüttere, aber was soll ich machen? An besseres Material komme ich nun mal nicht so leicht. Und für die dummen Affen sind blöde Kühe schon ganz gut.

Ich stelle das Tablett auf meinen Schreibtisch, stempele mich an meinem Computer ein, öffne das Warenwirtschaftssystem, rufe gleich danach alle anwesenden Mitarbeiter zusammen und biete ihnen einen Milkshake an.

„Was ist denn der Anlass?“, fragt Robert, der DJ Tomekk zum Verwechseln ähnlich sieht.

„Ich brauche noch eine Szene für meinen Film und wollte euch fragen, ob ihr bereit wärt mir bei einer Einstellung behilflich zu sein!“

„Wieso machst du das?“, fragt Anne.

„Ist das immer noch für deine Freundin?“, fragt Melanie, die direkt neben mir steht und aussieht, wie eine originalgetreue Kopie von Marianne Rosenberg.

„Du hast eine Freundin? Mit dir hält es eine aus?“, sagt Anne.

„Ja, kannst du mal sehen!“

Und hält es irgendwer mit dir aus? Nee, bestimmt nicht.

„Also gut! Macht das! Aber beeilt euch! Wir müssen zurück an die Arbeit!“
„Klar. Ich hole eben meine Kamera!“
Ein paar Sekunden später ist alles fertig und wir positionieren uns halbkreisförmig im Mittelgang. Ich starte die Aufnahme. Dann können wir loslegen, aber leider wissen wir nicht worauf wir anstoßen sollen. Ein paar schlagen >auf unsere Firma vor<, andere >auf den Film<, wieder andere >auf ein glückliches Leben<, was viele >ganz gut finden<, mir aber nicht gefällt, noch nicht und deswegen schlage ich >auf mehr Hirn vor<. Unsere Welt wird beherrscht von Dummheit und ein wenig mehr Hirn würde uns sicherlich gut tun.
„Auf mehr Hirn?“, sagt Anne.
„Dass du auf so was kommst, finde ich super! Mehr Hirn würde dir nicht schaden.“
Dir vor allen Dingen auch nicht!
Für einen Moment ist es im Callcenter ruhig. Du dämliche Drecksnutte. Du wirst schon noch sehen, was du von deinen Scherzen hast. Dir werde ich es schon zeigen. Darauf kannste einen lassen. Nach ein paar Sekunden unterbricht Robert die Stille.
„Ja, dann lass uns auf unsere Firma, auf den Film, auf ein glückliches Leben und auf mehr Hirn trinken!“
„Jawohl! Mehr Hirn für unsere beschränkte Menschheit!“, sagt Thomas stößt sein Glas gegen meins, schaut mir aber nicht in die Augen. Dann trinkt er den ersten Schluck von seinem Milkshake und auch ich genieße meinen herrlichen Drink.
„Schmeckt super!“, sagt Robert.
„Wie hast du den gemacht?“
„Bloß Eis, Milch und Kakao!“, sage ich und schalte die Kamera aus. Eine Minute später liegt sie wieder in meiner Bag, direkt neben der Tupperdose, in der noch ein paar kleine Stücke Rinderhirn liegen.
„Miriam, du bist doch Praktikantin? Räum mal den Dreck weg!“, sage ich und setze mich an meinen Arbeitsplatz.

24.03.2005

Ich verbringe die Mittagspause mit Daniela und anstatt wie beinahe an jedem Tag in ein Restaurant zu gehen, kann ich sie dazu überreden, etwas mit mir zu filmen. Ich brauche mehr Filmmaterial. Viel mehr. Immer mehr. Und noch mehr.

„Ich würde gerne den Weg einer Bestellung aufnehmen!“, sage ich zu ihr.

„Wieso?“

„Na, für meine Freundin!“

„Und was willst du aufnehmen?“

„Ich möchte eine Bestellannahme filmen, dann soll sie direkt rüber ins Lager gebracht werden, wo sie dann verpackt wird. Dazu benötige ich deine Hilfe!“

„O.K. Dann lass uns das mal machen!“

„Hast du Lust?“

„Klar wieso nicht? Ist doch mal was anderes als immer nur irgendwo essen zu gehen!“

„Lass uns eine Pizza bestellen und dann drehen wir das schnell. Wenn wir fertig sind wird die Pizza bestimmt da sein!“

„Gute Idee!“

Ich nehme ihre Bestellung auf und rufe bei Joey‘s Pizzaservice an. Nachdem ich der Stimme, die irgendetwas von der Synchronstimme von George Clooney hat, in meinem Ohr meine Telefonnummer mitgeteilt und die Lieferadresse bestätigt habe, bestelle ich zwei Pizzen, eine Portion Pizzabrötchen mit Kräuterremoulade und einen Becher Eis. Die Lieferzeit beträgt eine halbe Stunde. Das sollte reichen.

Ich nehme meine Kamera und stelle sie neben Danielas Schreibtisch auf. Nach zehn Minuten in der Maske können wir endlich mit der fiktiven Bestellannahme beginnen.

„Lass dir irgendeinen Text einfallen! Du musst ein kurzes Selbstgespräch führen. Und das Lächeln nicht vergessen“, rufe ich ihr zu, als ich hinter meiner Kamera stehe und das Bild einstelle. Nach fünf Minuten haben wir die Szene im Kasten. Daniela hat einer Kundin ein Poster von Brad Pitt verkauft. Per Expressversand. Ganz schön clever. Jetzt muss die Rechnung natürlich sofort ausgedruckt und ins Lager gebracht werden. Ja, ja, so läuft das bei uns! Sie steht von ihrem Stuhl auf. Ich nehme die Kamera vom Stativ und dann geht es mit ihr zum Drucker. Dort gibt es gleich das erste Problem. Das Papier ist aus und muss erstmal nachgelegt werden. Voll cool, dass so eine Panne passiert. Damit hat niemand gerechnet, aber das macht das alles unglaublich authentisch und ich filme sie bei der dringenden Problembehebung, ohne ihr behilflich zu sein. Einen Moment später ist das Papier nachgelegt und der Drucker beginnt mit dem Druck. Nachdem ich einen kurzen Schwenk auf die Rechnung gemacht habe, entnimmt sie die beiden Zettel und wir machen uns auf zum Lager. Ich immer schön mit der Kamera hinter ihr und ihrem geilen Arsch her. Das macht total Spaß. Im Lager filme ich wie Daniela die Rechnung an einen Lagerarbeiter überreicht, dessen Name ich überhaupt nicht kenne. Vor allen Dingen interessiert mich dieser überhaupt nicht, was vielleicht daran liegt, dass er genauso aussieht wie Michael >Bully< Herbig. Er packt die Ware in einen Karton und klebt ihn zu. Danach lächelt er in die Kamera und wirft es zu den anderen Paketen auf den Postwagen. Die Aufnahme ist nicht perfekt, aber sie reicht aus und wir laufen zurück. Kurz nachdem wir wieder im Büro sind, kommt auch schon der Pizzabote, der nicht nur so aussieht, sondern auch so redet und sich bewegt wie Woody Allen, mit unserem Essen. Das hat ja perfekt geklappt.

Nach der Mittagspause ist nicht viel zu tun. Voll cool. Die Nachfrage durch das Update hat ihren Zenit überschritten. Endlich. Auch wenn‘s ein wenig schade ist, dass nicht mehr ganz so viele Kunden einen Blick in das Update und damit auf mich werfen. Das vorherrschende Gefühl im kalten Großraumbüro am frühen Nachmittag bleibt die Langeweile und weil ich keine Lust habe, mich um schriftliche Kundenanfragen zu kümmern, mache ich nichts und blicke immer wieder aus dem Fenster. Alles ist grau. Sieht aus wie bei Schindlers Liste. Wann ist endlich Feierabend? Die Zeit vergeht nicht. Ach, so ein Scheiß, aber dann komme ich auf die Idee mich dabei zu filmen, wie ich mich auf meinem Drehstuhl im Kreis drehe.

Gefühlte Jahre später, kurz vor Feierabend, als die Sekunden mir wie Stunden vorkommen, schnappe ich mir mein Handy und schicke eine Kurzmitteilung an Daniela, die zehn Meter von mir entfernt sitzt und arbeitet.

„Hast du Lust auf einen Cocktail?"

Ich sehe, wie sie auf ihr Handy starrt, es in die Hand nimmt und die Antwort eintippt. Nachdem sie die Nachricht abgeschickt hat, schaut sie kurz zu mir rüber und lächelt mich an.

„Gerne, wann sollen wir das machen?"

Endlich hat sie mal Zeit für mich und muss sich nicht um eine ihrer dummen Freundinnen kümmern. Ich lächele zurück und antworte ihr.

„Wie wäre es mit Samstag? Ich kann ja bei dir vorbeikommen und dann gucken wir mal was wir machen. Freue mich!! Bussi Moritz"

Dann klingelt mein Telefon und ich habe einen Kunden am Telefon, der aus Emsdetten kommt und seinem Sohn, einem Waffennarr, das Computerspiel >Counterstrike< bestellen möchte. Es dauert nicht lange, dann ist die Rechnung gedruckt, ich mache Feierabend, packe meine Sachen, klemme mir eine Zigarette hinter das rechte Ohr und laufe noch mal kurz an Danielas Arbeitsplatz.
„Samstag passt mir prima!", sagt sie.
„Super!"
„Ich freu mich drauf."
„Ich mich auch!"

26.03.2005

Ich setze mich auf einen blauen, aufblasbaren Sessel, der neben dem Bettsofa steht und schaue mich in Danielas Zimmer um, während sie in die Küche geht und etwas zu trinken besorgt. Über ihrem Schreibtisch hängen mehrere Bilder, auf denen sie mit irgendwelchen Personen abgebildet ist, die ich nicht kenne. Sie lächelt mich von einem Balkon aus an. Sie und ganz viele andere Mädels lächeln mich von einem Strand aus an. Sie und ein Kerl, der so aussieht wie Otto Waalkes, stehen vor einer Motoryacht und lächeln mich an. Alle sind voll happy. Dann entdecke ich Fotos, die sie mit ihrem Exfreund in einem Fotoautomaten gemacht hat. Vier Stück, untereinander, alle an einem Streifen, noch genauso, wie sie damals nach ein paar Minuten vom Automaten ausgespuckt wurden und dann noch für einen Moment trocknen mussten. Darauf machen sie hässliche Grimassen, bei jedem Foto eine andere, so als seien sie total crazy und ihr Leben mega freakig. Obwohl die Beziehung seit ein paar Monaten beendet ist, kleben die Fotos immer noch an der Wand.

Neben der Zimmertür entdecke ich einen Zettel. Er ist mit kleinen Reißzwecken auf der beige gestrichenen Raufasertapete befestigt. Daniela hat etwas Handschriftliches verfasst:

„Guten Morgen, lass dich nicht unterkriegen, die dumme Anne schafft es doch auch. Auf geht‘s. Zeig‘s ihr!“

Ein kleiner Spruch zur morgendlichen Motivation, der vielleicht in den ersten Tagen geholfen hat, aber jetzt doch sicherlich nicht mehr beachtet wird. Ich muss ihr ein bisschen helfen. Ich will meine Chefin ebenfalls loswerden. Ich hasse ihre Hippie-Gutmensch-Art. Die hat doch keine Ahnung, wie man eine Abteilung führt. Es wird langsam Zeit, dass sie abdankt.

Als Daniela zurück in ihr Zimmer kommt, habe ich bereits meine MiniDV Kamera in einer Ecke positioniert und schaue mir gerade ihre kleine CD und DVD Sammlung an, zu der unter anderem drei >Sex and the City< DVDs gehören.

„Was wollen wir machen?“, fragt sie mich.

27.03.2005

Als ich aufwache, sehe ich wie Daniela die benutzten Kondome aufhebt und in den Müll wirft. Sie geht ins Bad, ich packe meine Kamera ein und lege mich zurück ins Bett. Sie kommt nach ein paar Minuten wieder zurück und mir fällt ein, dass jetzt gleich eine meiner Ebay-Auktionen ausläuft. Es ist bereits kurz vor Mittag.

„Hast du einen Internetzugang?“, frage ich Daniela, die sich gerade die Haare föhnt.

„Nein, leider nicht. Mein Computer ist kaputt!“
„Verdammt.“
„Was ist denn?“
„Dann muss ich schnell los! Eine Ebay-Auktion läuft gleich aus. Die habe ich völlig vergessen!“
„Oh! Was willst du dir denn kaufen?“
„Ein neues Handy!“, sage ich, denn mit dem alten kann ich ja überhaupt nichts mehr anfangen. Ich stehe auf, ziehe mich an und packe meine Sachen. Als ich mich von ihr verabschiede sage ich: „Ach... und lass uns das Ganze bitte geheimhalten. Es muss nicht gleich die ganze Firma erfahren!“
„Ok! Du hast recht.“
Dann blicke ich erneut auf meine Uhr. „Oh, verdammt. Ich muss mich sputen!“
„Viel Erfolg. Wir sehen uns auf der Arbeit!“

Zuhause geht‘s auch gleich ins Internet, auf die Internetseite von Ebay. Ich logge mich ein und klicke auf den Link, der mich zu meinem neuen Handy führt. Ich bin noch rechtzeitig, was wohl daran lag, dass ich mit 100 Stundenkilometern durch die Stadt raste. Es bleiben noch ein paar Minuten. Ich gebe mein Gebot ab. Damit sollte ich die Auktion gewinnen und das neue Gerät gehört mir. Doch als ich das Gebot bestätigen möchte, ist der Monitor plötzlich schwarz und der Laptop aus. Und das, obwohl ich Windows erst vor ein paar Wochen neu installiert habe. Ich fahre meinen Laptop sofort wieder hoch, doch als ich mich wieder einlogge, ist die Auktion vorbei. So eine Kacke!

01.04.2005

Als ich um fünf vor zwölf auf der Arbeit erscheine fühle ich mich fast so wie ein sexuell frustrierter Skinhead aus Hoyerswerda kurz vor der Negerhatz. So >Falling down< hoch >American History X< mäßig. Egal wohin ich im Callcenter blicke, überall sehe ich Titten und Mösen und vor allem Arschlöcher. Thomas begrüßt mich heute merkwürdigerweise total gut gelaunt.

Und dann weiß ich auch wieso.
„Moritz, guck dir mal meinen neuen Rechner an!", erzählt er stolz, als ich dabei bin mich an meinem Rechner anzumelden. Ich entdecke seinen neuen Laptop und würde ihm mit meinen Schuhen am liebsten mehrmals in die Fresse treten. Macht hier einen auf ganz cool und dabei hat er sich ja nicht einmal einen Apple gekauft.
„Schön für dich!", bemerke ich kurz und schroff. Jetzt halt deine Fresse.
Tut er aber nicht.
„Das Teil ist ja so geil!"
Jedes weitere Wort aus seinem Mund bringt mich einem Ausraster näher. Ich versuche ihn so gut wie möglich zu ignorieren, und als er mir erzählt, dass er nun 2 Gigabyte Arbeitsspeicher und eine 250 GB Festplatte hat, höre ich nicht mehr hin, sondern checke meinen Ebay-Account. Thomas brabbelt weiterhin von seinem Laptop, der hat einen Double Layer DVD Brenner, was mich einen feuchten Dreck interessiert und weshalb ich ein Telefonat mit einem Kunden vortäusche und mich ins Internet begebe. Mein Laptop ist nun total im Arsch, funktioniert überhaupt nicht mehr und ich konnte seit Tagen meinen Ebay-Account von zuhause aus nicht checken. Ich habe 12 Auktionen verpasst, die mich brennend interessierten. Jetzt muss ich mir was kaufen, irgendetwas Teures.
Die tollen Angebote, die ich bei Ebay entdecke, verbessern schlagartig meine Laune, und weil ich keine Auktion, die heute Abend ausläuft beobachten kann, schlage ich bei einer Sofort-Kaufen Auktion zu und hole mir das neue Apple iPod Ach-ist-das-toll-Shuffle, mit einer Speicherkapazität von 512 MB, das erst seit kurzem auf dem Markt ist. Gleich nachdem ich die Bankverbindung des Verkäufers habe, checke ich mein Bankkonto ab. Es ist Monatsanfang und das Geld meines Vaters ist seit gestern auf meinem Konto. Genau wie mein Gehalt. Ich überweise das Geld für den Mp3-Player, meinen fünften von Apple. In spätestens einer Woche sollte ich ihn haben. Für einen kleinen Moment fühle ich mich glücklich und vollkommen. Ein Gefühl, das nach ein paar Sekunden wieder vorbei ist, da mein Telefon klingelt und mich wieder in meine Realität zurückholt. Ich habe leider vergessen, den

Telefonhörer neben das Telefon zu legen.
„Guten Tag. Hier ist die Lift Hotline. Mein Name ist Moritz Becker. Was kann ich für Sie tun?"
Bis zur Mittagspause um 14.00 Uhr führe ich 27 Kundengespräche und da es heute leider nicht ruhig ist und ich kaum Zeit habe, bestelle ich mir eine Pizza und eine Portion Pizzabrötchen mit Schinkenfüllung.
Es dauert eine halbe Stunde, dann liegt die geschnittene Pizza vor mir und ich mache meine Mittagspause. Der Kauf des iPod-Ach-ist-das-toll-Shuffle hat mir gut getan. Der Zahlungseingang ist mir bereits per E-Mail bestätigt worden. Das Paket verlässt heute Abend das Firmengelände. Jetzt können mir selbst der bescheuerte Thomas und sein neuer Laptop nichts anhaben. Als ich grade das vierte Stück meiner knusprigen Pizza in die Hand nehme, kommt Thomas durch die Eingangstür ins Callcenter gestürzt. Er rennt direkt auf mich zu, bleibt an meinem Arbeitsplatz stehen und atmet tief durch.
„Moritz! Verdammt, du musst mit runterkommen!", sagt er hektisch.
„Was ist denn los?"
„Du musst es dir anschauen!"
„Was denn?"
„Auf dem Parkplatz! Es gab einen Unfall! Und ich glaube dein Wagen ...!"
„WAS?", schreie ich. Das Pizzastück fällt auf meine Jeans. Ich hebe es auf und es hinterlässt einen Fettfleck auf meiner dunkelblauen Hose. So ein Mist. Ich hoffe, ich kriege den wieder raus. Ich stehe auf, und renne zum nächsten Fenster. Wo steht mein Wagen?
„WAS IST MIT MEINEM WAGEN?", schreie ich und suche den Parkplatz nach meinem Wagen ab, kann ihn aber nicht entdecken. Ein anderes Gebäude versperrt mir die Sicht. Ich renne aus dem Großraumbüro.
„Irgendjemand hat deinen Wagen gerammt. Vielleicht war es der Pizzabote! Aber derjenige hat Fahrerflucht begangen. Ich ruf mal bei der Pizzeria an", höre ich ihn hinter mir her rufen.
„Ja, mach das!"

Verdammte Kacke! Mein Wagen! Wenn ich den erwische!! Den prügele ich tot, den Wichser! Und dann nicht einmal zu dem stehen, was man tut und so feige sein und Fahrerflucht begehen! Ich schwöre, der Kerl, der wird für das, was er getan hat, bluten. Ich stürze die Treppen herunter und renne quer über den Parkplatz. In Sekundenbruchteilen erreiche ich meinen Audi, ich wusste gar nicht, dass ich so schnell sein kann. Mein Herz hämmert gegen meine Brust. Schweißperlen bilden sich auf meiner Stirn. Ich laufe einmal um meinen Wagen herum und suche ihn nach Schäden ab, kann aber nicht einen Kratzer entdecken, was mich beruhigt, aber auch verwundert. Um sicher zu gehen, laufe ich noch einmal um ihn rum. Selbst beim zweiten Check entdecke ich keine Schäden. Dann erreicht Thomas meinen Wagen. Er hält eine Kamera in der Hand und sagt: „April, April!"
„Haha, wie witzig! Aber vielleicht kannst du diese Kinderkacke bitte unterlassen. Das findest du bestimmt lustig, nicht wahr? Andere Menschen zu verarschen. Sie durch falsche Informationen in Situationen zu locken und dann mal zu schauen, wie sie reagieren, nicht wahr? Hast wohl Langeweile!?", sage ich zwischen dem Luftholen.
„Jetzt reg' dich mal nicht so auf! War doch nur ein Aprilscherz! Und ich musste meine neue Kamera mal ausprobieren."
Die hat der Arsch also auch noch neu. Ich fasse es nicht.
„Aprilscherz, wie witzig. Haha. Echt zum Totlachen und gefilmt hast du den ganzen Quatsch noch?"
„Kannst das ja in deine Reportage einbauen!"
„Und was soll das zeigen? Wie sich die Mitarbeiter in unserem Unternehmen verarschen? Hä?"
„Das ist doch bloß ein Scherz!"
„Auf so einen Scheiß kann ich verzichten! Ich habe ganz andere Sorgen!" Ich schüttele den Kopf, senke mein Haupt, gehe ohne ein weiteres Wort zu sagen wieder hoch Richtung Arbeitsplatz und lasse ihn mit einem schlechten Gewissen auf dem Parkplatz zurück.
„Meine Güte, verstehst du keinen Spaß?", ruft Thomas mir hinterher.

„Leck‘ mich!“
Ich zeige ihm den Effenbergfinger, verschwinde im Gebäude und steige in den Fahrstuhl. Als sich die Türen schließen, sehe ich, wie Thomas die Eingangshalle betritt. Durch die Glasscheiben hindurch wiederhole ich meine Geste, dann schlüpft der Fahrstuhl durch den Boden der ersten Etage und Thomas verschwindet aus meinem Blickfeld. Als ich wieder oben im Büro ankomme, ist meine Pizza kalt und meine Laune genauso schlecht wie heute Morgen. Ich stelle mir vor, wie ich dicke Taue an meinen Wagen hänge und Thomas nackt hinter mir her über das Kopfsteinpflaster am Domplatz ziehe. Wäre ja nicht das erste Mal, dass man dort Leute quält. Natürlich nur Leute, die es verdient haben.
Später am Nachmittag besitzt Thomas die Frechheit, mir das Video auf einer grade eben gebrannten CD zu reichen. Sein neuer Laptop funktioniert ja so super. Dieser dumme Flachwichser wird das alles noch bitter bereuen.

Ich mache Feierabend, verlasse das Callcenter, fahre nach Hause und beginne mit meiner Vergeltungsaktion. Ich erstelle einen neuen Avatar. Nach kurzer Überlegung taufe ich ihn auf den Namen Carola Weißenhuber. Ihr Community-Name lautet: >Mary Goodnight<. Sie ist 23 Jahre alt und als ich das Foto hochladen muss, öffne ich ein weiteres Browserfenster und suche nach etwas passendem. Carola soll möglichst irgendetwas von Paris Hilton haben, aber im Gegensatz zu der dummen Schlampe, soll sie auch was im Kopf haben. Ich finde ein Foto eines Models, lade es hoch, dann bearbeite ich ihre Interessen. Carola macht dreimal in der Woche Yoga, liebt Kunst und Literatur und interessiert sich für Politik und wenn sie überhaupt fernsieht, dann bloß arte. Das wird Thomas bestimmt gefallen. Er steht ja auf Frauen mit Grips. Als das Profil fertig ist, suche ich nach meinem Arbeitskollegen, doch leider ist er nicht online. Dann wird Carola ihn eben in den nächsten Tagen kontaktieren.

TEIL 2

„..., im Himmel wie auf Erden, unser tägliches Geficktwerden gib uns heute, fick unsere Billigküchen, fick unsere Urlaubspläne, fick den Vater, die Mutter, den Sohn und den Heiligen Geist, fick Arbeitszeiten, Vorschriften, Gehälter, Gäste-WCs, Kraftfahrzeugsteuer, Betriebskosten, Gasrechnung, FICK UNS UND UNSERE FICKER WIE AUCH WIR SIE FICKEN UND FICK DICH SELBST IN EWIGKEIT, AMEN,...“
Guiseppe Culicchia „Bla Bla Bla”

02.04.2005

Ich schaue mich unter den weiblichen Mitgliedern meiner Community um und bin enttäuscht darüber, dass die Betreiber der Internetseite die Mitglieder nicht nach ihrer Haarfarbe oder ihrer Tittengröße geordnet haben. Das würde mir und anderen eine Menge Suchen ersparen. Ich klicke auf einen Link und sehe einen Augenblick später, dass >teresa de vincenzo<, ein 18 jähriges Mädchen aus der lebenswertesten Stadt der Welt online ist. Ich habe sie bereits vor einigen Monaten kennengelernt und mich auch schon mal mit ihr getroffen. Sie teilt mir mit, dass sie an den letzten Wochenenden mit ein bis drei Männern geschlafen hat, die total gut im Bett waren. Sie ist der Ansicht, dass es besser ist, mit einem Wildfremden zu vögeln, als alleine zu sein. Heute würde sie gerne eine Vergewaltigung nachspielen und fragt mich, ob ich nicht Lust hätte, zu ihr zu fahren, sie, ohne einen Mucks zu sagen, zu vergewaltigen und danach sofort wieder zu verschwinden. Ach, diese Scheidungskinder. Die haben vielleicht Vorstellungen vom Leben!

Ich ziehe mir einen schwarzen Anzug an, stecke meine MiniDV Kamera ein und krame ein altes Kruzifix hervor. Als ich einen letzten Blick auf meinen Monitor werfe, sehe ich, dass sie mir ihre Adresse und ihren Nachnamen mitgeteilt hat. Ich soll einmal anklingeln, dann wird sie die Tür öffnen. Zudem fragt sie mich, ob ich eine Sturmmaske besitze.

Ich suche in meiner Abstellkammer nach einer Maske. Die Gaffatape- Rolle liegt, wo sie hingehört, gleich neben dem Akkuschrauber und den Bohrhammer, aber leider finde ich keine Maske, obwohl sie doch eigentlich dort sein müsste. Seitdem ich bei Lift arbeite, habe ich mir doch schon so viele gekauft, denn auf diese Produkte erhalte ich als Mitarbeiter schließlich 30% Rabatt. Ich merke wie die Wut in mir hochsteigt. Vielleicht hat Mounia meine Masken irgendwohin geräumt, dann kann ich ja ewig suchen. Die hat mein System immer noch nicht verstanden oder sie räumt die Sachen absichtlich an die falschen Orte, bloß um mich zu ärgern. Wenn ich keine Maske finde, dann wäre der Abend versaut. Das wäre ein Grund, ihr zu kündigen. Als ich aber die Schubladen

meiner Kommode im Wohnzimmer durchstöbere, finde ich eine und da ich keine Lust habe, noch weiterzusuchen, schnappe ich sie mir. Es ist eine Edmund-Stoiber-Maske aus Naturkautschuk, die ich mir zur Bundestagswahl 2002 gekauft habe. Gott sei Dank habe ich diese damals nicht verbrannt.
Ich packe meine Utensilien ein und fahre zum vereinbarten Treffpunkt. Nach Roxel, einem sozialstarken Stadtteil mit vielen 30er Zonen, verkehrsberuhigten Bereichen, einer Menge Einfamilienhäusern mit gepflegten Vorgärten und Schildern, die vor dem bösen Hund warnen. Ein gutbürgerlicher Traum, fast so wie der Stadtteil in dem ich aufwuchs. Wenn man die Gegend betrachtet könnte man fast annehmen, dass in diesen Straßen keine Neurotiker, Perverse und Pädophile residieren, so schön sieht das alles aus.
Als ich vor der Haustür eines Mehrfamilienhauses stehe und nach der Klingel suche, ziehe ich mir meine Lederhandschuhe über. Ich klingele einmal wie vereinbart und einen Moment später ertönt der Türöffner und ich drücke die Tür auf. Jemand macht mir höflicherweise Licht. Vielen Dank. Ich begebe mich in die zweite Etage. Die Wohnungstür ist einen Spalt geöffnet. Meine Kamera kommt jetzt zum Einsatz und als ich die Aufnahme starte, sehe ich, dass der Akku schon fast leer ist. So ein Mist. Hoffentlich reicht das. Ich checke den Namen an der Wohnungstür, denn eine Verwechselung hätte katastrophale Folgen auf mein polizeiliches Führungszeugnis. Auf der Klingel steht >Memel<. Ich bin richtig. Das beruhigt mich. Ich ziehe die Edmund-Stoiber-Maske auf. Dann kann es losgehen.
Langsam öffne ich die Wohnungstür und betrete die Wohnung. Am Ende des Flurs sehe ich ein schwaches, rotes Licht aus einem der hinteren Zimmer. Es sieht alles aus wie in einem Puff. Es riecht sogar so. Als hätte sie ihre Muschi wie eine rollige Katze an jeder Wand entlang gezogen. Ich gehe weiter bis ich in der Tür zum Schlafzimmer stehe. Teresa de Vincenzo, die im wahren Leben Helen Memel heißt und aussieht wie Charlotte Roche, begrüßt mich mit einem: „Hattest du keine Sturmmaske?“ Sogar ihre Stimme klingt wie die von Charlotte Roche. So ein bisschen lächerlich.

„Nein, leider nicht. Das war die einzige Maske, die ich auf die Schnelle finden konnte.“ Ich lege meine Tasche auf ihren Schreibtisch, neben ein paar, mit Zahnstochern aufgespießte Avocado-Kerne, die in halbgefüllten Gläsern stecken, stelle mein Stativ auf und montiere meine Kamera.
„Ich will nicht, dass du das filmst!“, sagt sie und steht von ihrem Bett auf. Ich schnappe mir die Gaffatape- Rolle und schreie: „HALT DIE FRESSE! DU HAST ÜBERHAUPT NICHTS ZU SAGEN! VERGEWALTIGUNGEN VON HEUTE SIND SO!“ Sie hat wohl vergessen, dass sie eine Frau und zum Kampfe mit den Männern nicht geschaffen ist. Dann stürze ich mich auf sie. Ungefähr so wie ein Triebtäter, der sich mitten im Wald auf eine Sechsjährige stürzt.

04.04.2005

Nach der Arbeit fahren Daniela und ich in das Zentrum der lebenswertesten Stadt der Welt. Ich brauche ein neues Handy. Die Stadt ist angenehm gefüllt. Nicht zu leer und nicht zu voll. Genau richtig. Ein paar Tussis, die irgendetwas von den >Desperate Housewifes< haben, sitzen in den Cafés und ich werde von einem Typen angequatscht, der Meinungsumfragen macht. Da ich jedoch keine Zeit habe, wimmele ich ihn schnell ab, aber Daniela geht darauf ein. Wir wollen uns im Handy-Laden treffen. Alles klar. Kein Problem. Bis gleich.
Eine Minute später warte ich, ähnlich wie bei einem Anruf bei einer Hotline, auf den nächsten freien Mitarbeiter, der für mich, nur für mich da ist. Ich schaue mich bei den neusten Handymodellen um. Von Daniela ist immer noch nichts zu sehen, was mich ein wenig wundert, denn so viele Meinungen kann die doch gar nicht haben. Gerade sie nicht. Als ich ein neues Modell, bei dem laut Geräteinformation die Bewegung mir gehört, in der Hand halte, wird es plötzlich laut. Ich schaue mich um. Am einem der Beratungsschalter entdecke ich eine Frau in Lumpen. Sie ist dick, ihre Haut ist grau, sie ist aufgeschwemmt, unglaublich hässlich und erinnert mich ein bisschen an Alice Schwarzer. Selbst aus einiger

Entfernung kann man erkennen, dass sie eine gescheiterte, kaputte Existenz ist. Sie schreit laut auf.
„Was seid ihr für ein scheiß Laden! Ihr verarscht mich. Ich telefoniere doch überhaupt nicht. Wen soll ich denn anrufen? Die Rechnungsbeträge können nicht stimmen. Ihr nehmt mir die Luft zum Atmen!"
„Aber es steht doch im Computer. Wir erschaffen nicht einfach irgendwelche Verbindungen, um die Rechnungen anzuheben", sagt der Verkäufer entschuldigend.
„Ich scheiß' auf Ihren Computer!!! ICH BIN DOCH NICHT VERRÜCKT!", schreit sie dem sichtlich überforderten Verkäufer entgegen, der immer noch versucht, sie zu beruhigen. Plötzlich greift die Frau nach der Tastatur und zieht mit aller Kraft an ihr. Einen Augenblick später lässt sie die Tastatur fallen. Sie hängt am Anschlusskabel fest und baumelt vor der Verkaufstheke knapp über dem Boden. Ich suche instinktiv nach meinem Handy und will die Szene filmen, aber die Kamera an meinem Handy funktioniert nicht. Von wegen, nehmen Sie die besonderen Ereignisse des Lebens auf. Ein paar Tasten der Tastatur fallen auf den Laminatboden. Dann rennt die Frau direkt auf mich zu, greift nach einem Handy, einem Gerät, das auch in einer meiner Vitrinen steht und nie funktionierte. Wir stehen uns gegenüber, wie Cowboys an High Noon, bewaffnet mit neuester Kommunikationstechnologie. Ich bin wie angewurzelt und bete darum, dass mich diese Frau mit ihren vom Nikotin gefärbten Fingern bloß nicht berührt. Es läuft mir eiskalt den Rücken runter. Ich sehe, dass graue Haare aus ihrem Kinn sprießen. Sie riecht nach Zigaretten, Alkohol und Urin. Nach Bahnhofskneipe. Ekel überkommt mich.
„Du, du gehörst doch bestimmt zu diesen Arschlöchern!", schreit sie mich an, aber ich kann nicht reagieren und mein Blick fällt auf das kleine Schildchen, auf dem die Funktionen des Handys aufgelistet sind. Polyphone Klingeltöne, ah, und eine Bluetooth-Schnittstelle. Aha. Wie viele Farben hat das Display? 56.444. Aha. Das ist ja toll.
Die Frau schreit: „ARSCHLOCH!" und wirft das Handy auf den Boden. Da es jedoch Diebstahl gesichert ist, baumelt es in der

Luft. Dann kommen – Gott sei Dank - ein paar Verkäufer und führen die Frau weg in eine abgelegene Ecke, in der sie in aller Ruhe auf die Polizei warten. Die Frau flucht laut, doch verstehen kann ich es nicht. Keinen Schimmer, in welcher Sprache sie die Mitarbeiter und alle Anwesenden beschimpft. Englisch oder Französisch oder Portugiesisch oder Arabisch oder Russisch oder Türkisch oder Kisuaheli oder was weiß ich. Sie greift nach einer blauen Kaffeetasse mit aufgedrucktem Firmenlogo, die auf einer Theke steht und schmeißt sie gegen eine Wand. Es klirrt laut. Damit hat ihr Geleitschutz nicht gerechnet. Ich ebenfalls nicht. Voll die Action. Neue Kunden, unter ihnen Daniela, schauen sich nach der Quelle des Geräuschs um. Kaffee läuft an der Wand hinunter. Ein Verkäufer, der irgendetwas von Jim Carrey hat, hält die Frau mit beiden Händen fest. Er muss sich gewaltig anstrengen. Dann kommen zwei Polizisten durch die Eingangstür und als sie ins Blickfeld der Verrückten geraten, wird sie von einer Sekunde auf die andere handzahm. Die Polizisten kümmern sich um die geistig verwirrte Frau. Sie rufen einen Krankenwagen.
„Was ist denn hier passiert?“, fragt Daniela, als ein Verkäufer mich anspricht.
„Erzähle ich dir gleich “, antworte ich und wende mich mit meinem Anliegen an den freundlichen Mitarbeiter, der sich vorhin mit der Verrückten auseinandersetzen musste.
Da ich den Kaufbeleg nicht dabei habe, kann ich das alte Handy nicht umtauschen, aber ich entschließe mich einfach dazu, ein neues Gerät zu kaufen. Während der Mitarbeiter meine Daten aufnimmt, wird die Verrückte aus dem Laden geführt und ich erzähle Daniela die Geschichte.
„Das solche Leute überhaupt rumlaufen dürfen!“, ist das Letzte, was sie zu meiner Geschichte sagt. Dann unterschreibe ich den neuen Vertrag, bezahle und wir verschwinden aus dem Laden.
Als ich zuhause ankomme und auf meinem schwarzen Ledersofa sitze, sehe ich mir die RTL-Nachrichten an. Meine Füße schmerzen und ich ziehe meine Adidas Superstar aus, die mir einen satten Schweißfuß bescheren. Die Belüftung des Schuhs ist für meinen Fuß leider nicht ausreichend. Innerhalb kürzester Zeit

duftet mein Wohnzimmer, das sanft beleuchtet ist, nach Käse. Allerbeste Qualität. In den Nachrichten werden heute wieder die Arbeitslosenzahlen vorgestellt. Im März gab es nur noch 5,17 Millionen Menschen, die einem guten Steuerzahler wie mir auf der Tasche lagen.

18.04.2005

„Ich muss dir mal was zeigen!", sage ich zu Michael, greife nach meinem USB Stick und laufe zu ihm rüber.
„Was denn?", fragt Michael.
„Ich habe wieder ein cooles Video gefunden!"
„Alles klar. Dann zeig mal her!"
Ich stecke den USB ein, öffne die Datei per Doppelklick dann spielt der Windows Media Player die auf drei Minuten geschnittene Aufnahme meines letzten Dates ab.
„Der trägt ja eine Maske von Eddie Stoiber!"
„Ja!"
„Ist das ist eine Vergewaltigung?"
„Sieht dem ähnlich."
„Wo hast du das schon wieder her?"
„Von einem polnischen Server! Geil was?"
Auf meinem Monitor ist jetzt zu sehen, wie Edmund Stoiber der Frau das Kruzifix in den von Hämorrhoiden durchzogenen After schiebt. Dann ist das Filmchen zu Ende. Mein Akku war leer.

Ich besorge mir eine frische Ladung Koffein mit Milch und Zucker, stecke mir eine Zigarette an, begebe mich an meinen Arbeitsplatz und bearbeite ein paar Internetbestellungen und Kundenanfragen. Und das ohne eine Pause einzulegen. Ich bin richtig tüchtig und dieses ungewohnte, engagierte Arbeiten lässt merkwürdigerweise die Zeit wie im Fluge vergehen. Als ich mir die nächste Pause gönne, sind nur noch Melanie und ich anwesend. Alle anderen haben bereits Feierabend gemacht. Das habe ich überhaupt nicht mitbekommen.

Zuhause, direkt vor meiner Wohnungstür, liegt ein Paket der Post. Erfreut hebe ich das Paket auf, öffne die Tür, lege meine Sachen zur Seite und packe es aus. Es enthält mein Apple iPod Ach-ist-das-toll-Shuffle. Ein scharfes Gerät, das aussieht wie aus Star Trek. Aber nicht aus der ersten Staffel, sondern >The Next Generation<. Weil ich keine Lust habe, mich vor meinen Fernseher zu setzen, erstelle ich einen neuen Avatar, 26 Jahre alt, Maschinenbaustudent an der RWTH in Aachen. Einen Augenblick später chatte ich mit einem 19-jährigen aus Brandenburg, der sich >maximilian largo< nennt und in einer Töpferei arbeitet. Er freut sich bereits auf übermorgen, dann hat der Führer Geburtstag. Genau vor 116 Jahren und zwei Tagen wurde Adolf Hitler, für ihn der größte Kopf der Geschichte, in Braunau am Inn geboren. Ich frage ihn, was er von Auschwitz hält.

maximilian largo: 23.53.21
teurer freund. Sie glauben doch nicht wirklich an die lügen der juden, oder doch? auschwitz hat es nie gegeben. das wissen Sie ganz genau!

Als ich ihn auf mein Bild hinweise - ein Foto eines Schwarzen, das ich mir zuvor von der Seite einer Hilfsorganisation geladen habe - schreibt er:

maximilian largo: 23.54.43
mein nicht mehr so teurer freund, entschuldigen Sie bitte, aber meine neofaschistische gesinnung verbietet es mir, mich mit primaten wie Ihnen zu unterhalten.

Er wirft mich aus dem Chat. So schnell, dass ich nicht einmal antworten kann.

30.04.2005

Ich mache mir den Spaß und lasse mir von jedem meiner Chatpartner seine Lebensgeschichte erzählen. Wenn nur ein einziger dabei wäre, der nicht mehr als einmal das Leben verflucht und sich nicht so und so oft für den allerunglücklichsten Menschen gehalten hat, würde ich mich auf der Stelle umbringen. Aber wie

vorherzusehen, darf ich weiterleben. Es ist kein einziger dabei. Sie erzählen von all dem Schlechten, das ihnen widerfahren ist. Das Mädchen, dessen Eltern sich haben scheiden lassen. Die Frau, die mehrere Fehlgeburten hatte. Der Kerl, der von seiner Freundin verlassen wurde. Die Tussi, die von ihrem Freund betrogen wurde. Der junge Knabe, der seit Tagen nicht richtig kacken, dafür aber ungemein gut furzen kann und in ein Mädchen verliebt ist, das sich einen Dreck für ihn interessiert. Der Vater, der mit seiner Firma Pleite gegangen ist. Die Mutter, die für ihre unfähigen, erwachsenen Söhne den Haushalt schmeißen muss. Der Ehemann, der zwei Kinder hat, obwohl er unfruchtbar ist. Die Ehefrau, die von ihrem Ehemann betrogen wurde und sich um dessen pflegebedürftigen Vater kümmern muss. Die Großmutter, die einen Schlaganfall erlitten hat. Die Tochter eines aggressiven Alkoholikers. Eine Schriftstellerin, die sich über Intimwaschlotion aufregt oder eine, die ihr Mathematik Studium durch Prostitution finanziert hat. Jaja, diese verdammten Studiengebühren, wie oft sie dafür ihren Arsch hinhalten und wie viel Kilometer Schwanz sie lutschen musste, all das für ein bisschen Bildung! Sie alle erzählen nur Schlechtes, so als sei ihnen das Gute nie begegnet.
Auch Anne nicht. Sie erzählt >dr.no<, dass sie mal schwanger war. Mit 16. Ihr damaliger Freund schwängerte sie, aber er wollte das Kind nicht. Also trieb sie durch eine Ausschabung ab. Ich öffne ein weiteres Fenster und google nach dem Begriff >Ausschabung<. Einen Moment später erfahre ich, dass dabei der Gebärmutterhals mit Metallstiften erweitert wird, so dass der Arzt mit der Abort-Zange das Kind ergreifen und es aus dem Leib reißen kann. Das Kind wird in Teile zerrissen und nachdem alle Teile entfernt sind wird die Gebärmutter mit einer Curette ausgekratzt. Dann wird das Kind zusammengesetzt, um zu überprüfen, ob auch alles entfernt wurde, denn sonst kann es zu Komplikationen und gesundheitlichen Schäden kommen. Anschließend landet alles im Müll.

dr. no: 20.46.28
und verehrteste, wie lange liegt dieser schicksalsschlag bereits hinter Ihnen?

mayday: 20.46.49

ich kann Ihnen mitteilen, dass es etwas mehr als 4.000 tage her ist, als ich ihr und mir das leben genommen habe. wenn ich mich recht erinnere und das tue ich, dann wäre heute ihr elfter geburtstag.

Mein Handy vibriert und ich sehe, dass ich eine Kurzmitteilung erhalten habe. Michael hat mir geschrieben.

„Bock auf Party?? Heute Abend Schlossgarten? Saufen und Fleisch beschauen? Biste am Start?“

Ich reiche einen Becher an Michael und dann stoßen wir an. Auf >einen schönen Abend<. Ich trinke einen großen Schluck. Das Bier ist warm und schmeckt nach Pisse. Ich sehne mich nach einem kühlen Beck‘s, denn das hier schmeckt erst nach dem zehnten, und das ist erst mein erstes.

„Wusstest du, dass Adolf Hitler heute vor 60 Jahren in Berlin durch Suizid gestorben ist?“, fragt Michael mich, als ich von der Bank aus nach hübschen Mädels Ausschau halte.

„Wirklich?“

„Ja!“

„Krass! Ist das schon sechzig Jahre her? Das rechnen uns alle anderen Länder immer noch an!“

„Nicht zu fassen, oder? So gib‘ mir mal deinen Becher! Ich hole neues Bier! War ja fast nichts drin.“

Im gesamten Schlosspark tummeln sich die Feiernden, unter ihnen kleine Kinder und alte Omas und eine Menge Fickfleisch. Ich schätze, dass sich hier knapp 5000 Menschen zwischen Schloss und Schlosscafé tummeln. Im Pavillon ist eine Bühne errichtet worden, auf der eine Band spielt, die aktuelle Songs und Evergreens zum Besten gibt. Die machen Superstimmung und es ist wunderbar. Überall besoffene Menschen. Für einen kurzen Moment stelle ich mir vor wie es aussehen würde, wenn eine Bombe mitten in der Menschenmenge hochginge. Ein Bild, das mich an das geile Video erinnert, das mir mein Bruder vor ein paar Tagen geschickt hat. Aufnahmen einer Überwachungskamera im Bahnhof Atocha in Madrid. Am Tag des Terrors. Dem 11. März 2004. Man sah wie eine Bombe hochgeht. Die Menschen, in Panik, flohen daraufhin in Richtung Ausgang, direkt auf die Kamera zu und dann ging eine zweite Bombe hoch, die näher an der Kamera war. Das Bild füllte sich mit Qualm und irgendwo da unten, zensiert durch den dicken, grauen Rauch, lagen die Menschen mit ihren offenen Wunden und abgetrennten Gliedmaßen.

Eine ehemalige Schulkollegin war zu diesem Zeitpunkt am Bahnhof, kam aber ohne Verletzungen davon. Als hätte sie einen Schutzengel, fast so wie in einer Werbung für Versicherungen. So hat sie es mir und all ihren Bekannten jedenfalls in einer Rundmail geschrieben.

Als Michael mit zwei Bechern Bier wieder zurück an unsere Bank kommt, frage ich: „Was meinst du was hier los wäre, wenn jetzt eine Bombe explodiert?“

„Du kommst auf Ideen!“

„Wieso? Könnte doch sein!“

„Ach, hier doch nicht! Ein paar Tausend Kilometer weiter östlich vielleicht. Wenn das hier ein Bazar irgendwo im Irak wäre, aber hier passiert mit Sicherheit nichts. So jetzt saufen wir erstmal und laber‘ nicht so einen Scheiß!“

„Stimmt. Hier passiert nichts! Wir leben in Sicherheit!“

„Das ist ja das Problem!“, sagt er.

„Prost!“

04.05.2005

„Gleich treffe ich mich mit einer Frau!“, verkündet Thomas stolz.

„Ja, dann mal viel Erfolg. Wo triffst du dich denn mit ihr?“

„Am Kunstrasen. Der eröffnet heute seine Pforten!“

„Am Kunstrasen? Ja, cool, dort wollte ich heute Abend mit meiner Freundin hingehen“, sage ich.

„Ja, wunderbar!“, sagt er ironisch, als sei es peinlich, mit mir gesehen zu werden.

„Aber was ist denn aus der anderen geworden?“

„Welcher anderen?“

„Die, mit der du vor ein paar Wochen verabredet warst.“

„Ach, die, die sah zwar gut aus, aber war selten dämlich!"
„Ja, und?"
„Für dich ist das vielleicht was, aber ich stehe eher auf Frauen mit Charakter!", sagt er und packt seine Sachen.
Charakter? Was zum Teufel soll man mit einer Frau anfangen, die Charakter hat? Dicke Titten wie Pamela Anderson, Lippen wie Angelina Jolie und eine rasierte Muschi wie Paris Hilton muss eine Frau haben, mehr nicht. Den Charakter kannst du nicht ficken, ganz egal wie toll er ist. Aber Thomas hat das wohl noch nicht gecheckt.
„Ja, dann sehen wir uns heute Abend!", sagt Thomas und geht aus dem Callcenter.
„Ich denke schon! Bis nachher!", rufe ich ihm hinterher.
Eine halbe Stunde später kann ich endlich Feierabend machen. Gemeinsam mit Daniela verlasse ich das Großraumbüro. Auf dem Weg zum Fahrstuhl kommt uns Anne entgegen. Als sie uns einen schönen Feierabend wünscht, antworten wir nicht. Daniela verdreht bloß ihre Augen. Dann öffnet sich die Fahrstuhltür, wir betreten ihn und einen Augenblick später geht es langsam abwärts.

Ich schnappe mir meine Kamera, verlasse meine Wohnung und besorge mir 200 Euro vom Geldautomaten, damit ich mich ein wenig besser fühle. Anschließend begebe ich mich zum Kunstrasen, der sich in diesem Jahr gegenüber dem Landesmuseum im Innenhof des geologisch-paläontologischen Museums befindet. Eine tolle Location.
Als ich an der künstlichen Grünfläche eintreffe, starte ich meine Kamera. Es ist bereits gut gefüllt und ich filme einmal über die Menschenmenge hinweg auf den DJ, der irgendetwas von Tom Novy hat und House auflegt.
Es wird langsam dunkel und die Beleuchtung, blaue Neonröhren in den Fenstern und grünes Licht aus der Museumshalle, werden eingeschaltet und eine Mitarbeiterin, die irgendetwas von Jenna Jameson hat, stellt überall riesige Kerzen auf, die unangenehm nach Zitrone riechen. Ich blicke mich um, ob ich irgendwen kenne, und entdecke Thomas, meinen ungeliebten Arbeitskollegen, der in

einer hinteren Ecke sitzt und mit einer Frau redet, die unglaubliche Ähnlichkeit mit Kate Winslet besitzt. Ich filme Thomas von der Theke aus, aber unglücklicherweise stellt sich nach ein paar Sekunden eine Gruppe Studenten zwischen mich und mein Objekt und ich muss die Aufnahme beenden.
Ich schalte meine Kamera aus, begebe mich an die aufgebaute Theke und bestelle mir bei einem Kerl, der irgendetwas von Brian McFadden hat, ein Bier.
„Was für ein Bier möchtest du haben?"
„Was habt ihr denn?", frage ich und drehe die Kamera auf die hell beleuchteten Kühlschränke mit Umluftkühlung.
„Ähm! Astra, Heineken oder Bit Sun!"
„Bit Sun?"
„Das ist das Beck's Gold von Bitburger!"
„Springen die ebenfalls auf den Trend auf?"
„Wie das halt so ist!", sagt er, wahrscheinlich so ein dämlicher Student, als wüsste er „wie das halt so ist".
Ich bezahle das Bier, schnappe mir die Flasche und gehe rüber zu Thomas, der mich immer noch nicht entdeckt hat. Fast so als sei ich unsichtbar. Ich schalte meine Kamera wieder ein und filme, wie ich mich von hinten an ihn ranschleiche und ihn erschrecke. Er zuckt zusammen.
„Moritz!"
„Hi Thomas! Alles klar bei dir?"
Der Empfang ist nicht so herzlich wie in einer Bierwerbung. Ganz und gar nicht, was mich aber nicht daran hindert, auf seine Verabredung zu zoomen. Kurz ins Gesicht, dann mit dem Weitwinkel die Totale. Ganz zum Schluss mache ich eine kurze Aufnahme von ihren Titten. Nur einen Moment lang, genauso wie die ganzen notgeilen Böcke hinter den Fernsehkameras, die bei jedem kurzen Rock, den sie vor die Linse kriegen noch für einen kurzen Augenblick draufzoomen, bevor ihr Bericht zu Ende geht.
„Sicher!", sagt er und ich setze mich zwischen ihn und seine Bekanntschaft. Auf eine der grünen, rechteckigen Sitzgelegenheiten, die über dem Kunstrasen verteilt sind und bei weitem nicht so bequem sind, wie sie aussehen. Ich schalte meine

Kamera aus, stecke mir eine Zigarette an und sage: „Willst du mir nicht deine Begleitung vorstellen?"
„Ja, klar!", antwortet er verlegen.
„Das ist Sandra!"
„Hi Sandra! Wie geht's?"
Sie reicht mir ihre Hand. Sie hat rote Fingernägel und trägt einen goldenen Ring an ihrem rechten Mittelfinger.
„Woher kennt ihr euch?"
„Wir haben uns im Chat kennengelernt!"
„Im Chat? Das finde ich klasse. Ich war derjenige, der Thomas dazu ermuntert hat, sich dort anzumelden. Stimmt's?"
„Ja! Das stimmt!"
„Damit er seine Ex endlich mal vergisst."
Für einen Moment herrscht betretene Stille.
„Und wo ist denn deine Freundin?", fragt Thomas verkniffen.
„Meine Freundin? Ach, die hat mir grade eben abgesagt. Sie hat Durchfall und kann heute nicht aus."
„Schade, die hätte ich gerne mal gesehen!"
„Sie hat mir aber versprochen, es irgendwann nachzuholen."
„Ja, dann!"
Wir unterhalten uns über die Klubs der Stadt. So ist der Smalltalk heutzutage. Wir müssen nicht mehr über das Wetter oder Filme reden.
Nachdem ich ein weiteres Bier geholt habe, verabschieden sich die beiden aber auch schon von mir. Sandra muss nach Hause. Sie geht morgen zur Vorlesung. Ich wünsche den beiden alles Gute, auch wenn ich es nicht so meine, trinke ab da an ein Bier nach dem anderen und mache mich auf die Suche nach Frauen.
Auf meinem Weg in die Lounge 54 sehe ich eine geile Tussi, die irgendetwas von Elle MacPherson hat und mit goldenen Nuttenstiefeln, nicht im Gold des Luxus, sondern eher dem von Ferrero Rocher, auf ihren Pfennigabsätzen über das Kopfsteinpflaster am Domplatz stolziert. Unsere Blicke treffen sich für einen kurzen Moment, der aber dennoch lang genug ist, um mir den Du-genau-Du-Du-wirst-mich-nicht-ficken-Blick zu vermitteln. Niemals. Dieser Edelnutten Blick reicher Pissgören,

zwei Jahre nach ihrer ersten Schönheits-OP, zwanzig Jahre vor ihren ersten Antidepressiva. Sie wendet sich ab und beschleunigt ihren Gang. Dumme Schlampe. Weiß gar nicht was sie verpasst. Sie stolziert weiter, wackelt schön mit ihrem Arsch hin und her, wie ein Model auf dem Laufsteg, doch plötzlich knickt sie ein und legt sich richtig gekonnt auf die Fresse. Ich muss laut lachen und sie blickt sich zu mir um, läuft rot an, steht auf und geht vorsichtiger weiter. Das geschieht der dummen Fotze ganz recht. Da hat sie mal einen kleinen Vorgeschmack auf den Rest ihres Lebens.
Einen Moment später klingelt mein Handy. Ich werfe einen Blick auf mein Display. Die Kurzmitteilung ist von Michael:

„Haste Lust am Samstag mit mir und Daniela auf eine fette WG-Party zu kommen? Und wusstest du, dass Karl Marx heute am 5. Mai vor 187 Jahren (1818) in Trier geboren wurde? ☺"

Karl Marx. Karl Marx? Wer zum Kuckuck ist Karl Marx?

07.05.2005

honey rider: 19.56.29
hallo james

james bond 0007: 19.56.48
hallo fräulein miss honey! wie sieht Ihre abendgestaltung aus?

Ich suche nach meinem Handy und wähle Danielas Nummer.

honey rider: 19.57.00
oh, eine einzigartige gesellschaft trifft sich heute zu einer privatveranstaltung in den wänden mehrerer guter bekannter. ich habe gehört, dort werden laute musik gespielt und cocktails ohne crush-eis serviert und das alles zu einem spottpreis. haben Sie nicht lust mich dorthin zu begleiten?

Nachdem vierten Klingeln nimmt sie ab.
„Hi Daniela, ich bin's Moritz? Wie geht's?"
„Gut, danke!"
„Wie war das heute Abend mit der Party? Du kommst doch auch mit?", frage ich und tippe gleichzeitig die Antwort:

james bond 0007: 19.57.31
ich würde gerne, aber verehrteste, der weg bis zu Ihnen in die lebenswerteste stadt der welt ist weit.

„Ja. Mit meiner Freundin Heike. Die kennst du doch bestimmt, oder?"
„Ähm, weiß nicht?" Keine Ahnung von wem sie spricht, schließlich sind wir hier nicht in Promikreisen, diesen Zirkeln, in denen jeder jeden kennt und mit jeder vögelt.
„Dann wirst du sie eben kennenlernen! Sie kommt nachher bei mir vorbei. Wir wollten ein wenig trinken und dann auf die Party."
„Kommt sonst noch wer mit?"
„Zu mir kommt erstmal nur Heike, aber Nicole wollte auch auf die Party gehen. Die hat irgendetwas mit einem der WG-Bewohner am laufen. Michael kommt auch."
„O.K. Ich überlege es mir. Vielleicht bis später."
„Kannst dich ja melden!"
„Und, was machst du gerade?"

honey rider: 19.58.31
schade, wirklich schade, aber vielleicht wäre es möglich eine andere gelegenheit zu nutzen um sich zu begegnen.

james bond 0007: 19.58.39
sehr gerne, mit einer besseren planung sollte es kein problem sein. doch ich dachte, Sie hätten interesse an Ihrem befreundeten geschäftsmann bekundet.

„Ach, nichts Besonderes. Ich telefoniere mit dir."
„Und was machst du sonst noch?"
„Nichts! Ich schaue Fernsehen und wollte ein paar Kartoffeln schälen. Gleich gibt's Bratkartoffeln. Ich habe den Fernseher auf lautlos gestellt!"
Bratkartoffeln. So heißt das also.
„Und du Moritz, was machst du?"

honey rider: 19.58.11
das ist wohl wahr, aber als frau in den mitzwanzigern gehört es zum guten ton, mehrere eisen im feuer zu haben. als frau in den mitdreißigern kann frau stolz darauf sein, wenn dem noch so ist, bevor frau

sich als mitvierzigerin an die einsamkeit gewöhnen darf. an frauen in den mitfünfzigern möchte ich erst gar nicht denken... der befreundete geschäftsmann ist ein tüchtiger geschäftsmann, doch leider reicht er, weder von seiner ausstattung noch von seiner beweglichkeit, an meinen ehemaligen partner ran. es ist ein jammer, dass es sich beim meinem ehemaligen partner um einen geisteskranken irren handelt, der aber verdammt gut die hüfte kreisen lassen konnte. er war eine raubkatze, ein tiger, panther, löwe, gepard. welch unglück. welch unglück, denn mein letzes abenteuer hatte ich mit einem gnu!!!!!!!!!!!!!!!!!!!!!!!!!!
!!!!!!!!!!!!!!!!!!

„Ach, ich? Ähm. Ich liege in der Wanne! So, dann will ich dich nicht länger aufhalten. Wir sehen uns dann einfach auf der Party!"
„Cool! Bis gleich und viel Spaß in der Badewanne."
„Danke, dir viel Erfolg beim Kochen!"

„Ich bleibe eh nicht lange und außerdem trinke ich nichts. Kann ich nur die Hälfte bezahlen?", frage ich und nach kurzer Bedenkzeit willigt der dumme Student ein. Ich gebe ihm zwei Euro und er drückt mir den Stempel auf. Einen Dinosaurier aus dem Film >In einem Land vor unserer Zeit<. Total süß.
Ich betrete die Wohnung. Im Flur hängt eine Diskokugel, die von einem roten Scheinwerfer angestrahlt wird. Ich schaue mich in allen Räumen um, aber es ist voll und ich finde keinen meiner Bekannten, darum gehe ich rüber in die Küche und hole mir Bier, das nicht besonders gut gekühlt ist. Da ich Hunger habe, mache ich mir sofort eins der Kräuterbaguettes im Ofen warm, die noch verpackt auf dem Küchentisch liegen.
Da betritt Daniela die Küche. Sie hat eine Freundin im Schlepptau und beide halten kleine Schüsseln in den Händen, in denen sich grüner und roter Wackelpudding mit Wodka befindet, den sie zuhause zubereitet haben, um den Eintritt zu sparen. Wir begrüßen uns per Bussi und ich probiere sofort einen Löffel.
„Hast du Michael schon gesehen?", frage ich.
„Ja, der ist mit mir gekommen. Schwirrt irgendwo rum."
„Alles klar!"
„Lust auf einen Wodka Ahoi?"

„Klar!“
Direkt nach dem Kurzen verschwindet Daniela auch schon wieder aus der Küche. Sie will sich schnell umschauen, wer sonst noch da ist und ich bleibe mit einem Mann, der irgendetwas von Boris Becker hat und einer Frau, die so aussieht wie Nicole Ritchie zurück. Wir trinken einen Kräuterschnaps, der ausreichend auf Lager ist und solange das Baguette noch im Ofen liegt und ich darauf warte, begrüße ich jeden, der die Küche betritt und lade ihn auf einen Mümmelmann – so heißt das Kräutergesöff - ein. Unter ihnen auch Michael, der sich eigentlich nur ein Bier holen wollte. Aber zu einem guten Mümmelmann sagt auch er nicht Nein.
Zehn Kurze später ist das Baguette fertig. Geile Sache. Ich nehme es aus dem Ofen und verbrenne mir beinahe die Hand. Ich schnappe mir ein Tuch von der ausliegenden Küchenrolle und nehme das komplette Baguette mit, greife beim Verlassen der Küche noch mal kurz in den Kühlschrank, schnappe mir ein neues Bier und gehe rüber in ein anderes Zimmer. In dem Zimmer wird getanzt. Die Tanzfläche ist voll und ich setze mich auf das Bett, das die Tanzfläche abgrenzt. Ich stopfe das Baguette in mich hinein und beobachte währenddessen den DJ, der mich an Tobi Tobsen erinnert. Er legt elektronische Musik auf, aber ich habe keine Ahnung, wie das, was er da auflegt, heißt. Mein Blick fällt auf einen der WG-Bewohner, der Adam Sandler ähnelt und auf einem Bett sitzt und in aller Ruhe das Geld in der Kasse zählt. Nachdem er die Kasse wieder abgeschlossen hat, legt er sie unter das Bett und bespricht irgendetwas mit dem DJ. Dann verschwindet er aus dem Zimmer.
Ich tanze kurz bis die ersten Schweißperlen auf meiner Stirn erscheinen, das geht schnell, denn es ist stickig und schrecklich warm. Die Fenster müssen aber zu sein, sonst kommen die Bullen. Dann laufe ich zum DJ und frage ihn nach der Musik.
„Wie heißt denn das, was du hier auflegst?“
„Ey, yo das is‘ der derbste Scheiß. Das ist Drum‘n Bass!“
Drum‘n Bass. Drum‘n Bass. Okay.
„Das ist ja voll cool!“
Ich setze mich auf das Bett, direkt über die Kasse, die nun knapp

hinter meinen Füßen liegt. Mit den Fersen berühre ich sie. Ich lege meine Bag auf den Boden und lasse die Kasse schnell hineingleiten, anschließend stehe ich auf und gehe direkt zu dem WG-Bewohner, der vorhin das Geld gezählt hat. „Das ist die fetteste Party, die ich jemals erlebt habe!"
„Danke", sagt er und stößt mit mir zum allgemeinen Wohl an.
Ich habe zu danken! Ich trinke das Bier aus, stelle die Flasche auf den Boden und verschwinde aus der Wohnung. Als ich ein paar Meter zwischen mich und die Party gebracht habe, krame ich die Kasse aus meiner Bag und versuche sie zu öffnen. Leider klappt es nicht, sie ist abgeschlossen, aber als ich zuhause bin, greife ich sofort zu meinem Bohrhammer und öffne das gute Stück. Etwas mehr als 300 Euro befinden sich drin und bis auf die Scheine stecke ich alles in mein Portemonnaie. Gleich danach geht es mit einem Taxi zurück zur Party. Ich fühle mich wunderbar, als ich wieder in der WG erscheine, und während ich mir ein weiteres Bier aus dem Kühlschrank nehme wird die Musik leiser gedreht und ich höre eine Durchsage des MCs.
„Die Kasse wurde geklaut! Leute, das war doch bestimmt ein Versehen, also rückt sie raus und alles ist cool!" Nach ein paar Sekunden wird die Musik wieder lauter gedreht. Schon ist alles vergessen und die Party geht weiter.

14.05.2005

Ich fahre zum Media Markt und schaue mich nach den neusten Digitalkameras um, denn ich benötige eine, die ich bequem umhängen kann. Mit meiner Videokamera kann ich so nicht filmen. Ich muss sie mir unter die Achseln klemmen und das ist nicht grade angenehm. Außerdem leuchtet immer dieses rote Lämpchen und jeder sieht, dass ich aufnehme. Ich brauche etwas unauffälligeres und nach langem hin und her und intensiver Beratung entscheide ich mich für eine Kamera mit 5 Megapixeln. Eigentlich sollte ich mir diese im Internet bestellen. Ich bin ja nicht sau blöd, denn dort gibt es dieses Modell bestimmt billiger als hier im Media Markt, aber da ich in der letzten Woche so einfach an fremdes

Geld gekommen bin, gönne ich mir mal den Luxus und kaufe die Kamera sofort. Als ich an der Kasse nur mit kleinen Scheinen bezahle, komme ich mir vor wie so ein Drogendealer am Hawerkamp, der immer nur kleine Geschäfte macht. Aber der Kassiererin ist es egal. Geld ist Geld. Und ich habe es auch nicht durch den illegalen Handel von Drogen verdient, sondern durch ehrliches Klauen.
Den Gurt, der im Lieferumfang der Kamera enthalten ist, stelle ich auf die größte Länge ein, dann lege ich die Kamera um und mache auf dem Parkplatz eine kurze Probeaufnahme. Der erste Test ist durchaus positiv. Die Kamera ist wie auf mein rosa T-Shirt und meine darunter liegende Brust genagelt. Es gibt nur zwei unangenehme Dinge: Das Bild ist schief und der Gurt ist zu kurz und drückt meine Schultern zusammen, so dass ich mich nicht uneingeschränkt bewegen kann. Aber egal. Ist auf jeden Fall schon mal besser als mit meiner Videokamera. Ich starte die Aufnahme, setze meine Sonnenbrille auf, hänge meine Bag um die Schultern und laufe ziellos durch die lebenswerteste Stadt der Welt. Mit knapp zwei Stunden mehr Filmmaterial lande ich zuhause in meiner Wohnung, in der ich den Film auf meinen Computer lade und gleichzeitig meine E-Mails checke. Mein Bruder hat mir geschrieben.

VON: soerenthehustler123@gmx.de
AN: moritz.becker0815@web.de
BETREFF: Zieh dir das rein!

Hi.

Siehe oben

Lieben Gruß

Sören

P.S.: Hast du die Nachrichten gesehen? Sie haben einen Internet-Pädophilen-Ring ausgehoben.

Ultrabrutale.wmf 1.74 Mb

Ich lade den Film runter und öffne ihn per Doppelklick. Es ist ein Film aus dem Krieg von neununddreißig bis fünfundvierzig. Über japanische Foltermethoden. Ein Soldat wird an einen Baum genagelt. Unter ihm wird ein Feuer entfacht, dann schneiden sie ihm die Hoden ab und ein Auge raus. Das sieht vielleicht geil aus.

Ich melde mich in meiner Community an, sehe, dass Daniela online ist, kontaktiere sie und erhalte kurze Zeit später eine Antwort. Sie hat ihrer Aussage nach nicht viel gemacht. Sie war auf einer Party, die war cool, aber ihr Arbeitskollege, der, den sie bis vor kurzem noch rattenscharf fand, hat sie ständig genervt. Er hat sich ständig an sie rangeschmissen. Fast so wie ein Hund an jedes Bein, das er finden kann, aber sie hat keine Lust mehr auf ihn. Sie kann ihn nicht riechen und seine Füße stinken bis zum Himmel. Sie hat ihre Meinung über ihn schnell geändert, aber da sie mit einer Freundin verabredet ist, die sie seit Jahren nicht mehr gesehen hat, kann sie mir außer den Stinkefüßen keinerlei Gründe nennen. Wir verabschieden uns mit einem >gehaben Sie sich wohl<.
Mein Handy klingelt gleich nachdem Daniela den Chat beendet hat. Es ist eine Kurzmitteilung von Michael.

„Heute hat meine Mutter Geburtstag. Sie wird 53.“
„Herzlichen Glückwunsch!“

lautet die Antwort, die ich ihm schicke. Gleichzeitig frage ich mich, wann meine Mutter überhaupt Geburtstag hat. Ich glaube irgendwann im November.

22.05.2005

Als ich zuhause ankomme, weiß ich nichts mit mir anzufangen, drum logge ich mich unter falschem Namen in meiner Community ein und schaue nach, wer sich gerade online befindet. Daniela leider nicht. Vielleicht war sie gestern aus. Weiß ja nicht, was sie den ganzen Tag so treibt. Ich wechsele die Identität und sehe, dass Anne online ist. Sie spricht mich an.

mayday: 16.31.23

hallo dr. no. ich hoffe, Sie hatten einen geruhsames WE. waren Sie wählen? wählen ist das recht eines bürgers für etwas zu stimmen, dass nichts verändert. so scheint es jedenfalls.

Heute sind Wahlen? Was für Wahlen?

dr. no: 16.31.30

es scheint nicht nur so, es ist so. nein, ich war nicht wählen. doch lassen Sie uns von interessanteren dingen chatten. was machen Sie noch an diesem freien sonntag?

mayday: 16.32.16

Sie haben recht, es gibt interessanteres als politik. ich werde mich ausruhen, einen tee trinken und vielleicht noch etwas stricken. stricken ist sehr beruhigend, wenn man es denn dann mal geschafft hat, sich etwas wolle zuzulegen. ich werde mich dabei auf die kommende woche vorbereiten. die arbeit ruft.

dr. no: 16.32.34

bei wem tut sie es nicht?

mayday: 16.32.41

wohl war, aber das ist nicht das problem. ich habe mich schon seit langem damit abgefunden, dass wir wie vieh gemästet wurden, um irgendwann, irgendwo, irgendeinen beruf auszuüben. da führt kein weg dran vorbei.

dr. no: 16.32.52

aber was bedrückt Sie dann?

mayday: 16.33.04

morgen bin ich wieder abteilungsleiterin. ich werde die zu erledigenden aufgaben verteilen und dafür den hass jedes mitarbeiters ernten, was verständlich ist, denn sie werden ja zum arbeiten gezwungen, zwar nicht von mir, aber für sie bin ich der wächter der hölle. obwohl dieser auch nur seinen job erledigen muss.

dr. no: 16.33.32

welch ein graus!! ☹ ich kann es nur zu gut nachvollziehen. sagen Sie mir bitte, was man machen kann?

mayday: 16.33.44
mein liebster, ich kann nichts machen. ich bin die abteilungsleiterin. ich bekomme magenkrämpfe, wenn ich nur an ihre fiesen visagen denke.

dr. no: 16.33.58
das ist nicht gut. Sie müssen etwas unternehmen!

mayday: 16.34.06
aber dr. no. was soll ich machen? soll ich kündigen? und dann? was kommt dann? es ist überall dasselbe. früher oder später gleicht es sich überall. schließlich sind wir nur menschen mit den dazugehörigen unzulänglichkeiten und minderwertigkeitskomplexen.

dr. no: 16.34.25
gibt es denn niemanden, den Sie um hilfe bitten können. jemanden, der Ihnen zur seite steht? niemanden, der Sie versteht?

mayday: 16.34.30
es gibt einen, sein name lautet thomas. auf ihn ist verlass, er hat verstand, der den meisten anderen im laufe der zeit abhanden gekommen ist oder niemals da war, wo er eigentlich hingehört. unglücklicherweise hat er mehr als genug sorgen. er wurde von seiner freundin verlassen und hat das immer noch nicht überstanden. der arme kerl. immer trauert man den falschen nach und bis man dies merkt, vergehen nicht nur halbe sondern gelegentlich auch ganze ewigkeiten.

dr. no: 16.34.54
und was ist mit anderen? er wird doch nicht der einzige sein, der ein wenig grips hat. dieser kollege, der den film dreht, so wie Sie es mir vor ein paar tagen berichteten, dieser scheint doch nett zu sein. können Sie ihn nicht um hilfe bitten?

mayday: 16.35.08
sie denken da an moritz becker, jemand aus der spätschicht, sohn eines schönheitschirurgen und einer society lady, ich erinnere mich, dass ich Ihnen von ihm berichtet habe, aber glauben Sie mir, er ist der letzte mensch, dem ich mich anvertrauen und um hilfe bitten würde.

dr. no: 16.35.29
doch nur weswegen? er scheint aus nobler gesellschaft zu stammen. ??

mayday: 16.35.35
teurer dr. no., bezüglich dieses heuchlerischen geschöpfes kann ich nur eins sagen und wenn ich es sage, dann hoffe ich, dass Sie mir meinen rüden ton verzeihen. dieser zeitgenosse bekommt von seinen eltern zuviel zucker in den allerwertesten geblasen und hat nun deswegen nur noch fäkalien im hirn!

01.06.2005

Ich starte den Internet Explorer und logge mich als Carola in der Community ein, in der Millionen von Usern online sind. Ich nehme Thomas Profil >auric goldfinger< etwas genauer unter die Lupe. Sein momentanes Lebensmotto lautet: Er ist normal, er ist normal, er ist normaaal, jaja. Seine weiteren Details: Er ist Single. Macht viel Sport, liest viel, ist heterosexuell orientiert, wohnt in der lebenswertesten Stadt der Welt in der, seiner Aussage nach, besten aller möglichen Welten, ist vom Sternzeichen Jungfrau, will irgendwann einmal Kinder haben und arbeitet zurzeit leider in einem Callcenter. Wie uninteressant. Deswegen hat er bisher wohl auch nur 157 Profilaufrufe. Leider hat er sich in seinem Profil nicht viel Mühe gemacht, so dass man nicht besonders viel von ihm erfährt. Aber vielleicht gibt es auch nichts über diesen Idioten zu erfahren. Kann gut sein, wenn man bedenkt, wie langweilig er doch ist. Ich schaue nach, wann er das letzte Mal aktiv war. Am 30.05.2005 um 18.47. Das ist ja nicht lange her. Carola hinterlässt ihm eine Nachricht:

verehrter auric goldfinger, wann kann ich Sie mal online antreffen? mit freundlichsten grüßen Ihre mary goodnight ☺

Gleich danach begebe ich mich in einen anderen Chatroom in dem ich kurze Zeit später >Krilencu< kennenlerne, der im wahren Leben Harald heißt, 36 Jahre alt ist, aus Bergisch Gladbach kommt und trotz Promotion in den Naturwissenschaften arbeitslos ist. Er hat sich in Carolas Bild verliebt. Ich antworte ihm, dass er aufgrund seiner Arbeitslosigkeit leider nicht in Carolas Liga spielt, wünsche ihm aber dennoch viel Erfolg bei der zukünftigen Partnersuche.

08.06.2005

„Kannst du mir ein bisschen Geld leihen?“, fragt mich Thomas als er sich für seine Mittagspause fertigmacht.
„Nein!“
„Ich habe mein Portemonnaie nicht dabei und mir fehlt ein Euro, dann kann ich mir einen Döner kaufen!“
„Du brauchst einen Euro?“
„Ja!“
„O.K. Hab‘ ich!“, sage ich, schaue in meinem Portemonnaie nach, sammele den Kleinscheiß, den ich heute Morgen beim Bäcker zurückerhalten habe und gebe ihm einen Euro.
„Danke!“
„Kein Problem!“, sage ich und frage mich gleichzeitig, wann ich das Geld zurückbekomme.
Bis zum Ende der Mittagspause trage ich Annes E-Mailadresse in sämtliche Newsletter ein, die ich finden kann

15.06.2005

In der Mittagspause fahre ich zu einem Chinesen in dem ein tolles all-you-can-eat Buffet aufgebaut ist. Beim Anblick der wunderschön angerichteten Speisen überkommt mich die Gier und ich fange an zu fressen. Ente, Rind, Schwein, Huhn, alles vom Feinsten und man kann sich so oft bedienen, wie man will. Ich komme mir vor wie eine Bulimiekranke, die einen Fressanfall hat und nach dem Essen würde ich mir gerne einen Finger in den Hals schieben, weil ich so verdammte Magenschmerzen habe, aber irgendwie kann ich mich nicht dazu überwinden. Ich muss gebückt aus dem Restaurant gehen, so voll bin ich.
Gleich nach der Mittagspause muss ich erstmal ein bisschen Verdauen, einen Kaffee trinken, eine Zigarette rauchen und im Internet chatten. Arbeiten ist noch viel zu anstrengend, dazu habe ich einfach viel zu viel in mich hineingestopft. Das war aber auch lecker!
In meiner Community lerne ich >kissy suzuki< kennen. Eine Frau, die 31 Jahre alt ist, die 70er Jahre liebt und bei einer Körpergröße

von 175 cm stolze 38 Kilogramm auf die Waage bringt. Für sie bin ich >oddjob<, 27, der ihr nach einem Blick auf ihr Profilfoto mitteilt, dass sie viel zu fett ist.

kissy suzuki: 14.28.19
endlich mal ein mensch mit verstand. das ist selten. ständig sagen mir diesen ekelerregend fetten leute, ich solle was essen.

oddjob: 14.28.27
ach ja, meine teuerste. die leute von heute haben ja keine ahnung, doch davon haben sie eine menge! hören Sie nicht auf diese banausen und deren hohles geschwätz! essen Sie nicht so viel. man weiß ja heutzutage schließlich gar nicht mehr, was man da überhaupt zu sich nimmt.

Soll sie sich doch die Seele aus dem Leib hungern oder kotzen!
Erst drei Stunden nach der Mittagspause kümmere ich mich wieder um den nächsten Kunden. Gleich nach der Bestellung sehe ich wie mein Zellennachbar Thomas schon früher Feierabend macht, weil er zu einem Arzttermin muss. Es ist schon eine Woche vergangen und die jämmerliche Tunte hat mir mein Geld immer noch nicht zurückgezahlt. Was für ein unverschämter Penner er doch ist. Aber so wird er mir nicht davonkommen. Das steht jetzt schon fest. So nicht! Das kann er vielleicht mit anderen machen, aber nicht mit mir. Und wenn er mir nicht so langsam mein Geld zurückzahlt, wird er schon sehen was er davon hat. Ich lasse mich doch nicht von so einer Schwuchtel wie ihm abziehen. Ich habe ihm doch nichts getan!!
Ich mache um kurz nach 18.00 Uhr Feierabend und fahre nach Hause. In meinem Briefkasten befinden sich ausnahmsweise mal zwei Umschläge. Und nur einer davon ist eine Rechnung. Aber auch beim anderen will man mein Geld. Es handelt sich um einen Spendenaufruf. Auf dem Umschlag steht:

Zeinabou schreit vor Schmerzen. Die grausame Krankheit Noma hat ihren Unterkiefer zerfressen!

Weiter unten auf dem Umschlag werde ich als lieber Herr Becker persönlich um Hilfe gebeten. Ich laufe hoch in meine Wohnung, setze mich auf mein schwarzes Ledersofa, reiße den Spendenaufruf

auf und halte eine kleine Infobroschüre über die bakterielle Krankheit Noma, sowie einen Bogen Adress- und Grußaufkleber in der Hand, die ich als kleines Dankeschön für meine Spende behalten darf, selbst wenn ich nichts spenden sollte. Ich lese den Spendenaufruf nicht weiter durch, sondern zerknülle den Bogen, an dem ein Überweisungsträger geheftet ist und werfe ihn samt Umschlag in den Biomüll, in dem als einziger noch ein wenig Platz ist. Mounia hat wohl vergessen, den Müll runter zu bringen. Vielleicht sollte ich noch einmal eine Liste anfertigen, auf der all die von ihr zu erledigenden Aufgaben stehen, damit sie auch nichts vergisst. Die Gute arbeitet in letzter Zeit etwas schlampig.
Kurz bevor sich die Klappe meines Mülleimers schließt, kann ich noch einmal das Portraitfoto des schreienden, an Noma erkrankten vierjährigen Mädchens sehen, das auf dem Umschlag aufgedruckt ist. Ihr ganzer Unterkiefer ist weggefressen. Das sieht vielleicht scheiße aus. Dann ist es aus meinem Blickwinkel verschwunden und ich schiebe mir als Abendessen eine Spinat-Pizza in den Ofen.
Ich gehe rüber ins Wohnzimmer, fahre meinen Laptop hoch, checke meine E-Mails und meine Bankkonten. Niemand hat mir geschrieben und auf meinem Konto bin ich bereits schon wieder tief im Dispo. Voll öde.
Ich fahre den Laptop runter, schalte den Fernseher ein und bleibe an einer Reportage über die größte Tortenschlacht der Welt hängen. Ein Konditor hat 1.000 Torten angefertigt. Danach läuft ein Bericht bei dem sie auf der Suche nach dem größten Schnitzel der Republik sind. Sie finden ein drei Kilogramm schweres Schnitzel, das der Tester umsonst erhält, wenn er es aufessen kann. Er gibt nach etwas mehr als der Hälfte auf und sie werfen den Rest in den Müll. Ich schalte um und entdecke eine Reportage über die größte Pizza der Welt. Sie hat einen Durchmesser von sechs Metern, aber weil sie so groß ist, kann sie keiner aufessen und die Reste werden weggeschmissen. Gleich danach folgt ein Bericht über das größte Speiseeis der Welt, das meterhoch gebaut wird, irgendwann umkippt und in einen dreckigen Gully sickert.
Ich laufe rüber in die Küche und hole mir was zu trinken und als ich mir eine Dose Cola aus meinem Kühlschrank nehme, entdecke

ich die verbrannte Pizza im Ofen. Mist. Die habe ich bei den Reportagen doch glatt vergessen. Ich schalte den Ofen aus, nehme die Pizza raus und werfe sie in den Müll. Auf das Bild des unterernährten Mädchens, dessen Kiefer zerfressen wird. Ich schaue im Tiefkühlfach nach, ob ich noch eine Pizza habe. Leider nicht und obwohl mein Kühlschrank voll ist, ich aber keine Lust habe, mir etwas zu kochen, muss ich mich auf den Weg machen und mir was zu essen besorgen. So ein Mist und das bei meinem Mordshunger. Es ist schrecklich, so zu hungern.
Ich laufe runter zu meinem Wagen und fahre zu Burger King an der Eissporthalle, gehe hinein in den Schuppen, stelle mich an einer Kasse an und bestelle bei dem Mitarbeiter, der irgendetwas von Arnold Schwarzenegger hat, ein Doppel-Whopper mit Käse Maxi Menü, eine große Cola, ein großes Schokomilkshake, zwei Portionen Mayonnaise, sowie drei Cheeseburger und einen Schokodonut als Nachtisch.
Der Verkäufer packt nach und nach mein Essen in eine braune Papiertüte mit aufgedrucktem Burger King Logo, dann bezahle ich und fahre zurück. Ich pflanze mich auf mein schwarzes Ledersofa und breite mein Essen vor mir auf meinem Couchtisch aus. Es nimmt fast den gesamten Tisch ein. Ich schalte meinen Fernseher ein, bleibe an einer Reportage über die Elendsviertel im Kinshasa, der Hauptstadt der Demokratischen Republik Kongo hängen, wickele meinen Doppel Whopper aus seiner Verpackung und beiße rein. Schmeckt das scheiße, doch genau deswegen kaufe ich es so gerne. Ich liebe dieses ekelhafte Fastfood. Nach der großen Portion Pommes und einem Cheeseburger, während gerade Aufnahmen von einem Krankenhaus in Kinshasa gezeigt werden, in dem AIDS und seit neuestem auch an Noma erkrankte Kinder untergebracht sind, kann ich nicht mehr. So voll bin ich. Ich knöpfe mir meine Jeans auf, um es ein wenig bequemer zu haben, lehne mich zurück, rauche eine Zigarette und spüre wie das Fett, das ich gerade zu mir genommen habe, sich in der Gefäßwand meiner Arterien ablagert. Bei meiner Lebensweise ist ein Herzinfarkt vorprogrammiert. Oder einen Schlaganfall, Diabetes, Depressionen, Niereninsuffizienz, Alkoholsucht, Leberzirrhose,

Harnblasencarcinom, Arthrose, Zeugungsunfähigkeit, Impotenz oder gar Inkontinenz. Die Raucherlunge habe ich ja schon und wer weiß, was noch kommt. Im Fernsehen zeigen sie die abgefuckten, unstylischen Wellblechhütten, die Herbergen der Armen, in denen die Erreger der Cholera, Lepra, Malaria, Gelbfieber, Bilharziose, der Schlafkrankheit, AIDS und noch vielen anderen Dingen rumkreuchen und fleuchen.
Durch den Anblick der übriggebliebenen zwei Cheeseburger und des Schokodonuts wird mir schlecht, also stehe ich auf und schleppe mich in die Küche. Plötzlich klingelt mein Handy. Ich nehme das Gespräch an. Meine Mutter ist dran. Sie teilt mir mit, dass sie mit ihrem neuen Freund Louis XIV de la Churasco, einem Fleischgroßhändler aus Argentinien, auf dem Weg zum Flughafen ist. Ich werfe das restliche Essen in den Müll, auf die verbrannte Pizza und den Spendenaufruf.
„Ich bin in den nächsten zwei Wochen in Kenia. Louis hat eine Suite in einem Fünf-Sterne-Ressort gebucht“, sagt sie. Eine Safari werden sie auch machen und an einem Tag wollen sie eine Schule für Kinder besuchen. Sie freut sich tierisch. Vielleicht adoptiert sie ein Kind. Es soll dort momentan gar zwei für den Preis von einem geben. Happy Hour sozusagen.
„Das wäre doch was!“, sagt sie als ich in den Mülleimer blicke und den abgestorbenen Gesichtteil des Noma Kindes sehen kann, kurz bevor der Rest des Schokomilkshakes über die Infobroschüre läuft.
„Ach, ja, das wäre doch was!“

17.06.2005

Ich habe die Arme vor meiner durchtrainierten Brust verschränkt, blicke aus dem Fenster und beobachte das wunderschöne Grau des Anblicks. Ein alter Kahn tuckert über den Dortmund-Ems-Kanal. Ich erkenne Thomas‘ Spiegelbild im Fenster. Er hat mir mein Geld immer noch nicht zurückgegeben und unverschämterweise macht er auch keinerlei Anstalten, es zu tun. Den einen Euro schuldet er mir seit über einer Woche. Um genau zu sein, seit neun Tagen, 22 Stunden und 12 Minuten. Was für ein blödes Arschloch.

Ich lege ein Ultimatum fest und speichere den Termin in meinem Handy ab. Um Punkt 17.00 Uhr hat er noch 72 Stunden, um dem Krieg zu entgehen. Mal sehen, ob er das schafft. Die Uhr tickt.
Ich stempele mich um kurz nach 20 Uhr aus, packe meine Sachen, verschwinde aus dem Callcenter und schicke Daniela eine Kurzmitteilung. Vielleicht hat sie Lust, mit mir zur Beach Eröffnung zu gehen. Noch bevor ich meinen Motor starte, erhalte ich ihre Antwort.
„Danke für die Einladung, aber ich kann nicht. Wir sehen uns auf der Arbeit!"

18.06.2005

48 Stunden vor Ablauf des Ultimatums sitze ich in einem Internetcafé am Hansaring und chatte als Carola mit Thomas.

mary goodnight: 17.13.03
teurer auric. wie erging es Ihnen auf der arbeit?

auric goldfinger: 17.13.11
miss goodnight, danke der nachfrage. es ging, ist eben arbeit.😐

mary goodnight: 17.13.17
ja, da sagen Sie was. bei mir im büro ist es schrecklich. die ganze zeit werde ich gemobbt. ich habe meinen vorgesetzten nach einem lächerlichen kniefall vor versammelter belegschaft abblitzen lassen und da ich damit die erste auszubildende seit bestehen der firma bin, die nicht mit ihm in noblem ambiente dinieren möchte, muss ich nun die konsequenzen tragen. ein graus, wenn ich nur daran denke!

auric goldfinger: 17.13.45
haben Sie schon einmal in erwägung gezogen, den betrieb zu wechseln? das kann wahre wunder wirken.

mary goodnight: 17.13.52
mein lieber auric, das habe ich während meiner ausbildung bereits zwei mal getan und ich bin noch im ersten ausbildungsjahr. in anderen betrieben war es ähnlich. überall gibt es jemanden, der der ansicht ist, er müsse allen weiblichen kolleginnen den hof machen. die welt ist voll von speichelleckern, die glauben, sie seien einzigartig.

auric goldfinger: 17.14.47
so einen haben wir auch im betrieb. wenn ich nur an seine visage denke, sträuben sich mir alle haare zu berge. zu seiner fiesen art gesellt sich neunmalkluge schleimerei und schamloser opportunismus, der ansonsten nur bei börsenmaklern, bänkern, managern, politikern und medienmachern vertreten ist. im übrigen arbeitet er nach wie vor an seinem video über die arbeit. er möchte seiner freundin, einem fotomodell, zeigen, in was für tollen kreisen er tagtäglich verkehrt.

mary goodnight: 17.15.17
grundgütiger! welch eine schande! und solch ein halunke hat eine frau an seiner seite?

auric goldfinger: 17.15.25
und damit ist er nicht der erste widerling, der eine schöne frau an seiner seite hat. ob seine anvertraute allerdings existiert, kann ich nicht mit bestimmtheit sagen. er erzählt gelegentlich von ihr, doch, wenn ich da richtig informiert bin, ist sie noch niemandem begegnet und von treu sein kann nicht die rede sein. eines abends, als ich selbst in angetrunkenem zustand durch die straßen der lebenswertesten stadt der welt torkelte, sah ich ihn ein paar meter hinter einer frau her gehen. er flüsterte ständig >willst du ficken? willst du ficken?< glücklicherweise haben wir kein wort miteinander gewechselt.

mary goodnight: 17.16.33
wer weiß wer das war? vielleicht war es ja seine anvertraute und selbst wenn, in nobler gesellschaft gehört es zum guten ton, seine frau zu betrügen.

auric goldfinger: 17.16.50
darin stimme ich mit Ihnen überein. die noble gesellschaft hat ihre eigenen gesetze jenseits der tugenden. jetzt fällt mir ein, dass ich diesem kollegen noch einen euro schulde. das wird dem dummkopf sicherlich entgangen sein. aber vielleicht gebe ich ihm das geld am montag wieder. ich sammele mal mein kleingeld ein. dann bin ich es los. leider muss ich jetzt gehen. bald ist ladenschluss und ich muss noch in die lebenswerteste stadt der besten aller möglichen welten. ich muss zu einer apotheke. dort wurde ein gigantischer strauß johanniskraut für mich hinterlegt. es ermöglicht mir weiterhin daran zu glauben, dass alles gut wird!

mary goodnight: 17.17.00
johanniskraut in der lebenswertesten stadt der besten aller möglichen welten? es ist ein jammer.

auric goldfinger: 17.17.17
ja, Sie sagen es, aber selbst hier ist man nicht von melancholie gefeit. doch verzeihen Sie bitte, ich muss nun los. Ihnen, meine liebste, einen schönen nachmittag und auf bald! ☺

Da bin ich mal gespannt, ob Thomas mir das Geld am Montag gibt. Dann laufen bereits die letzten 8 Stunden des Ultimatums. Jetzt bleiben ihm noch 47 Stunden 42 Minuten und 40 Sekunden.

20.06.2005

Ist gar nicht so leicht, den Arbeitsplan zu machen. Habe mir das immer anders vorgestellt, aber all die studentischen Aushilfen, diese verwöhnten Penner, haben diese ganzen Extrawünsche: Ich hätte gern dann und dann frei und dann und dann kann ich auch nicht, weil die Mutter Geburtstag hat, der Großvater unter die Erde gebracht wird oder eine Seminarwoche auf Rügen stattfindet, wie in Michaels Fall. Aufgrund dieser Umstände brauche ich den halben Tag um den Arbeitsplan fertigzustellen. Ich will nichts falsch machen und schließlich ist noch kein Meister vom Himmel gefallen. Bis zur Mittagspause telefoniere ich mit keinem einzigen Kunden und bearbeite keine einzige Anfrage. Aber meine Kollegen telefonieren mit ungefähr genauso vielen Kunden. Ist nämlich überhaupt nichts zu tun. Nur ich quäle mich mit dem Arbeitsplan. So ein Scheiß und das bloß, weil Anne sich krank gemeldet hat. Keine Ahnung was wieder mit der los ist. Sie hat sich gleich für drei Wochen krankschreiben lassen und ein Teil ihrer Aufgaben werden auf mich und Melanie Wagner übertragen. Melanie macht die Kreditkartenbuchungen und ich muss mich um den Arbeitsplan kümmern. Noch mehr Stress für mich, nur weil die dumme Pute schön krankfeiert. Und das jetzt, zu Beginn der Flaute des Jahres, wenn das Telefon fast stillsteht, die Umsätze im Keller sind und ich eigentlich nichts zu tun hätte.

Kurz vor meiner Mittagspause kommt Thomas an meinen Arbeitsplatz und gibt mir drei Stunden, 12 Minuten und ein paar Sekunden vor Ablauf des Ultimatums meinen Euro zurück.
„Entschuldigung. Hatte ich ganz vergessen. Aber hättest auch ruhig mal was sagen können."
„Ach, war doch nur ein Euro!", sage ich und schaue auf meine Handfläche in der lauter 1-, 2- und 5- Cent Stücke liegen. Was soll ich denn mit diesem Klimpergeld? Er will mich wohl zum Narren halten. Ich zähle das Kleingeld und stelle fest, dass ein Cent fehlt. Aufgrund dieser Frechheit beschließe ich, meinen alten Plan durchzuführen und spätestens seit dem die Amis in den Irak einmarschierten, weiß ich ja, dass solche lächerlichen Gründe zum Krieg völlig ausreichen. Thomas Blenders Zeit ist abgelaufen. Endgültig! Jetzt geht es mit meinem Kreuzzug für die Gerechtigkeit los. Die Befreiung der Welt von Thomas Blender. Dem Schurken. Dem Tyrann. Sein Kopf wird rollen! Das schwöre ich bei meiner zehnbis zwölffach schönheitsoperierten Mutter.
Ich drehe mich zu Thomas, als er gerade dabei ist eine Kundenanfrage zu bearbeiten.
„Hast du heute schon etwas gegessen?"
„Nein, bisher noch nicht!"
„Und willst du etwas essen? Ich brauche dringend etwas. Das Team-Meeting steht noch an und ich habe Bärenhunger!"
„Ja. Was schlägst du vor?"
„Ich habe eine Dose Gulasch mit. Die reicht für uns beide! Dazu mache ich noch ein paar Nudeln."
„Hört sich gut an."
„Ich mache jetzt Pause und mache das Essen fertig. In Ordnung? Ist doch billiger als ins Restaurant zu gehen!"
„Klar, danke!"
„Hast du etwas dagegen, wenn ich das filme?"
„Willst du das etwa auch für deine Freundin filmen?"
„Klar."
„Tu was du nicht lassen kannst."
Ich stempele mich zur Mittagspause aus, nehme meine Bag, schlendere rüber in die Küche und stelle meine Kamera auf, so

dass sie genau auf die weiße Küchenzeile gerichtet ist. Leider ist unsere Betriebsküche an einer Wand installiert und nicht freistehend, wie diese prächtigen Küchen bei Biolek, Tim Mälzer oder dem Kochduell. Echt schade, aber dennoch trotze ich diesen Gegebenheiten und starte die Aufnahme.

Eine Viertelstunde später nehme ich mir zwei flache Teller und breite die Nudeln darauf aus. Es werden zwei riesige Portionen, da habe ich mich bei der Portionierung doch ein wenig vertan. Auf meinem Teller landet eine große Portion Gulasch, dann stelle ich mich direkt neben meine Kamera und filme aus nächster Nähe, wie ich das Hundefutter in den Topf fülle, es mit dem Gulasch verrühre und das Gemisch auf den anderen Teller gebe. Leider habe ich Petersilie vergessen, denn die hätte den Anblick noch ein bisschen verfeinert. Die sollte ich beim nächsten Versuch nicht vergessen. Das Auge isst schließlich mit. Ich halte die Teller kurz in die Kamera und man sieht deutlich, dass kein Unterschied zu erkennen ist. Die Szene erinnert mich irgendwie an das Kochduell. Ich lege die Teller zur Seite, stoppe die Aufnahme, schnappe mir Besteck, gehe rüber ins Callcenter und stelle meine Kamera an Thomas Arbeitsplatz auf.
Die Kamera ist so positioniert, dass sie mich dabei filmt, wie ich Thomas' Tisch decke. Das Messer nach rechts, die Gabel nach links, wie es sich gehört und es mir meine Nazi-Großeltern mit Schlägen beigebracht haben. Ich laufe zurück in die Küche, hole das Gericht und komme als nächstes mit den zwei Tellern durch die schwingende Tür wieder rein. Ich spiele einen Kellner, der freundlich ist, um wenigstens etwas Trinkgeld zu seinem popeligen Stundenlohn zu erhaschen. Den Teller reiche ich Thomas von der rechten Seite, so wie es sich gehört, dann rufe ich Daniela zu uns und wir ändern die Einstellung. Sie filmt mich dabei, wie ich ihm einen guten Appetit wünsche, danach übergibt sie mir die Kamera. Ich trete neben Thomas und filme ihn beim Essen.
„Schmeckt's?"
„Ist lecker! Danke!"
Er nimmt einen weiteren Bissen.

„Das ist gut. Vielen Dank!"
„Kein Problem. Danke für deine Hilfe.", antworte ich, stoppe die Aufnahme, setze mich an meinen Arbeitsplatz und sehe genüsslich dabei zu, wie er Hundefutter zu sich nimmt und sich sogar darüber freut. Er hätte mich am 1. April besser nicht verarschen sollen und von der Sache mit dem Geld brauche ich wohl nicht zu reden. Es herrscht Krieg.
Mein Magen knurrt, ich schnappe mir meine Gabel und schiebe einen ganzen Batzen in meinen Mund. Es schmeckt nach Rind und Leber. Es schmeckt zum Kotzen. Ich habe den falschen Teller.
„Ist dir wirklich gelungen, Moritz! Was ist das? Schweinefleisch? Rindfleisch? Guten Appetit!", sagt Thomas mit vollem Mund, deutet mit seiner Gabel auf das Essen und lächelt mich an. Blödes Arschloch!

21.06.2005

In meiner Mittagspause kaufe ich mir einen Stimmverzerrer, der als Scream-Kostüm-Zubehör zu unserem Sortiment gehört und sich gut verkauft. Den brauche ich für meine zukünftigen Arbeitserhaltungsmaßnahmen. Nach der Mittagspause, in der ich meine Ware an der Warenausgabe in Empfang nahm und einen Döner bei McDöner aß, teile ich Daniela mit, dass ich sie in die Spätschicht eingeteilt habe.
„Sorry es ging nicht anders!", sage ich, blinzele ihr mit beiden Augen zu, laufe zurück an meinen Arbeitsplatz und setze mich auf meinen Drehstuhl. Wenn sie nicht mehr mit mir fickt, dann sorge ich eben dafür, dass sie ihre Scheißsoap nicht gucken kann.

Nach dem Länderspiel gegen Argentinien, als die Spielanalysen beginnen, schalte ich den Fernseher aus und mache mich auf den Weg in die Stadt. Ich stelle mich in eine Telefonzelle und nehme den Stimmverzerrer aus seiner Verpackung, mache einen kurzen Test, bei dem meine Stimme sich wie die Synchronstimme von Darth Vader anhört, schalte meine Kamera ein und lege sie vor mir auf den Apparat. Dann wähle ich Annes Telefonnummer.

Sie nimmt nach dem zehnten Klingeln ab.
„Hallo?"
Sie hat wohl schon geschlafen.
„Guten Tag Frau Weißer! Alles ist in Ordnung. Ich wollte Sie nur fragen, ob Sie an einer Umfrage bezüglich Ihres Konsumverhaltens teilnehmen möchten."
„Jetzt? Es ist mitten in der Nacht!"
„Es ist bei Ihnen mitten in der Nacht?"
„Ja!"
„Oh, entschuldigen Sie! Ich arbeite in einem amerikanischen Callcenter in New York und die Zeitumstellung bereitet uns bei europäischen Kunden manchmal Schwierigkeiten!"
„Wir können das ja verschieben!"
„Ja, natürlich! Ich melde mich wieder bei Ihnen und entschuldigen Sie bitte die Störung!"

25.06.2005

In den Hallen der Diskothek am alten Fischmarkt tummeln sich grob geschätzt 2.000 Menschen. Es ist heiß und stickig und eng. Die Tanzfläche ist rappelvoll und die hässlichen Menschen tanzen zu Juanes Megahit „La Camisa Negra". Mit meinen Lackschuhen, meinem Sakko, für das ich mich dann noch entschieden habe und meiner Sonnenbrille komme ich mir ein wenig fehl am Platz vor. Ich mache mich an die erstbeste und attraktivste Frau ran, die ich sehe. Sie sieht aus wie Celine Dion, hat aber bereits einen Partner. Der DJ legt die Spice Girls auf und ich schmeiße mich an eine Frau ran, die so aussieht wie Emma. *if you wanna be my lover*. Aber sie dreht sich sofort weg. „Hallo hübsche Frau!", sage ich zu einer, die irgendetwas von Mel B. hat. Sie geht weiter. Eine klare Abfuhr. *you have got to give*. Ich versuche es bei einer anderen. Die sieht so aus wie Geri Halliwell. Aber auch dort Fehlanzeige. *Taking is too easy*. Dann mache ich eine an, die unglaubliche Ähnlichkeit mit Mel C. hat. Auch da geht nichts. Bei der nächsten bin ich direkter. Sie sieht so aus wie Victoria. Wie sie damals aussah, als sie noch nicht Beckham hieß und noch keine aufgeblasenen Möpse hatte.

„Ich bin Anwalt. Na, willste ficken?“, frage ich. Sie gibt mir eine Ohrfeige. *but that's the way it is.*
Als ich wieder in meiner Wohnung bin und auf meinem Bett liege, bemerke ich, dass ich richtig einen sitzen habe. Alles dreht sich und die Leuchtsterne an meiner Decke lassen alles so erscheinen, als sei ich bei Star Wars mit Lichtgeschwindigkeit unterwegs. Ich muss dennoch an die ganzen Fotzen denken, die ich heute gesehen habe, also öffne ich meine Hose und fange an mir einen runterzuholen. Ich schließe die Augen für einen Moment und sehe wie Jabba the Hutt einer Frau, die so aussieht wie Giselle Bündchen, mehrere rosa-grün-gelb-rot-blaue Laserschwerte gleichzeitig in den Mund, die Fotze und in den Arsch schiebt. Das Schwert durchdringt sie nicht, sondern erhellt ihren Körper an den merkwürdigsten Stellen. Als ich kurz vor dem Orgasmus bin, muss ich zum ersten Mal würgen. Einen Moment später landen der heute konsumierte Alkohol und die Reste meines Essens auf meiner Brust und meinem Bauch. Ich richte mich auf und muss ein zweites Mal würgen. Die Kotze läuft an meinem Bauch runter, vorbei an meinem Schwanz auf meine rote Satinbettwäsche. Scheiße, ich hätte meine Augen nicht schließen dürfen.

29.06.2005

Als ich nach Feierabend in meiner Wohnung ankomme, gehe ich sofort online und suche bei Ebay nach einem G4 Powerbook mit 17 Zoll Display - dem derzeitigen Nonplusultra. Nachdem ich ein entsprechendes Gerät gefunden habe, lasse ich die Auktion beobachten. Genau in einer Woche, um Mitternacht, in der Nacht zum 7. Juli läuft die Auktion aus. Als sei es vorherbestimmt, dass ich dieses Gerät in der letzten Sekunde meines 25zigsten Geburtstags kaufe.

01.07.2005

Ich begebe mich ins Internet. In meinem Posteingang befindet sich eine E-Mail meines Bruders. Ich klicke sie an und sehe, dass er mir mal wieder ein Video geschickt hat. Geil, da bin ich mal gespannt.

VON: soerenthehustler123@gmx.de
AN: moritz.becker0815@web.de
BETREFF: litso

Hi Moritz,

alles klar bei Dir? Check mal ab.

Hau rein

Sören

P.S.: Hast du die Nachrichten gesehen? Sie haben einen Internet-Pädophilen-Ring ausgehoben.

litso.wmf 21,2 mb

Ich lade den Film runter, öffne ihn und diesmal sieht man ein blasses Gesicht, das stillgehalten wird und mit dem irgendwer allerlei fiese Späße treibt. Entsetzliche Schreie, die aus dem Gesicht kommen, sind zu hören und dann sieht man, wie irgendwer dem Gesicht mit einer Rasierklinge das Auge rausschneidet, dann von oben herab die Backe aufschlitzt, dann mit der Rasierklinge durch das Gesicht fuchtelt bis das Blut auf die Linse der Kamera spritzt. Dann wird die Rasierklinge zur Seite gelegt und gegen eine Zange ausgetauscht, mit der alle Zähne herausgerissen werden. Ich bedanke mich bei meinem Bruder für den geilen Film, logge mich aus und mache Feierabend.

Gleich nachdem ich zuhause angekommen bin, schiebe ich eine Hackfleisch-Peperoni Tiefkühlpizza in den Ofen, setze mich an meinen Laptop und werfe einen Blick auf meine Ebay-Seite. Bei der Auktion des Powerbooks hat sich einiges getan. Mittlerweile sind bereits 17 Gebote abgegeben. Aber es bleibt noch eine Menge Zeit. Mein Höchstgebot ist noch lange nicht erreicht, und ich nehme nicht an der Auktion teil. Noch nicht. Ich will erst kurz vor Ende zuschlagen und beschließe, alles erst mal in aller Ruhe zu beobachten.

05.07.2005

„Ich habe morgen Geburtstag und will ein paar Leute zu einem Bierchen einladen!", teile ich Daniela mit.
„Du hast morgen Geburtstag?"
„Ja!"
„Leider kann ich nicht."
„Schade!", sage ich.
„Bin morgen mit einer Freundin verabredet", sagt sie, stempelt sich an ihrem Rechner aus, fährt ihren Rechner runter, zieht sich ihre Jacke über und schnappt sich ihre Tasche.
„Wir sehen uns dann morgen!", sagt sie und mach sich auf den Weg nach draußen.
„Sicher. Viel Spaß heute Abend!", wünsche ich ihr und sehe ihr hinterher, wie sie aus dem Callcenter stolziert. Ich mache kurz nach ihr Feierabend und als ich aus dem Großraumbüro gehe, frage ich Michael, ob er Lust hat, morgen zu meinem Geburtstag vorbeizukommen.
„Ich kann nicht. Meine Freundin macht Stress, weil sie ein paar Pornos auf meinem Rechner gefunden hat. Sie ist der Meinung, ich hätte sie betrogen.
„Aha!"
„Du hast übrigens am gleichen Tag Geburtstag wie George W. Bush."
„Tatsächlich?"
„Ja! kannst ja im Internet nachschauen! Er wird dann 59 Jahre alt. Und du?"
„25!"

06.07.2005

Mein Chef gratuliert mir zum Geburtstag und zwar mit einer Vorlage, die er mir schon im letzten Jahr geschickt hat. Diesmal ist sie allerdings grün, nicht gelb. Ich lösche die Mail, ohne mich zu bedanken und hole mir eine Tasse Kaffee, den ich in Thomas Blenders Lieblingstasse schütte. Heute kann er sie nicht benutzen, weil er ein paar Tage Urlaub hat. An meinem Arbeitsplatz genieße

ich eine Zigarette und das Internet, gelegentlich arbeite ich ein bisschen, aber nicht zu viel, doch das versteht sich von selbst, schließlich habe ich heute Geburtstag. Nachdem ich die Tasse leergetrunken habe, verstaue ich sie in meiner Bag. Mal sehen, ob es Thomas überhaupt auffällt, dass sie weg ist und wenn doch, dann ist sie eben spurlos verschwunden. Ist nicht mein Problem und so was passiert nun mal.
Michaels Schicht beginnt um zwei Uhr Nachmittags und kurz nachdem er sich an seinem Computer angemeldet hat, kommt er zu mir und reicht mir seine Hand.
„Alles Gutes zum Geburtstag."
„Danke!"
„Hier, das ist für dich."
Er reicht mir ein Kitkat.
„Leider kann man dort keine Kerze reinstecken", sagt er als ich die Verpackung aufreiße. Dort eine Kerze reinstecken?
„So wie bei den Yes-Törtchen?"
„Genau! Die haben sie 2003 vom Markt genommen! Aber trotzdem alles Gute zum Geburtstag." Er zündet ein Streichholz an und hält es mir hin. „Puste es aus und wünsch dir was!"
Ich bin ein wenig überrascht. Das ist ja fast wie in der Werbung. Ich puste, die Flamme erlischt und ein Hauch von grauem Qualm steigt um meinen gestylten Schopf. Es stinkt ein bisschen nach Schwefel und ich wünsche mir Weltfrieden, verrate meinen Wunsch aber nicht, weil er sonst ja nicht in Erfüllung geht.
Leider klingelt Michaels Telefon, sonst hätten wir uns bestimmt noch länger unterhalten.
Als ich nach einem langen Schiss wieder an meinen Arbeitsplatz komme, hocke ich mich vor ein paar Bestellungen, die über das Internet eingegangen sind, aber nachdem ich zwei abgearbeitet habe, habe ich genug und entschließe mich dazu, heute keinen Finger mehr zu rühren. Heute bin ich König und kein Sklave.
Irgendwann kurz vor Feierabend sind nur noch Michael und ich im Callcenter. Da nicht viel zu tun ist, suchen wir an seinem Computer nach kostenlosen Pornofilmen und verschicken sie dann über eine falsche E-Mail Adresse an alle weiblichen Mitarbeiter der Firma.

Als ich an der Ampel vor dem Hauptbahnhof stehe und einige Fußgänger vor mir die Straßenseite wechseln, werfe ich einen kurzen Blick auf die große Uhr auf der Bahnhoffront. Ich sehe, dass ich schleunigst heim muss. Gleich läuft die Ebay-Auktion aus.
Vor meiner Tür liegt ein Paket. Ich hebe es auf und entdecke, dass es sich um eine Geburtstagsüberraschung von meinem Bruder handelt. Da bin ich ja mal gespannt. Ich setze mich auf mein schwarzes Ledersofa, schalte den Fernseher an und öffne, da mir noch etwas Zeit bleibt, auch gleich das Paket. Es enthält ein Portraitfoto von meiner Mutter. In DIN A3 Größe, auf 5 mm dicker Pappe, einklappbar, und zum Aufstellen. Ich frage mich, wann das Foto gemacht wurde. Bestimmt noch vor ihrer Nasen-OP. So sieht es jedenfalls aus. Zu dem kleinen Pappaufsteller hat mein Bruder noch eine Glückwunschkarte gelegt.
„Hi Moritz, ich wünsche dir alles Gute zum Geburtstag und viel Spaß mit meinem Geschenk. Die Idee habe ich von der US-Armee. Die schicken den Kindern ihrer im Irak stationierten Soldaten ebenfalls Pappfiguren, damit sie sich nicht so alleingelassen fühlen. Es soll positiv wirken. Also lass es wirken! Ich habe auch eins für mich gemacht und neben meiner Dusche aufgestellt. Und eins von unserem Vater habe ich auch. Das steht neben der Toilette. Mach's gut. Sören.
P.S.. Das Foto ist übrigens schon etwas älter. Wie du bestimmt schon erkannt hast. Es stammt aus der Zeit vor ihrer ersten Nasen-OP. Wie Du weißt, hat sie schon drei hinter sich."

Als ich in meinem Flur an meinem Telefon vorbei gehe, sehe ich, dass eine Nachricht auf meinem Anrufbeantworter ist. Ich spiele die Nachricht ab.

„Hallo mein Sohn! Ich wünsche dir alles Gute zum Geburtstag. Ich bin zurzeit bei meinem neuen Freund in London, aber bisher konnte ich noch nicht die Sehenswürdigkeiten besuchen. Ich habe seit zwei Tagen das Haus nicht verlassen. Aber morgen werden wir die erste Tour durch die größte Stadt Englands wagen. Mein Freund, Peter, hat den Vorschlag gemacht, mit der U-Bahn zu fahren. Das wird bestimmt wundervoll. Ich habe dir übrigens 500 Euro überwiesen. Kauf' dir was Schönes. Also, mein Schatz, alles Gute und eine schöne Geburtstagsfeier mit deinen Freunden."

Ich lösche die Nachricht, werfe das Foto ins Altpapier, setze mich in meinem Wohnzimmer an meinen Laptop und sehe, dass mir bis zum Ende der Auktion nicht mehr viel Zeit bleibt. Ich logge mich bei Ebay ein und checke nebenher meine Bankkonten. Leider ist das Geld meiner Mutter noch nicht eingegangen, aber das meines Vaters ist da. Er hat mir 2.000 Euro überwiesen und seine Glückwünsche unter dem Verwendungszweck der Überweisung mitgeteilt, sich aber im Alter geirrt. Er glaubt, ich sei erst 24 Jahre alt geworden. Na, immerhin hat er mich nicht vergessen.
Zwei Minuten bevor die Auktion zu Ende geht, bin ich eingeloggt, aktions- und auktionsbereit. Mittlerweile sind 29 Gebote abgegeben worden, doch der Preis ist bisher noch meilenweit von meinem möglichen Höchstgebot entfernt. Um kurz vor Mitternacht, eine Minute vor Auktionsende, gebe ich mein erstes Gebot in Höhe von 2.000 Euro ab. Ich bin Höchstbietender, obwohl ich bisher nicht einmal mein Maximalgebot abgegeben habe. 27 Sekunden vor dem Ende werde ich nicht mehr als Höchstbietender bezeichnet. Ich schicke mein Höchstgebot los, das bei 2.500 Euro liegt, und aktualisiere die Seite erneut. Ich bin Höchstbietender. Noch 12 Sekunden bis zum Ende. Nur noch 11. Nur noch 10. Ich zünde mir eine Zigarette an. Dann aktualisiere ich die Seite erneut und erneut und erneut und erneut und erneut. Dann sind es nur noch vier Sekunden. Und dann ein letztes Mal. Die Seite baut sich auf. Ich zähle laut mit, während nach und nach die restlichen Elemente der Seite erscheinen. 3...2...1. Keins.
„Sie sind von einem anderen Bieter überboten worden!“, erscheint auf meinem Monitor.
„VERDAMMTE SCHEISSE!!!“, schreie ich und werfe meinen Laptop wütend zu Boden.

07.07.2005

Nach der Arbeit fahre ich in die Stadt und als ich bei Bergmann in der Umkleidekabine stehe und eine Hose, einen Pullover und ein rosa Polo Shirt anprobiere, klingelt mein Telefon. Meine Mutter ist dran.

„Hallo Moritz!"
„Hi Mama. Du ich bin gerade…"
Sie unterbricht mich und sagt: „Es war so schrecklich! Du kannst es dir nicht vorstellen."
„Was ist denn?"
„Hast du noch keine Nachrichten gesehen?"
„Nein, bisher noch nicht!"
„Es gab einen Terroranschlag in London. Eine gewaltige Explosion. Vier Selbstmordattentäter haben sich in der U-Bahn in die Luft gesprengt. Es kam zu knapp 700 Verletzten und zu etwas mehr als 50 Toten. Die gesamte Londoner U-Bahn ist lahmgelegt. Und ich stecke mitten drin. Ein Attentäter jagte sich gleich im Waggon nebenan in die Luft! Mein Freund ist verletzt und liegt auf der Intensivstation und mein Prada Mantel hat mehrere Risse."
„Oh! Das ist ja schrecklich. Aber Mama, ich habe jetzt überhaupt keine Zeit. Ich bin mitten in einer Vorlesung."
„Ja, gut. Ich melde mich, sobald ich wieder in Deutschland bin."
„Gut, dass dir nichts passiert ist!", sage ich und lege auf.
Nach dem Shoppen fahre ich in ein Internetcafé und entdecke auf der Startseite einen Artikel über die Terroranschläge in London. Doch ich habe anderes zu tun. Schließlich habe ich ja grade Informationen von vorderster Front erhalten.
Da ich Langeweile habe, erstelle ich einen neuen Avatar und einen Augenblick später chatte ich mit einem 52-jährigen strenggläubigen Juden aus Tel Aviv. Wir kommen ins Gespräch, weil ich ihn als Jude zu seiner Meinung bezüglich der islamistischen Terroranschläge von heute frage. Fünf Minuten später werde ich von ihm als Nazi beschimpft, nicht weil ich den Holocaust mit seinen 6 Millionen jüdischen Opfern geleugnet habe, nein, beim besten Willen nicht, das mache nicht einmal ich, sondern nur weil ich erwähnte, dass die Aktionen der israelischen Regierung und dem damit verbundenen Militär gegenüber den Palästinensern nicht ganz koscher seien.

q: 21.35.36
ich meine, wir israelis sollten endlich zur atombombe greifen, die uns unsere amerikanischen freunde haben zukommen lassen. durch diese macht gottes werden wird die welt von nazis und moslems befreien.

Ich lasse ihn sperren, denn ich habe keinen Bock auf diesen Kerl. Ist doch immer das gleiche. Wehe man sagt als Deutscher etwas gegen die Juden. Dann Gnade einem Jehova.

Da erhalte ich eine E-Mail der Powerbook-Verkäuferin.

> VON: info@powerbooksonline.de
> AN: moritz.becker0815@web.de
> BETREFF: 17" Powerbook
>
> Sehr geehrter Herr Becker,
>
> Bei dem Käufer des Powerbooks handelte es sich um einen Spaßbieter. Wir werden gerichtliche Schritte gegen ihn einleiten. Da Sie das zweithöchste Gebot abgegeben und den Kauf nur knapp verfehlt haben, biete ich Ihnen das Gerät zu dem Preis ihres Höchstgebots an. Falls Sie Interesse haben sollten, dann bitte ich Sie um eine kurze Antwort.
>
> MfG
>
> Frauke Henrichsen

Ja, geil! Dann wird das also doch noch was mit diesem Ding. Dann wird Thomas aber Augen machen. Das Arschloch mit seinem neuen Scheißlaptop, den er prollig an seinem Arbeitsplatz aufstellt und der super funktioniert. Er ist richtig zufrieden mit ihm. Dieser dumme Flachwichser. Das Ding ist ja nicht einmal ein Apple. Der hat bisher zwar keine Probleme, aber auf lange Sicht zahlt sich >an Apple a day< schon aus. Wenn ich in ein paar Tagen mein Powerbook mitbringe und genauso prollig wie er an meinem Arbeitsplatz aufstelle, wird er gelb vor Neid. Da freue ich mich jetzt schon drauf.
Ich schicke der Verkäuferin eine Mail mit meiner Interessensbekundung und nach nur wenigen Minuten erhalte ich eine Antwort.

VON: info@powerbooksonline.de
AN: moritz.becker0815@web.de
BETREFF: RE: RE: 17" Powerbook

Sehr geehrter Herr Becker,
Unsere Bankverbindung lautet:
Kontoinhaber: Frauke Henrichsen
Kontonummer: 231456923
BLZ: 44050199 Sparkasse Dortmund

Sobald der Rechungsbetrag in Höhe von 2.525,- € (inkl. Porto und Verpackung) auf unserem Konto eingegangen ist, werden wir den Artikel an Sie verschicken. Geben Sie bitte als Verwendungszweck die Rechungsnummer (12374) und Ihren Ebay Namen an, damit es nicht zu unnötigen Komplikationen kommt.

MfG

Frauke Henrichsen

Ich logge mich bei meiner Bank ein. Das Geld meiner Mutter ist jetzt gutgeschrieben und ich tätige die Überweisung, womit ich dann schon wieder in der Nähe meines Dispolimits lande. Die Kohle sollte in spätestens zwei Tagen bei der Verkäuferin sein. Das Powerbook steht so gut wie auf meinem Arbeitsplatz und dann kann ich in der nächsten Woche mit meinem Film weitermachen. Geil.

18.07.2005

Mein Powerbook ist bisher noch nicht angekommen, obwohl ich noch mehrmals E-Mail Kontakt mit der Verkäuferin hatte. Etwa eine Woche nachdem ich den Betrag überwiesen hatte, schrieb sie mir, bei ihrem Großhändler sei es zu einem Engpass aufgrund der großen Nachfrage gekommen. Deswegen verzögere sich der Versand. Diese Information ist jetzt auch schon fünf Werktage alt und lässt mich schlecht schlafen. Als ich meinen Posteingang

checke und keine Mail der Verkäuferin finde, zittere ich am ganzen Körper. Ich benötige fünf Versuche, um mir eine Zigarette anzuzünden.
Ich erkundige mich erneut via E-Mail bei der Verkäuferin nach meinem heiß ersehnten Paket. Nachdem ich die Mail verfasst habe, beobachte ich Thomas dabei, wie er an seinem Rechner sitzt, sein Headset aufgesetzt hat und mit irgendeinem Kunden telefoniert. Er lallt den Text nur so runter. Seine Frustration ist unüberhörbar und wenn das Gespräch aufgezeichnet worden wäre, dann hätte man es als Paradebeispiel eines schlecht geführten Verkaufsgesprächs in unseren Schulungen vorführen können. Vielleicht hatte er wieder Pech mit einer seiner Angebeteten. Hat das mit der aus Ahaus also auch nicht geklappt. Das macht mich froh. Ich logge mich als Carola in der Community ein und sehe, dass Thomas online ist.

mary goodnight: 15.21.45
hallo auric. wie geht es Ihnen?

auric goldfinger: 15.21.59
hi miss mary. nun ja, es geht so.

mary goodnight: 15.22.04
was bedrückt Sie? wenn man darüber redet, geht es einem meistens besser. Sie kennen doch das sprichwort: geteiltes leid ist halbes leid.

auric goldfinger: 15.22.17
ach, verehrteste, ich verschwende zu viel zeit mit den gedanken eine meine verflossene.

mary goodnight: 15.22.39
das tut mir leid. ein gebrochenes herz heilt langsam, manchmal heilt es nie. wie wäre es, wenn ich Ihnen durch ein date vielleicht etwas ablenkung verschaffen würde? was halten Sie davon?

auric goldfinger: 15.22.58
bitte entschuldigen Sie, meine liebste, doch im moment habe ich keinerlei lust auf ein weiteres date. ich habe vorerst genug. und das wird auch erstmal so bleiben. ich glaube, ich hänge noch zu sehr an meiner ex. ich vermisse sie schrecklich. was für ein unglück! meine große liebe verließ mich ende letzten jahres und seitdem ist kein einziger tag

vergangen, an dem ich nicht an sie gedacht habe. morgens, bevor ich aufwache ist sie da, jedenfalls in meiner vorstellung und selbst, wenn ich zu müde bin, um mich wach zu halten ist sie immer noch da.

mary goodnight: 15.23.41
wie ich sehe, heilt Ihr herz sehr langsam. das ende ist schließlich schon lange her. Sie haben mein beileid. ich warte auf Sie. ganz egal, wie lange es dauert!

auric goldfinger: 15.24.56
danke, aber das sollten Sie nicht! glauben Sie mir. ich habe einen langen blick in meinen spiegel geworfen. was ich sah, lies mich erschaudern.

Wusste überhaupt nicht, dass Thomas soviel Einsicht besitzt.

mary goodnight: 15.25.31
das glaube ich nicht! aber vielleicht unterhalten wir uns, wenn es Ihnen ein bisschen besser geht. Sie können sich jederzeit bei mir melden. für Sie habe ich immer ein offenes ohr und vielleicht sollten Sie sich mal sportlich betätigen. joggen ist wunderschön, aber Sie sollten sich gute schuhe zulegen.

auric goldfinger: 15.25.51
danke, miss goodnight. ich werde mir Ihren rat zu herzen nehmen. leider muss ich nun weiterarbeiten. ich melde mich bei Ihnen. keine frage!

Dann klingelt mein Telefon und ich habe einen Kunden in der Leitung, der Fragen bezüglich unserer Comicpuppen hat. Auf meinem 17 Zoll Monitor landet eine Fliege. Ich greife nach ihr und zerquetsche sie genüsslich. Den zum Kügelchen gerollten schwarzen Rest schnippe ich über die Trennwand zu meinem Zellennachbar Thomas.
Die letzte halbe Stunde verbringe ich im Internet und nicht am Telefon, obwohl zeitweise ein paar Kunden in der Warteschleife hängen. Ich logge mich bei meinem E-Mail Account ein und sehe, dass ich eine E-Mail von Michael erhalten habe.

VON: michaelthewiseguy@gmx.de
AN: moritz.becker0815@web.de
BETREFF: [keiner]

Hi Moritz,

alles klar bei Dir? Was machen die Mädels? Check mal den Link. www.repro.klinikum.uni-muenster.de/html/proband.html

Habe ich auch gemacht. War eine coole Erfahrung. Und es gibt ein bisschen Kohle.

Hau rein

Michael

P.S.: Und wusstest Du, dass Angela Merkel gestern Geburtstag hatte? Sie ist 51 Jahre alt geworden.

Ich klicke auf den Link und lese mir den Text auf der Internetseite durch.

Proband im IRM

Da im Institut laufend klinische Studien stattfinden, sind wir auf freiwillige Probanden angewiesen, die je nach Projekt von 3 Tagen bis zu einem Jahr an einer Studie teilnehmen können. Falls Sie ganz unverbindlich Interesse haben, eventuell an einer Studie teilzunehmen – z.B. für die >Pille für den Mann< - können Sie sich als potentieller Proband registrieren lassen. Wir suchen allerdings ausschließlich Männer und Sie sollten aus dem Großraum der lebenswertesten Stadt der Welt kommen. Bitte geben Sie Ihren Nachnamen, Ihr Geburtsjahr und eine Telefonnummer oder E-Mail Adresse an, unter der wir Sie im Bedarfsfall erreichen können. Bei einer Studie, in der uns Ihr Profil passend erscheint, werden wir Sie benachrichtigen und uns erkundigen, ob Sie noch Interesse haben.

Das klingt doch cool. Eine >Pille für den Mann<. Das wäre was. Immer schön ficken, ohne Angst zu haben, dass die Fotze, die unter einem liegt, einem neun Monate später ein Kind unterjubelt.

Da mache ich doch glatt mit! Ich klicke auf den Kontaktlink und ein Outlook-Fenster öffnet sich. Nun kann ich meine Daten angeben. Ich schicke einem Dr. Fitzmann, dem offensichtlich Verantwortlichen, eine E-Mail und bin gespannt auf seine Antwort

21.07.2005

Auf der Arbeit herrscht das gleiche Bild wie schon seit ein paar Tagen. Thomas jammert, selbst wenn er einen Kunden berät. Was ist denn mit seiner am besten bestellten Welt? Glaubt er überhaupt noch an das, was er von sich gegeben hat? Ist ja nicht auszuhalten. Also scheint die Psychotherapie und sein Johanniskraut doch nicht so wirksam zu sein, wie er sich das erhofft hat. Vielleicht ist er auch einfach untherapierbar. So was soll' s ja auch geben. Grade bei so beschränkten Charakteren wie ihm.
Zum Schweinskopfsülzebrötchenfrühstück schmiede ich einen Plan gegen meinen Feind Thomas. Einen weiteren. Plan B sozusagen, der parallel zu Plan A abläuft. Damit sollte ich ihn bald los sein. Meine Operation taufe ich auf den Namen: „Operation Kneifzange: Die Befreiung von Thomas B."
Meine Kamera ist schon aufnahmebereit auf meinem Tisch montiert und filmt mich beim Arbeiten. Auch wenn ich nicht arbeite, sondern bloß so tue. Jetzt muss Thomas nur noch auf die Toilette verschwinden. Aus Erfahrung weiß ich ja, dass er gegen Nachmittag gewöhnlich für ein paar Minuten auf dem Pott verschwindet, wo er einem großen Geschäft oder sonst was nachkommt.
Gegen halb drei ist es soweit.
„Ich geh' mal auf Toilette!", sagt er, verschwindet und ich kann mit der Operation beginnen. Endlich. Das wurde aber auch Zeit. Der Akku meiner Kamera hätte im aktiven Zustand niemals bis zum Feierabend durchgehalten. Ich stehe auf, schleiche an Thomas Arbeitsplatz und suche nach seinem Portemonnaie. Nach ein paar Sekunden habe ich es gefunden, klappe es auf und sehe, dass er immer noch ein Foto von seiner Ex drin hat. Na, dann kann es auch nicht besser werden. Ich schaue nach seiner EC-Karte. Die steckt nicht wie bei mir im separaten Fach, sondern ist in seinem

Geldscheinfach verstaut. Ich halte sie unter eine Lampe, schieße vier Fotos ohne Blitz, aber mit Makro und maximaler Auflösung und komme mir dabei vor wie Tom Cruise in Mission Impossible 1 und 2 und Teil 3, der gerade gedreht wird. Als ich fertig bin, lege ich alles zurück an seinen Platz, schalte die Lampe aus, setze mich wieder an meinen Arbeitsplatz und widme mich einem Kundengespräch. Fünf Minuten später kehrt Thomas zurück. Ihm fällt nichts auf.

Nach einem Kunden habe ich kein Bock mehr auf Telefonieren, also filme ich mich beim Beantworten von schriftlichen Kundenanfragen, die im Laufe des Nachmittags über den Server eingegangen sind. Bis der Akku leer ist, vergehen nicht einmal zehn Minuten und da ich dann nicht mehr filmen kann, arbeite ich auch nicht mehr, sondern lade die vier Fotos von Thomas EC-Karte auf meinen Computer und bearbeite sie mit Photoshop. Zwei sind leider ein wenig verwackelt, aber aus den anderen beiden kann ich seine Bankverbindung ablesen, die natürlich gleich in meinem Handy abgespeichert wird.

Nachdem Thomas das Großraumbüro verlassen hat, bestelle ich in den letzten Minuten meiner Schicht eine aufblasbare, lebensgroße, dunkelhäutige männliche Gummipuppe für die Schwuchtel. Mit vibrierendem, naturecht geadertem, 30 cm langem, 3-4 cm dickem, dunkelbraunem Prachtpenis mit stufenlos regulierbaren Vibrationen und herrlich engem Anus. Dazu kommen noch Gleit- und Hygienemittel, sowie ein Schwulenporno, den die schwule Sau natürlich benötigt und die im Paketpreis dann 30% billiger sind. Der Titel des Films: >Basti, der kleine Schwanzlutscher II<. Die Lieferzeit beträgt laut Bestätigungs-E-Mail vier Tage. Als Lieferadresse gebe ich unser Callcenter an.

Zuhause weiß ich auch gleich etwas mit meiner Zeit anzufangen. Ich schließe meine Kamera über das Netzteil an, lade den Akku und beginne etwas zu filmen. Etwas völlig anderes als sonst. Etwas mit Niveau. Etwas künstlerisch Wertvolles. Ich bin ja Künstler. Ich montiere meine Kamera auf dem Stativ, richte sie auf die Türklinke meiner Wohnungstür aus, stelle den Aufnahmenmodus auf >Sepia< und checke das Bild ab. Die Türklinke meiner Wohnzimmerglastür,

eine hochwertige Garnitur im modernen Design mit 3-teiliger Schraubrosette, sieht so ganz aus der Nähe fantastisch aus. Ich starte die Aufnahme und gehe rüber in die Küche, in der ich mir einen Joghurt mit der Knusperecke aus meinem Kühlschrank nehme. Kurz nachdem ich die Knusperecke umgeschlagen habe, klingelt mein Telefon. Auf dem Display steht >Unbekannt<. Ich schalte das Licht in der Küche aus, nehme das Gespräch an und gehe in mein Wohnzimmer.
„Hallo Moritz!"
Es ist tatsächlich eine Unbekannte. Es ist meine Mutter.
„Hi Ma."
„Wie geht's?"
„Gut!"
„Mir auch. Ich bin wieder in Düsseldorf!"
„Tatsächlich?"
„Und heute Abend treffe ich mich mit Fred."
Als ich mich in mein Wohnzimmer begebe schlage ich die Tür leicht gegen das Stativ auf dem die Kamera montiert ist und filmt. Es wackelt. Mist.
„Den kenne ich noch von der Schule."
Sie hat also schon wieder einen Neuen. Ich lasse mich auf mein schwarzes Ledersofa fallen.
„Wie schön!", sage ich.
„Ja, ich freue mich total!"
„Ja, dann mal einen schönen Abend! Ich muss Schluss machen. Ich bin mit einer wunderschönen Frau verabredet!", sage ich, obwohl ich nichts vorhabe.
„Dann telefonieren wir einfach bald wieder. Einen schönen Abend!"
„Danke, dir auch!"
Ich beende das Gespräch, stoppe die Aufnahme und überprüfe das Bild.
Es herrscht absolute Regungslosigkeit. Nur zweimal wird diese Ruhe unterbrochen: Einmal sieht man, wie sich die Lichtverhältnisse ändern, was daran liegt, dass ich das Licht in der Küche ausgeschaltet habe. Beim anderen Mal wackelt die Kamera, weil ich aus Versehen die Tür gegen das Stativ gehauen habe. Ich

setze mich an meine Krücke von Laptop und lade den Film auf die Festplatte, die dabei komische Geräusche macht. Der Film ist 15 min lang und ich taufe ihn auf den Namen >Die Tür des Lebens<. Während ich den Film abspeichere, kommt mir eine Idee und ich gehe auf die Internetseite von Kopernikus. Eine Sache interessiert mich nämlich brennend. Da das ganze Wissen, das tagtäglich wie Schrot auf mich geballert wird, mein Hirn löcherig werden lässt, wie ein Sieb, begebe ich mich ins Internetforum von Kopernikus und verfasse einen neuen Themenvorschlag, den sie mal verfilmen sollten.

> Wie wird eigentlich der leckere und herzhafte Aufschnitt Schweinskopfsülze hergestellt?

Nachdem ich den Vorschlag im Forum gepostet habe, werfe ich einen kurzen Blick auf mein Bankkonto. Obwohl der Käufer meines alten Laptops überwiesen hat, was auch höchste Zeit wurde, sieht es auf meinem Konto grässlich aus. Nicht auszuhalten und deswegen logge ich mich auch gleich wieder aus und checke meine E-Mails. Leider habe ich immer noch keine Nachricht der Powerbook-Verkäuferin, obwohl das Geld schon seit Wochen bei ihr eingegangen und das Paket angeblich auf dem Postweg ist. Ich kontaktiere sie erneut und male mir das Schlimmste aus. Was mache ich bloß, wenn ich abgezogen wurde? Ich kann dann nicht einmal eine schlechte Bewertung abgeben, weil die blöde Fotze dann eh gesperrt ist. Es ist zum verrückt werden. Scheiß Ebay!
Ich logge mich in meiner Community ein und sehe, dass Anne online ist. Leider kann ich sie nicht von hier aus kontaktieren, sondern muss woanders hin. Nachher bekommt sie noch meine IP-Adresse heraus und die Kacke ist am dampfen. Ich ziehe mir meinen Mantel über meinen Satin Pyjama und lege mein Handy auf meinen Couchtisch. Das bleibt zu Hause, denn dann kann man mir im Bewegungsprotokoll nichts nachweisen. Unbeobachtet geht‘s los zur Warendorferstraße. In ein Internetcafé.
Nachdem ich mich als Martin in der Community eingeloggt habe, erhalte ich eine Sofortnachricht von ihr. Ohne Aufforderung. Und gleich darauf erreicht mich die nächste. Und das obwohl sie sich

nicht ein einziges Mal im Leben begegnet sind.
Ihre Mutter war eine hübsche Frau. Sie war talentiert. Sie war intelligent. Sie konnte charmant sein. Sie konnte alles machen. Sie heiratete einen Mann. Sie bekam ein Kind. Als das Kind zwei Jahre alt war, versuchte sie sich umzubringen. Sie war erfolglos und landete in der Psychiatrie. Anne weiß nicht, wie oft sie dort war. Jedenfalls ist es eine ihrer ersten Erinnerungen. Das Hochhaus des Landeskrankenhauses. Mittlerweile sitzt sie in der Geschlossenen. Annes Mutter ist manisch-depressiv. Ich frage mich, was das bedeutet und muss an Aiman Ablablabla denken, der könnte mir das bestimmt sofort erklären. Aber Anne liefert mir ein genaueres Krankheitsbild. Es gibt die Finsternis, in der sie nur im Bett liegt und nicht fähig ist, aufzustehen und es gibt das Licht, das so hell ist, dass man sich die Pupillen verbrennt, wenn man allzu lange hineinstarrt. Als sie das letzte Mal in einer dieser Phasen war, hatte sie sich selbst entlassen und ist dann kurz danach in einem Laden in der lebenswertesten Stadt in der besten aller möglichen Welten ausgeflippt. In einem Handyladen...
Kurz davor hatte sie noch die Tür ihres Nachbarn zertrümmert, ihre Möbel aus dem Fenster geworfen, ihren Fernseher und Computer verschenkt, die Satellitenschüssel des Nachbarn aus der Verankerung gerissen und sie hat sich von einem schmierigen Klinkenputzer mit italienischem Akzent einen Staubsauger andrehen lassen, der knapp 3000 Euro kostet. Da ihre Mutter mittellos, aber merkwürdigerweise nicht geschäftsunfähig, ist, muss Anne das ganze nun bezahlen. Sie hat vier Jahre Zeit. Freundlicherweise wurde eine Ratenzahlung veranlasst. Das macht den Staubsauger zwar um 30% teurer, aber sie hat ja Zeit.
Als Anne heute in der Wohnung ihrer Mutter war, stand der Staubsauger bisher unbenutzt in der Ecke und in ihrer Wohnung sah es aus wie in einem Schweinestall. Im Klo steckten Socken. In der Küche war alles mit Kaffeesatz bedeckt. An den Wänden hässliche Fratzen aus grünem Edding. Als sie ihr Wäsche in die Psychiatrie brachte, fragte sie bloß: „Meine liebe Tochter, sage mir doch bitte, wieso ich diesen Fehler begangen und dich nicht abgetrieben habe? Dann wäre ich jetzt gesund.“

Anne hat vielleicht Sorgen! Wenn die wüsste wie es einem geht, wenn man seit Wochen auf eine Antwort der Powerbook-Verkäuferin wartet.

15.08.2005

Die Ware ist natürlich immer noch nicht angekommen und in einem Ebay-Forum habe ich mehrere Kunden der Verkäuferin gefunden, die mich warnten. Insgesamt sind etwa 60 Ebay-Mitglieder von ihr abgezogen worden. Unter anderem auch derjenige, der meine Auktion gewonnen und den die Verkäuferin als Spaßbieter bezeichnet hat. Ihr Account wurde gesperrt. Ich habe den Anwalt meines Vaters kontaktiert, aber der sagte, es sei sehr unwahrscheinlich, etwas von dem überwiesenen Betrag zurückzuerhalten. Trotz zahlreicher neuer Ideen für mein Kunstwerk, sind mir die Hände gebunden. Fünf Wochen warte ich jetzt schon auf das Ding. Es ist zum Heulen. Das einzig erfreuliche ist, dass das Paket, das ich für Thomas bestellt habe, heute ankommt. Ich nehme es für ihn an, da er noch nicht auf der Arbeit ist.
Um vier Uhr nachmittags sitzen wir im Seminarraum und warten auf Anne und die studentischen Aushilfen, die jeden Moment eintreffen müssten. Es dauert noch ein paar Minuten, dann sind wir vollzählig und ich nutze die Gelegenheit, um Thomas vor der ganzen Truppe von dem Paket zu berichten.
„Hey Thomas, heute Morgen war der Postbote hier und hat was für dich abgegeben."
„Was?", fragt er überrascht.
Ich reiche ihm das dezent verpackte Erwachsenen-Spielzeug. „Hier! Bitte!"
„Danke!", sagt er und prüft das Geschenk, das ich für ihn bestellt habe. So als Überraschung.
„Du hast dir was auf die Arbeit schicken lassen?", fragt Daniela erstaunt.
„Ganz schön praktisch! Sollte ich vielleicht auch mal machen. Dann muss ich nicht immer zur Post rennen und meine Sachen abholen!", fügt sie an.

„Willst du es nicht aufmachen?“

„Ja! Keine Ahnung wo das herkommt. Vielleicht ist es eine Überraschung von meiner Mutter.“

Er nimmt seinen Schlüsselbund aus der Tasche und schneidet das Klebeband des Pakets mit einem kleinen Schweizer Taschenmesser durch. Ein paar Sekunden später hält er den verpackten Loverboy in den Händen. Gleit- und Hygienemittel landen auf dem Tisch. Thomas schaut mich fragend an, dann Daniela, dann blickt er rüber zur Tür, durch die Anne in diesem Moment den Raum betritt. Ich greife nach dem Schwulenporno und zeige Daniela das Cover des Films. Man sieht einen Kerl, der so aussieht wie Sascha Gerecht. Vor ihm kniet ein Glatzkopf, der nichts als Springerstiefel trägt und ihm den Schwanz lutscht. Daniela ist angeekelt und schüttelt den Kopf. Ich nehme die DVD an mich und lese den Inhalt durch.

„Das hast du dir bestellt? Einen Schwulenporno?“, fragt Daniela.

Thomas läuft rot an. Anne bittet ihn darum, seine Sachen wieder einzupacken.

„Ich, ...ich habe keine Ahnung woher das kommt!“

„Thomas, können wir jetzt anfangen?“, frag Anne. Thomas reißt mir >Basti, der kleine Schwanzlutscher II< aus der Hand und stellt den Karton neben sich auf den Boden. Er wirft mir und Daniela einen kurzen, verschämten Blick zu. Dann beginnt die Besprechung.

„Ja, ja!“, flüstert Daniela. „Ich wusste schon immer, dass er ein Perverser ist. Wie kann man sich nur so etwas zur Arbeit schicken lassen?“

„Kann ich dir auch nicht sagen! Aber er kam mir eh nie ganz koscher vor.“

„Und wie er manchmal guckt! Wie so‘n richtiger Psycho! Ich schwör‘s dir, der macht ganz kranke Sachen!“

„Kann gut sein, man weiß es nicht!“

„Wahrscheinlich holt er die Sachen kurz bevor er nach Hause verschwindet aus dem Müll. Und was macht er dann damit?“

„Allein bei dem Gedanken wird mir schon kotzübel. Ich will gar nicht drüber nachdenken“, sage ich zum Abschluss. Dann höre ich meiner Chefin zu, die nicht besonders motiviert aussieht,

violette Augenränder zeichnen sich um ihre braunen Augen ab, und sie sollte mal unter die Sonnenbank gehen, das Licht täte ihr bestimmt ganz gut.
Sie bespricht, wie jeden Monat, die neuesten Produkte und die dazugehörigen Probleme. Am Ende des Meetings macht sie uns auf das Sommerfest aufmerksam, das am kommenden Samstag stattfindet. Die Firmenleitung lädt zu einem gemütlichen Barbecue. Das Ganze soll wohl das Teamgefühl innerhalb der Firma stärken. Keine Ahnung was meinen verkoksten Chef dazu geritten hat. We are one family und so ein Scheiß, als würde sich überhaupt irgendwer einen Dreck um die anderen Mitarbeiter kümmern, sobald Feierabend ist.
Nach der Besprechung lässt Thomas seine Sachen liegen und verschwindet gleich als erster aus dem Seminarraum.
Ich hebe den Loverboy vom Boden auf. Der ist doch viel zu schade, um unbenutzt weggeschmissen zu werden. Ich werde den bei Ebay reinstellen. Vielleicht interessiert sich jemand für so'n Ding.
Ich mache eine knappe Stunde früher als sonst Feierabend und fahre zum Institut für Reproduktionsmedizin, in dem ich zu einer Untersuchung erscheinen muss. Es muss überprüft werden, ob ich als Proband tauglich bin.

Dr. Fitzmann, der irgendetwas von Sky Dumont hat, reicht mir die Hand und gibt mir ein paar Zettel, die oben links zusammengetackert sind.
„Es dauert noch einen Augenblick. Aber bitte lesen Sie das durch!"
Ich lege den Focus zur Seite, nehme die Blätter an mich und widme mich der schwarz-weißen Broschüre, in der ich über das Ziel, den Hintergrund und den Ablauf der Studie informiert werde. Im dritten Punkt, dem Studienablauf, erfahre ich, dass klinische Untersuchungen und eine Sonographie der Hoden und Prostata durchgeführt werden. Letztere durch eine rektale Sonde mit knapp zwei Zentimeter Durchmesser, die etwa acht Zentimeter tief eingeführt wird. Ein Verfahren, dass in der Urologie üblich und schmerzfrei ist, da Gleitmittel verwendet werden. Meine Eier und meine Prostata müssen untersucht werden. Aha. Für einen Moment

komme ich ins Zweifeln. Mir was in meinen Arsch schieben lassen? Soll ich das wirklich machen? Sechs Wochen lang täglich ein paar Tabletten schlucken, ein Testosteron Gel auftragen und mir in den Kabinen, in denen sie hoffentlich gute Pornos haben, einen runterholen. Und das kann – je nach Samenzahl vor, während und nach der Studie – bis zu viermal erforderlich sein. Ich entscheide mich für die Teilnahme und als ich die Broschüre durch habe, betritt Dr. Fitzmann das Wartezimmer und bittet mich darum, ihm in sein Behandlungszimmer zu folgen.

Ich setze mich auf einen schwarzen Stuhl, werde erneut über die Studie aufgeklärt, fülle einen Fragebogen zur Befindlichkeit aus, dann unterschreibe ich die Sache, lasse meinen Blutdruck messen und mir Blut abnehmen.

„Und wann kommt die Samenprobe?"

„Die kommt erst in der nächsten Untersuchung!"

„Ach so!"

„Jetzt müssen wir noch die Ultraschalluntersuchung durchführen!"

„Alles klar!", sage ich, stehe auf und folge Dr. Fitzmann in ein anderes Zimmer.

Er zeigt auf die Liege, auf der dünnes Papier ausgelegt ist.

„Legen Sie sich bitte hier drauf und ziehen Sie Ihre Hose runter."

Hinter einem Paravent ziehe ich meine Schuhe und die Hose aus. Ich lege mich auf die Liege und schiebe die Boxershort langsam runter auf die Oberschenkel. Dr. Fitzmann macht das Ultraschallgerät klar, zieht sich Handschuhe über und spritzt meine Eier mit Gleitmittel ein. Er fuchtelt an dem Ultraschallgerät rum, dann kann die Untersuchung beginnen. Gekonnt schnappt er nach dem ersten Ei, fährt mit der Sonde daran entlang und macht einen Moment später ein Foto. Ich blicke auf den Monitor und erkenne nur etwas graues Ovales. Am unteren Rand des Ovals ist etwas Weißes zu sehen.

„Das ist mein Finger!", sagt er und lächelt mich an. Einen Augenblick später ist auch das zweite Ei abgelichtet.

„Jetzt müssen Sie sich auf die Seite drehen und Ihre Beine anziehen."

Ich tue wie mir befohlen und als ich dann so da liege, blicke ich

mich nach hinten um und sehe wie Dr. Fitzmann ein Kondom über den Ultraschalldildo zieht, Gleitmittel drauf spritzt und meine Arschbacken auseinander schiebt.
„Jetzt schön locker lassen!"
Ist gar nicht so einfach. Die Sonde im Arsch. Der Mann im Mond. Ein kleiner Schritt für die Menschheit, aber ein großer Schritt für einen Mann. Als er in mich eindringt, zuckt es bis in den Nacken. Ich bin voll auf das Ding in meinem Arsch konzentriert und irgendwie ist es total geil. Aufregend und erfrischend zugleich. Eine völlig neue Erfahrung, die leider schon nach ein paar Sekunden wieder vorbei ist.
„Kein Befund!"
Dr. Fitzmann reicht mir ein paar Küchentücher.
„Wischen Sie das Gel ab!"
Ich wische mir das Gel mit einem Küchentuch von meinen Eiern und meinem Arsch, ziehe mich an und erhalte eine Kopie der Einverständniserklärung, die ich gut aufbewahren soll. Wir vereinbaren den nächsten Termin, in zwei Wochen, bei dem dann die erste Samenprobe anfällt. Dann bin ich fertig, schüttele Dr. Fitzmann die Hand und verschwinde nach draußen.
Auf der Heimfahrt, als ich an einer Ampel am Cheruskerring stehe und gerade dabei bin ein paar Songs an meinem iPod Ach-ist-das-toll-Shuffle zu suchen, fällt mein Blick auf den Loverboy, der im Fußraum meines Wagens untergetaucht war. Den nehme ich gleich erstmal mit nach oben. Das mit dem Ultraschalldildo war gerade eben gar nicht so übel wie man immer annimmt.
In meiner Wohnung mache ich mir ein Baguette, danach pumpe ich den Loverboy auf, lege ihn in mein Bett, stelle meine Kamera auf das Stativ, hole eine Tupperdose aus der Küche, schalte die Kamera an, lege den Schwulenporno ein, stecke zwei kleine Batterien in den Dildo, starte die Aufnahme, schmiere mir ein wenig von der mitgelieferten Gleitcreme auf meinen Anus und den Dildo, lege mich neben meinen Loverboy, stelle mit Hilfe des Reizreglers die Vibrationen auf die niedrigste Stufe und führe den 30 cm Prachtpenis langsam ein. Es ist ein wunderbares Gefühl. Ich versuche den Regler etwas höher zu stellen, komme aber nicht

dran, also stehe ich auf. Der Loverboy folgt mir, verankert in meinem Darm, seine Füße schweben in der Luft und ich greife an den Regler, und stelle ihn etwas höher. Just in diesem Moment klingelt mein Handy. Ich erschrecke mich und rutsche vom Regler ab. Jetzt steht er auf Vollgas. Mein Vater ist dran.
„Hallo Moritz. Alles O.K. bei dir?"
„JA! Ich bin gerade unter der Dusche, können wir später telefonieren? JA! Ahh!" Der Dildo massiert auf höchster Stufe mein Rektum und in dem Porno wird dem glatzköpfigen Protagonisten ein Springerstiefel in den Arsch geschoben.
„Klar, ich rufe gleich noch mal an", sagt er und legt auf. Ich ziehe den Dildo aus meinem Arsch, schalte die Vibration aus, blase dem Loverboy noch einen und hole mir gleichzeitig einen runter. Ich laufe wieder rüber ins Schlafzimmer, hocke mich neben meinen Schatz, den Loverboy, befühle mein riesiges, brennendes Arschloch, küsse meinen Schatz und fange damit an, ihn mit dem mitgelieferten Hygiene-Reiniger zu säubern. Nach ein paar Minuten bin ich fertig, verabschiede mich von meinem geliebten Loverboy und lasse die Luft raus. Mein Telefon klingelt erneut und als ich das Gespräch annehme, fragt mich mein Vater, was ich mir zu meinem Geburtstag gegönnt habe.
„Nichts!"
„Wieso nichts?"
„Weil ich abgezogen wurde! Ich wollte mir einen neuen Computer zulegen, weil mein Alter es doch nicht mehr schafft. Diese ganze Arbeitspeicherplatz verschlingende Software, die den besten Rechner früher oder später lahm legt. Du kennst das doch. Ich dachte, mit einem Apple Powerbook könnte es besser werden."
„Wieso hast du dir den Computer nicht in einem Laden gekauft?"
„Weil er im Internet viel billiger war!"
„Aber du hast ihn doch nicht erhalten!"
„Ja und? Woher sollte ich wissen, dass der Verkäufer ein Betrüger ist?"
„Wenn du die Ware in einem Geschäft gekauft hättest, dann hättest du diese Probleme nicht!"
„Aber das habe ich nicht gemacht! Wer macht das denn noch?

EINKÄUFE VON HEUTE SIND SO!“
„Das mag sein. Aber sieh zu, wie du das Geld für deinen neuen Computer zusammenkratzt!“
„Gib es mir doch einfach!“
„Ich habe dir doch schon Geld für einen Computer gegeben und du hast es zum Fenster rausgeschmissen! Jetzt sieh‘ zu, wie du das hinkriegst. Das war deine eigene Dummheit.“
„GIB MIR DOCH DAS GELD! DU HAST DOCH GENUG!!“
„Nein. Du bekommst es nicht! Vielleicht lernst du was daraus!“
„WAS ZUM TEUFEL SOLL ICH DENN DARAUS LERNEN? WIE SCHEISSE MEINE ELTERN SIND? NIEMALS UNTERSTÜTZT DU MICH, DU BLÖDES ARSCHLOCH!“, schreie ich und werfe mein schnurloses Telefon auf den Boden. Es zerspringt in tausend Teile. Einen Moment später sacke ich zusammen. Tränen laufen mir über meine glatt rasierten Wangen und mein Arschloch brennt.

17.08.2005

Kurz vor Feierabend fragt mich Michael, wie es mir geht.
„Scheiße!“
„Wieso?“
„Ach, nichts!“
„Sag schon!“, sagt er und ich bin ein bisschen verstört, weil einer mal nachhakt.
„Ich wurde abgezogen!“
„Wie?“
„Bei Ebay!“
„Bei Ebay?“
„Ja!“
„Verdammt! Ist mir auch mal passiert. Bei einem Playstation-Spiel. Es hat mich 22 Euro gekostet!“
„Mich hat es 2.500 Euro gekostet!“
„Was? 2.500! Verdammte Kacke!“
„Und was kannste machen?“
„Nichts!“

„Scheiße!“
„Ich habe einen Anwalt eingeschaltet, aber der macht mir wenig Hoffnung.“
„Und was ist mit deinem Film?“
„Stillstand! Ich kann erst weitermachen, wenn ich mein Powerbook habe!“
Um so viel Geld durch eine Spendenparty einzusammeln, bräuchte ich ein Erdbeben, dass ganz Afrika in der Hälfte zerteilt und alle Patenkinder in dem neuen Wassergraben ertrinken lässt.

Nach einer Reportage im Fernsehen, in der die Chaostheorie erklärt wurde, um kurz vor Mitternacht, klingelt mein Handy und ich sehe, dass ich eine Kurzmitteilung von Michael erhalten habe.

> Wusstest Du, dass Harald Schmidt heute Geburtstag hat? Er wird 48 Jahre alt.

Während ich meinen Loverboy scharf mache, bis er richtig hart wird, ihn also aufpumpe, schicke ich Michael meine Antwort.

> Nein, das wusste ich nicht. So alt ist er schon? Man merkt, dass er in die Jahre gekommen ist, aber ich wünsche ihm dennoch alles Gute!

Ich lege mein Handy zur Seite. Ich starte den Schwulenporno und schmiere mein Arschloch und den Dildo des Loverboys mit der mitgelieferten Gleitcreme ein.

20.08.2005

Dicke, lange Bratwürstchen liegen auf dem Grill und werden von meinem Chef, der eine Schürze auf der >Don‘t expect miracles< steht trägt, mit einer Zange gewendet. So langsam müssten die doch mal fertig sein. Das dauert vielleicht. Und dann die ganze Zeit dieser herrliche Grillgeruch um die Nase, der den Speichel in Strömen fließen lässt. Komme mir vor wie ein frisierter, weißer Pudel, der wie ein Rottweiler sabbert. Dieser herrliche Geruch. Vielleicht haben Hexen auf dem Scheiterhaufen ähnlich gerochen. Und roch es bei den KKK-Abenden, an denen Schwarze verbrannt wurden, nicht auch wie auf einer BBQ-Party? Hatten die KZ-Wächter in

Auschwitz den Mund voller Sabber, als tote Juden brannten? Diese Fragen sollte ich vielleicht mal ins Kopernikus Forum stellen. Aiman Ablablabla kann das doch bestimmt durch eins seiner tollen XXL-Experimente raus finden. Der Frage wie Schweinskopfsülze hergestellt wird, sind sie bisher nicht nachgekommen.
„Achtung! Achtung! Würstchen sind fertig!", brüllt mein Chef quer über den Parkplatz. Ich renne rüber zum Buffet, schnappe mir einen Pappteller, nehme etwas vom Nudelsalat. Dann setze ich mich an den Cheftisch, an dem mein Chef irgendwelche Storys aus der zehnjährigen Unternehmensgeschichte preisgibt. Er erzählt, wie er damals angefangen hat. In der Garage seiner Eltern, die er als Lager nutzte. Seinen ersten Katalog druckte er auf einer Schreibmaschine und er musste alle Bögen noch eigenhändig zurechtschneiden. Das war vielleicht eine Arbeit. So richtig do-it-youself mäßig. Krumm und schief waren die, überhaupt nicht mit dem zu vergleichen, was heute an den Kunden geschickt wird. Aber das machte nichts. Seine Artikel verkauften sich wie warme Semmeln. Wir alle schenken ihm Gehör und obwohl alles bestimmt nicht so witzig war, wie er es jetzt dargestellt, bepissen sich alle vor Lachen. Ich natürlich auch. Will ja keinen schlechten Eindruck hinterlassen.

Ein paar Bier später gehe ich zu Thomas, der direkt neben einer Box steht und auf die Tanzfläche starrt auf der, neben ein paar anderen Mitarbeitern aus dem Lager und dem Großhandel, auch Yasmin tanzt. Auf der Tanzfläche ist es gut gefüllt und sie und ein paar geile Kolleginnen aus der Buchhaltung schwingen ihre Ärsche. Ich werfe meinen Blick auf Yasmin. Jetzt tanzt sie mit meinem Chef, der jung, attraktiv, reich, erfolgreich und unverheiratet ist. Ich würde gerne mal wissen, ob man auf den Videos der Überwachungskamera sehen kann, wie die beiden es in seinem Büro treiben. Auf seinem riesigen Schreibtisch oder seiner riesigen Couchgarnitur oder vielleicht vor dem Retrodesign-Kühlschrank, in dem das Koks lagert.
Thomas spricht mich auf eine Zigarette an. Aber ich habe keine für ihn übrig, obwohl meine Schachtel noch gut gefüllt ist.
„Ich habe eine Reportage über den Chaoseffekt gesehen! Der

Flügelschlag eines Schmetterlings in Tokio kann einen Hurrikan im Golf von Mexiko auslösen."
„Das habe ich auch schon mal gehört."
Ich trinke noch einen Schluck von meinem schal gewordenen Bier und stelle die Flasche in eine Ecke neben der Box. Das schmeckt einfach zum Kotzen. In dem Moment, in dem ich mich kurz bücke, spüre ich wie ein Furz nach Freiheit lechzt. Die ganzen Zwiebeln vom Döner heute Mittag machen sich bemerkbar und ich muss mein Ventil öffnen. Da wir direkt neben einer Box stehen bemerkt niemand, dass ich einen richtig dicken Brummer in die Welt setze. Wenn ein Schmetterling einen Orkan auslösen kann, bin ich gespannt darauf, was auf meinen Furz folgt.

28.08.2005

Sintflutartiger Regen und 300 Stundenkilometer schneller Wind. Bäume, die wie Streichhölzer umknicken. Dächer, die abreißen. Straßen, die überfluten. Dämme, die brechen. >Katrina<, der auf Kategorie 5 eingestufte tropische Wirbelsturm trifft auf die Südostküste der USA. Die Einwohner von New Orleans flüchten sich in Richtung Norden oder sind im Superdome untergebracht. Laut Chaostheorie, die mich dank der Wiederholungen in der Nacht die ganze letzte Woche beschäftigte, besteht beinahe ein kausaler Zusammenhang zwischen meinem Furz am Samstagabend unter sternenklarem Himmel und dem Hurrikan >Katrina<. Endlich passiert mal wieder etwas. Da wird sicher wieder was zu holen sein und bereits während des RTL-Newsberichtes kommt mir die Idee zur nächsten Spendenoffensive. Glücklicherweise passen meine künstlichen Palmen zum Katastrophengebiet, womit meine Investitionskosten für Dekoration minimal sind. Das ist doch schon mal nicht schlecht. Vielleicht kann ich mir aus den Spenden mein Powerbook finanzieren.

Auf dem Weg zurück in meine Wohnung, klingelt mein Handy. Mit einer Hand am Lenkrad öffne ich den Posteingang und sehe, dass Michael mir eine Kurzmitteilung geschickt hat.

„Wusstest Du, dass Johann Wolfgang von Goethe heute vor 256 Jahren in Frankfurt am Main geboren wurde?“

Ich antworte ihm nicht, sondern lege mein Handy auf den Beifahrersitz und fahre weiter. Wer war denn noch mal Goethe? Ach, was weiß ich. Ist mir doch egal. Aber ich weiß, wer Ronald McDonald ist.
Ich fahre zum Minimal und decke mich mit Tiefkühlprodukten, Cola Dosen und Schweinskopfsülze ein, dann geht‘s ab nach Hause, wo ich mich sofort vor meinen Laptop hocke und mich ins Internet begebe. Ich checke meine E-Mails ab. In meinem Posteingang entdecke ich eine E-Mail von meinem Bruder. Ich klicke auf den Link.

VON: soerenthehustler123@gmx.de
AN: moritz.becker0815@web.de
BETREFF: Lieben Gruß

Hi Moritz,

alles klar bei Dir? Lieben Gruß und viel Spaß mit dem Film.

Hau rein.

Sören

P.S.: Hast du die Nachrichten gesehen? Sie haben einen Internet-Pädophilen-Ring ausgehoben.

Petieze.wmf 25.9 mb

In dem Film sieht man eine alte Frau, eine Ladenbesitzerin, die von einem Haufen Männer unter lautem Gelächter zusammengekickt wird. Die Kerle brechen ihren Laden auf und stecken ihn in Brand und dann sieht man, wie die kreischende Frau versucht, aus den Flammen herauszukommen, aber weil die Kerle ihr mit ihren Fußtritten ein Bein gebrochen haben, kann sie nur kriechen. Also breitet sich das Feuer tobend rings um sie herum aus und man kann ihr gequältes Gesicht sehen, wie sie durch die Flammen hindurch zu flehen scheint und sie dann in den Flammen verschwindet.

Gleich darauf höre ich den lautesten und gequältesten Schrei, den eine menschliche Stimme ausstoßen kann. Diese ultra Gewalt ist voll cool.

29.08.2005

Morgens um halb zehn in Deutschland, während andere Leute Knoppers fressen, erhalte ich einen kleinen Karton, in dem sich die Medikamente für die ersten beiden Wochen befinden. Abgepackt in kleinen wiederverschließbaren Tütchen. Zwei Tabletten für jeden Tag.
„Die Verpackungen brauchen wir wieder! Also bitte nicht wegwerfen!"
„Kein Problem!", sage ich und stecke den Karton in meine Jacke.
Dann ist es soweit. Der Doktor reicht mir ein kleines Röhrchen, mit Standfuß und Milliliterskala, das am oberen Ende breiter wird, wodurch es die Form eines kleinen gläsernen Pokals besitzt. Alufolie deckt den oberen Teil ab. Dr. Fitzmann führt mich in eine separate Kammer am Ende des Flurs und sagt mir, dass ich, bevor ich Hand an mich lege, mir meine Hände und meinen Pimmel waschen muss.
„Wenn Sie fertig sind, dann können Sie das hier abstellen!", sagt er und deutet auf eine beige Metalltür in der weißen Wand des Flurs.
„Alles klar!", sage ich, schließe die Tür ab und schaue mich um.
In dem kleinen Raum befindet sich ein Ledersessel in der Ecke, daneben ein kleiner Tisch, auf dem ein paar Tittenhefte liegen. Auf einen Plasmafernseher läuft eine DVD von Private. >The Private Live of Monique Cuvet<, einer Blondine mit Mördermöpsen. Das ist ja schon mal nicht schlecht. Ich laufe zum Waschbecken wasche mir meine Hände und meinen Schwanz, setze mich in den Ledersessel und starre auf den Fernseher. Erst jetzt sehe ich, dass ich leider keinen Zugriff auf die DVD habe und mir keine Szene aussuchen kann. Der DVD-Player befindet sich nicht im selben Raum und eine Fernbedienung kann ich auch nirgendwo entdecken. Selbst in den Schubladen unter dem Fernseher nicht. Vielleicht hatten die hier früher so geile Pornos, dass sie ständig

von ihren Probanden beklaut wurden. Enttäuscht schließe ich die Schubladen, lehne mich zurück und sehe, dass ich mich nicht einmal im Haupt-, sondern im Audio-Menü befinde. Von Monique sieht man nur ein Tittenbild. Ihre mit Kollagen gefüllte Oberlippe auf Höhe der Deutschen Fassung mit Dolby Surround 5.1. Ihre Nippel auf Höhe des deutschen Untertitels. Gleich neben dem schwarzen Stringtanga geht es zurück zum Hauptmenü. Also ziehe ich mich wieder an, trete aus der Kabine und frage die erstbeste Person, die mir auf der Etage begegnet und so aussieht wie Frauke Ludowig, ob sie nicht den Porno starten könnte. Leider kann sie es nicht. Sie kennt sich nicht aus. Also laufe ich zurück und konzentriere mich.
Als ich aus der Kabine trete und den Pokal in die Vitrine stellen möchte, kommt mir die Mitarbeiterin, die den Porno nicht starten konnte, entgegen.
„Das können Sie mir geben!“
„Bitte. Tschüss!“

03.09.2005

Auf der Arbeit nehme ich gleich nach meinem Schweinskopfsülzebrötchen sechs Tabletten ein, obwohl mir Dr. Fitzmann gesagt hat, ich müsste täglich nur zwei einnehmen. Da ich aber am Wochenende nicht an die Tabletten kam, die in meinem Schubladenelement lagerten, ist heute die erste Möglichkeit, wieder welche einzuwerfen. Inzwischen bereitet es mir keine Mühe mehr, die Tabletten runter zuschlucken und ich komme mir vor, wie eine Tussi, die ihre Pille nimmt, um bloß nicht schwanger zu werden aber ordentlich vögeln zu können.
Nachdem ich mir einen frischen Kaffee geholt habe, werfe ich einen Blick auf den Aushang, den ich vor ein paar Tagen aufgehängt habe und der Infos zu meiner Spendenparty gibt. Bisher hat sich niemand, aber auch wirklich niemand eingetragen. Merkwürdig. Ich habe immer gedacht, meine Charity-Party war so toll.
„Hat keiner Lust zu meiner Party zukommen?“, rufe ich quer durch das Callcenter.

„Lust auf Party schon. Nur ist der Anlass nicht so cool. Ich glaube nicht, dass irgendwer hier für die bescheuerten Amerikaner spendet!", sagt Michael.

Ich torkle nach Hause. Es ist irgendwann mitten in der Nacht und ich bin sturzbesoffen. Eine Telefonzelle stellt sich mir in den Weg. Da kann ich doch glatt mal Anne anrufen. „Ja?", sagte sie lustlos.
„Guden Tach. Hier ssprichtt der Arbeiterssammaridabund. Sin se über 67zich Jahre aalt?", grölte ich.
„Nein!"
„Is jemand auss Ihrem Umfeld auf Pfleje angewiiesenn?"
Aber die Antwort blieb sie mir schuldig.

07.09.2005

Während Anne, die nur kurz vorbeischaut, um einen weiteren Krankenschein abzugeben, kurz auf Toilette verschwindet, husche ich an ihren Arbeitsplatz und formatiere von allen unbemerkt die gesamte Festplatte. Danach ist die Aufregung groß, aber aus sicherer Distanz genieße ich das Chaos, das Anne wohl in einem unbedachten Moment angerichtet hat.
Als es wieder ruhiger ist, checke ich in aller Ruhe den neuen Arbeitsplan, in dem ich mich persönlich in die Spätschicht eingeteilt habe. Diese Schicht besitzt zwar einen Nachteil – ich kann Kopernikus nicht anschauen – aber sie besitzt auch den Vorteil, dass ich abends lange wach bleiben und Anne am frühen Morgen telefonisch belästigen kann, ohne meinen Tagesablauf umzustellen, was echt praktisch ist.

10.09.2005

„Ich weiß ja, dass du kein Fan von Büchern bist und dir lieber irgendwelche Filme reinziehst, aber ich muss die ganze Zeit über ein Buch nachdenken, dass ich gelesen habe", sagt Michael, den ich beim Bummeln in der Stadt treffe und der mich auf meinem Weg begleitet, weil er selbst ein wenig ziellos ist.

„Und was hast du gelesen?“
„Verbrechen und Strafe von Dostojewski. Im Original heißt das Buch Schuld und Sühne.“
„Oh mein Gott, was ist denn das für ein Müll?“
„Davon gibt es übrigens auch einen Film. Den solltest du dir mal reinziehen. Ist aber Schwarz- Weiß.“
„Aha. Und worüber musst du die ganze Zeit nachdenken?“
„Über den Protagonisten. Rodion Romanowitsch Raskolnikow!“
„Was ist das für ein Name?“
„Ist doch egal. Ist nur ein Name.“
„Und was macht dieser Typ? Das wird ja jetzt nicht so aufregend sein, oder?“
„Und ob, aber für so etwas hast du kein Gespür! Aber ist auch egal. Ich erzähle es dir einfach!“
„Okay!“, sage ich gelangweilt und blicke einer Frau hinterher, die irgendetwas von Kate Hudson hat, und auf der gegenüberliegenden Straßenseite entlang geht. Sie trägt grüne Stiefel. Aber es ist nicht das Grün der Hoffnung, des Umweltschutzes und der Nachhaltigkeit, sondern das von BP.
„Die Geschichte spielt in Sankt Petersburg um 1860. Der bettelarme und überdurchschnittlich begabte Jurastudent Raskolnikow, wird durch eine Mischung aus Armut und Überlegenheitsdünkel immer mehr gespalten. Er entwickelt die Theorie der außergewöhnlichen Menschen, die im Sinne des menschlichen Fortschritts natürliche Vorrechte genießen sollten. Der arme Raskolnikow sieht sich selbst als solch Privilegierten, selbst wenn er zerlumpte Kleidung trägt und in einem kleinen, schlecht belüfteten Zimmer lebt. Aufgrund seiner finanziellen Situation wendet er sich an eine alte Pfandleiherin, die für ihn der Inbegriff einer Laus, eines wertlosen Menschen, ist.“
Also so ein Wurm wie mein Arbeitskollege Thomas oder meine Chefin Anne oder der Penner an dem wir in diesem Moment vorbeigehen, der genauso aussieht wie Ron Sommer und uns um Geld anbettelt.
„Er glaubt, er habe, da er meint ein wirklich großer Mensch zu sein, das Recht, rücksichtslos über diesen Menschen hinwegzugehen,

was in seinem Falle Mord bedeutet. Er will so schnell wie möglich erfahren, ob er eine Laus ist, wie alle, oder ein richtiger Mensch, ein großer Mensch, wie Napoleon, der als Beispiel für vorbildliche Rücksichtslosigkeit dient."

„Wieso Napoleon?"

„Der hat nicht lange geredet, der hat gehandelt. Egal wie viel Schaden entstand! So ungefähr wie George Bush!"

„Ja, und dieser Raskibums..."

„Raskolnikow!!"

„Wie auch immer. Dieser Typ will die Alte abziehen. Wo ist denn das Problem?"

„Raskolnikow ist eine Figur, die anfangs ihre Ideen und Vorstellungen vom Sein und der Welt über die Wirklichkeit selbst stellt. Von seinem eigenen Genie überzeugt, veröffentlicht er in einer Literaturzeitschrift einen Artikel, in dem er den außergewöhnlichen Menschen Rechte über die gewöhnlichen Menschen einräumt. Seine These gipfelt in der Behauptung, außergewöhnliche Menschen hätten das Recht und die moralische Pflicht, die gewöhnlichen Menschen zu ihren höheren Zwecken zu gebrauchen."

„Was willst du mir damit sagen?", frage ich und stecke mir eine Zigarette an.

„Würdest du damit klarkommen, wenn du diesem Menschen Leid zugefügt hättest?"

„Dieser Mensch ist doch kein Mensch. Er ist nicht mal ein Säuger. Er ist eine Laus. Was macht man mit Insekten? Drauf treten und weitergehen."

„Das ist richtig. Aber was sagt dein Gewissen dazu?"

„Welches Gewissen?"

„Aha. Du denkst also, du hättest kein Gewissen und diese Tat würde spurlos an dir vorbeigehen?"

„Ja!"

„Doch selbst wenn dir ein perfektes Verbrechen gelungen ist, wirst du die gesellschaftliche Abspaltung innerlich nur umso schmerzhafter wahr nehmen."

„Das glaube ich nicht. Ich würde danach Pizza essen gehen. Zur Feier des Tages."

„Du denkst, du bist ein außergewöhnlicher Mensch, doch vielleicht bist du dieser Theorie nicht gewachsen!"
„Ich denke nicht, dass ich ein außergewöhnlicher Mensch bin und über diese Theorie brauche ich nicht nachzudenken. Ist Zeitverschwendung. Wer über seine Taten nachdenkt, ohne sie einfach zu tun, ist ihnen schon von vorn herein nicht gewachsen und sollte es lieber gleich sein lassen."
„Ja, klar! Wie ich sehe, hast du noch nicht oft über so etwas nachgedacht."
„Stimmt. Ich habe bisher kein einziges Mal über so was nachgedacht. Wieso sollte ich das auch?"

18.09.2005

VON: soerenthehustler@gmx.de
AN: moritz.becker0815@web.de
BETREFF: Urlaubsträume

Hi Moritz,

Der Urlaub hier ist super. Super Wetter und Thailand ist der absolute Hammer. Die Natur, die Leute, das Essen und alles andere! Morgen reite ich vielleicht auf 'nem Elefanten, hehe, mal sehen, was das gibt. Ich bin schon recht weit im Süden und es wird immer heißer!!! Und es gibt so viel zu sehen. Wasserfälle, Urwald etc. außerdem habe ich mir schon dreimal ein Motorbike ausgeliehen, so'n Ding mit vier Gängen aber keiner Kupplung!!! Der Verkehr ist zwar recht heftig, aber das bockt richtig! Dann habe ich gestern den ganzen Abend lang mit zwei zwölfjährigen Mädchen gevögelt. Für das Geld hätte mir keine Straßennutte in Deutschland einen geblasen. Ich habe gehört, irgendwo hier im Süden soll es Affen geben, die sich vögeln lassen. Ich muss mich mal erkundigen. Aber es bleiben noch knapp 10 Tage. Einen Abstecher nach Kambodscha habe ich schon gebucht. Ich will die Angkor Wat Tempelanlage sehen. Die soll unglaublich sein. Ich glaube dort wurde Tomb Raider gedreht. Mit der geilen Angelina. ☺

Ich halte dich auf dem Laufenden. Cheers Sören

P.S.: Hast du die Nachrichten gesehen? Sie haben einen Internet-Pädophilen-Ring ausgehoben.

So lautet die E-Mail, die sich heute Morgen in meinem Posteingang befindet. Ja, klasse. Darf ich schon wieder allein bei meiner Mutter antanzen, während mein Bruder sich auf die Suche nach paarungsbereiten Affen macht.

Eine Stunde nach meiner Ankunft sitze ich gemeinsam mit meiner Mutter und einem befreundeten Ehepaar, das sie auf ihrer letzten Kreuzfahrt kennengelernt hat und aussieht wie das Ehepaar aus >American Beauty< in einem italienischen Restaurant in Kaiserswerth, in dem man sich so wie in Bella Italia fühlt. Ich bestelle mir bei dem Kellner, der irgendetwas von Robert DeNiro hat, einen Insalata Caprese und eine Pizza mit Salami und Peperoni. Während wir auf das Essen warten, darf ich meinen Tischnachbarn dabei zuhören, wie sie in ermüdenden Details über die Tage an Bord berichten. Diese einzigartigen und wunderschönen Momente, die sie in den zehn Tagen erlebt haben. Unbeschreiblich schön. Weil sie schon die ganze Karibik mit irgendwelchen reichen Typen durchkreuzt hatten, haben sie sich zu einem außergewöhnlichen Urlaub am Rande des Polarmeers entschieden.
„Es war ein großartiges, ach was, ein einzigartiges Reiseerlebnis. Wir waren auf der Nordnorge und sind am legendären Kap Hoorn zu den interessantesten Plätzen des Südpolarmeeres gefahren. Es war zu schön um wahr zu sein. EIN-FACH FAN-TAS-TISCH!“, sagt Inge, die neue beste Freundin meiner Mutter und so wie sie es sagt, ist es zu wahr, um schön zu sein.
„Es war so eine schöne Landschaft. Und die schöne Tierwelt! Es war so schön, nicht wahr Inge?“
„Ach, es war unglaublich schön!“, antwortet Inge.
Sie kommen gar nicht mehr aus dem Schwärmen raus. Es ist schrecklich wie häufig sie das Wort >schön< benutzen.
Plötzlich fällt mir ein, dass ich schon wieder vergessen habe, meine Medikamente zu nehmen. Sie liegen mal wieder in meinem Schubladenelement auf der Arbeit, an das ich aber erst morgen

rankomme. So ein Mist. Und das schon zum zweiten Mal!
„Hast du ihm schon das Geschenk gegeben?“, fragt Inge.
„Nein, noch nicht. Aber ich wollte, dass du auf jeden Fall anwesend bist, schließlich war es deine Idee“, antwortet meine Mutter und greift in ihre Handtasche. Sie holt ein kleines Geschenk hervor und reicht es mir. Ich öffne es und einen Moment später halte ich einen kleinen durchsichtigen Beutel in der Hand. Der Inhalt hat irgendetwas von Lakritz oder Weingummi, aber die Formen sind nicht immer gleich. Zudem fühlt es sich nicht wie Weingummi an. Es ist leicht. Ich weiß nichts damit anzufangen und ich glaube, dass ein dickes Fragezeichen auf meiner Stirn erscheint.
„Das ist Pinguinkacke!“
„Pinguinkacke?“, frage ich erstaunt, denn ich habe niemals damit gerechnet, in einem italienischen Restaurant antarktische Pinguinkacke in meinen deutschen Händen zu halten.
„Die habe ich in einer alten Walfangstation gekauft. Ist das nicht irre?“
„Ist ja klasse!“, sage ich. Ich nehme das Etikett genauer unter die Lupe und lese das Gütesiegel durch und tatsächlich: Original Pinguinkacke! Was gibt es in der Walfangstation noch zu kaufen? Bartwalhaare? Robbennasen? Möwenschnäbel?
„Das war Inges Idee. Ich habe deinem Bruder auch einen Beutel mitgebracht, aber er kann heute nicht hier sein, weil er mit Fieber im Bett liegt. Der arme Kerl und das bei diesem Wetter!“
„Er liegt mit Fieber im Bett?“
„Ja, er hat mich heute Morgen angerufen und mir mitgeteilt, dass es ihm nicht gut geht und er lieber zuhause bleibt, um sich auszukurieren!“
„Aha!“
„Ist das nicht toll? Die verkaufen Pinguinkacke!“, krächzt Inge.
„Schick‘ ihm das Geschenk doch per Post zu. Er wird sich bestimmt freuen“, schlägt sie meiner Mutter vor.
„Das ist eine super Idee!“, sage ich bestätigend. „Dann hat er mal etwas anderes als nur Rechnungen in seinem Briefkasten.“ Ich packe die 200g Pinguinscheiße in meine Bag, dann stoßen wir gemeinsam an. Ein paar Minuten später kommt das Essen.

„Wie läuft dein Studium?", fragt meine Mutter während Mario, der Kellner ihr Wein nachschenkt.
„Es läuft gut!", sage ich nachdem ich das erste Stück der Pizza gegessen habe. Sie schmeckt wunderbar.
„Und wie lange brauchst du noch?"
„Ich weiß nicht genau. Ich muss noch ein paar Scheine machen. So drei bis vier Semester noch. Das Vordiplom habe ich schon geschafft."
„Das weiß ich ja", sagt sie und trinkt einen Schluck Wein, der ihr aber nicht schmeckt, also lässt sie ihn zurückgehen. „Und weißt du denn schon, was du danach machen möchtest?"
„Ich glaube, ich mache danach noch meinen Doktor!"
„Das ist ja toll. Wie dein Vater und dein Onkel!"
„Ja!", sage ich und denke an einen depressiven Akademiker mit einer Frau, zwei Kindern und mehreren Affären.
„Arbeitest du immer noch als Kellner?"
„Klar!", sage ich energisch. Obwohl ich in meinem ganzen Leben noch nicht einmal als Kellner gearbeitet habe. Außer auf meiner Spendenparty. Wieso auch? Kriege doch genug Geld in meinen Arsch geblasen.
„Studieren und Arbeiten ist hart!", sage ich und esse ein weiteres Stück der Pizza.
„Dein Onkel hat das auch gemacht!"
„Ja, ja!", sage ich und schlucke die Pizza runter.
„Ach, übrigens Moritz. Ich habe die Rückmeldung für das nächste Semester letztens für dich bezahlt."
„Ja, ist ja super!"
Als nur noch ein kleines Stück der Pizza auf dem Teller liegt, auf dem ein gezeichneter Pizzabäcker zu sehen ist, der gerade eine Pizza in den Steinkohleofen schiebt, sehe ich auf meiner Uhr, dass es höchste Zeit ist, endlich zu verschwinden und wieder zurück in die lebenswerteste Stadt der Welt zu fahren. Nicht, dass ich einen Termin hätte oder so, soweit ich weiß, läuft nicht mal eine Ebay-Auktion aus, aber vielleicht ist es nachvollziehbar, wenn man nicht allzu lange bei seinen Eltern, speziell in meinem Fall, bei meiner Mutter und ihren beknackten Bekannten bleiben will.

„Ach, herrjee!“, sage ich und schnappe mir das letzte Stück der geilen Pizza. Will ja nichts verschenken.
„Was ist denn?“, fragt Erik, der seinen Monolog über seine neue Mercedes Limousine bloß meinetwegen unterbricht. Seine Karre schluckt bloß 15 Liter.
„Ich muss los, verdammt! Ich habe ganz vergessen, dass ich noch einen Freund im Krankenhaus besuchen wollte.“
„Wer ist denn im Krankenhaus?“, fragt meine Mutter besorgt.
„Mirko Schwein! Kennst du den noch?“
„Mirko Schwein? Nee, der sagt mir nichts“, antwortet sie.
„Ein alter Schulkamerad von mir. Er wurde von einem Auto angefahren und liegt seit ein paar Tagen im Krankenhaus. Ich habe versprochen, ihm einen Besuch abzustatten.“
„Ja. Gut! Fahr aber vorsichtig!“
„Natürlich Mutter. Du weißt doch, wie ich fahre!“, sage ich und schnappe mir meine Bag und meine Jacke.
„Ja, ich weiß, dass du ein vernünftiger Kerl bist! Mach‘s gut!“, sagt sie und verabschiedet sich von mir per Küsschen. Er ist ein guter Junge.
„Alles Gute weiterhin im Studium!“, sagt Inge zum Abschluss.
„Danke! Ihr fahrt meine Mutter doch gleich sicherlich nach Hause, oder? Erik, in deinem Mercedes wird doch bestimmt noch ein wenig Platz für eine solch hübsche Frau sein, nicht wahr?“
„Klar. Kein Problem“, antwortet er.
„Sicher! Sicher!“ Er streckt seinen rechten Daumen in die Höhe, grinst mich schief an und sieht in diesem Moment irgendwie aus wie ein Kinderficker. Oder eben so, wie ich mir einen Kinderficker vorstelle.
„Es war ein herrlicher Tag!“, sage ich, drücke meine Mutter noch mal ganz fest und sie steckt mir noch schnell 200 Euro zu. Ich nehme das Geld, bedanke mich nicht und verlasse einen Moment später das kleine, aber feine Restaurant am Clemensplatz in Kaiserswerth. Noch in der Tiefgarage setze ich meine Sonnenbrille auf und starte die neue CD von den Disco Boys. Das Mixalbum „Volume 4“, das ich für lau aus dem Internet geladen habe. Als ich schon fast auf der A52 in Richtung Essen bin, fällt mir ein, dass ich

auch mal hier in Düsseldorf in ein Internetcafé gehen könnte, um meinen Arbeitserhaltungsmaßnahmen nachzugehen. Das ist ja das Schöne daran. Sie sind völlig zeit- und ortsunabhängig. Und jetzt ist mir gerade danach.
Ich suche mir einen Parkplatz in der Nähe eines Internetcafés und während ich an einem Schaufenster eines Eiscafés vorbeilaufe und mein Spiegelbild entdecke, mache ich mit meiner Sonnenbrille, meinem rosa Polo Shirt mit hochgeschlagenem Kragen, meiner Jeans und meinen Sneakern eine verdammt gute Figur. Leider renne ich einen Moment später gegen einen Laternenpfahl und stoße mir übel den Kopf.
Als ich das Internetcafé betrete entdecke ich hinter dem Tresen einen Kerl, der irgendetwas von Vinnie Jones hat und eine Zigarette raucht. Ich nicke ihm zu und frage nach einem freien Rechner.
„Such dir einen aus!"
Ich setze mich an einen großen runden Tisch an dem sich sechs Computer und die dazugehörigen 17 Zoll TFT Monitore befinden, starte den Internet Explorer und checke die E-Mailadressen von Marcus Geier und Carola Weißenhuber ab. Bei beiden ist außer einer Menge Werbemails nichts im Posteingang zu finden.
Gleich danach logge ich mich als Carola in der Community ein und sehe, dass Thomas endlich mal wieder online ist.

auric goldfinger: 17.33.47
teure mary, ich war ein paar runden joggen, leider habe ich die dämpfung meiner alten schuhe überschätzt, meine knie schmerzen, meine gelenke sind blau, meine füße übersäet mit blasen, aber ich danke Ihnen dennoch für den tipp. es tut gut. ich fühle mich deutlich besser!

mary goodnight: 17.33.56
wie sehr erfreut es doch mein herz, Sie wieder auf dem damm zu sehen!! schön, dass Sie meinem rat gefolgt sind. ein wenig joggen durch die schöne natur, die weiten wiesen, die äcker mit dem raps und die wälder mit den fliegen! doch eins sollten Sie sich wirklich gut überlegen, wenn Sie an Ihren beinen hinunterschauen. kaufen Sie sich neue joggingschuhe.

auric goldfinger: 17.34.13

ja, das werde ich, aber zuerst möchte ich Sie fragen, ob Sie mit mir ausgehen wollen?

mary goodnight: 17.34.17

ach, auric, endlich fragen Sie mich!! wie schön, doch in den nächsten wochen habe ich unendlich viel zu tun. ich kann Ihnen erst in den nächsten tagen auskunft darüber erteilen, wann wir uns treffen können. ich muss in meinem terminkalender nachschauen, doch der liegt leider auf der arbeit.

auric goldfinger: 17.34.33

☺ sprechen Sie mich einfach an, wenn Sie online sind, oder hinterlassen Sie mir eine nachricht. im übrigen kann ich Ihnen auch meine handynummer und meine e-mailadresse geben. ich freue mich schon darauf, Ihnen im wahren leben zu begegnen. vielleicht bestätigen sich meine illusionen. einer bekannten vom mir erging es genauso.

mary goodnight: 17.34.49

ich werde von mir hören lassen und ich hoffe, ich kann Ihren erwartungen genügen. jedenfalls wäre es mir mit abstand das wichtigste auf der welt. ☺☺☺☺☺

19.09.2005

Ein tragbarer DVD Player mit 16cm Display ist eine feine Sache und ich bin froh, dass ich mir dieses Teil geleistet habe. Ist prima für unterwegs, oder auf dem Weg in den Urlaub, im Auto, wenn sich ein endloser Stau vor dir gebildet hat, weil irgend so ein Idiot nicht Autofahren konnte. Oder dann, wenn man mal wieder zur Samenanalyse muss, wie ich heute Morgen und weiß, wie schlecht die dort ausgerüstet sind.
Ich wasche meinen Pimmel und starte den Film, den mir mein Bruder vor ein paar Tagen zugemailt hat. Die Datei heißt: >Julie Ann in Schwanzsüchtig!<. Eine Pornoszene, in der eine Frau, die irgendetwas von Cameron Diaz hat, mit acht Typen vögelt, die irgendwie dem türkischen Ruderachter ähneln. Das gesamte Sperma landet in einem Rotweinglas und als sie das Glas an ihren Mund

setzt und es in einem Zug austrinkt, geht mir richtig einer ab und ich spritze in den kleinen Pokal. Ich habe einen 6,5 Milliliter Orgasmus. Ist doch ganz ordentlich.

Während der Mittagspause laufe ich rüber in die Küche und mache mir eine Dose Ravioli fertig. Während der Teller in der Mikrowelle rotiert, gesellt sich Daniela zu mir. Sie schnappt sich einen Löffel, dann sind meine Ravioli fertig. Wir nehmen auf den Stühlen Platz, sie schaltet den Fernseher ein und isst ihren Joghurt mit Erdbeerstücken. Sie hüpft durch die Kanäle und irgendwann sehen wir wie Zahnpasta hergestellt wird. Das haben die schon mal bei der >Sendung mit der Maus< erklärt, aber das ist so lange her, dass ich mich nicht mehr dran erinnern kann. Ich frage sie, was sie am Wochenende gemacht hat.

„Ach nichts! War voll langweilig!“

Nachdem ich aufgegessen habe, frage ich sie, ob wir nicht kurz auf Toilette verschwinden sollten, aber sie ziert sich. Sie könnte mir doch einen blasen, aber darauf hat sie keine Lust. Sie hat Kopfschmerzen. Und wie wäre es mit Ficken? Nein, das geht auch nicht. Sie hat eine Pilzinfektion durch die Unterwäsche, die sie sich neu gekauft hat. Mit halbvollem Joghurtglas in der Hand verschwindet sie aus der Küche.

Ich lasse meinen Teller auf dem Tisch stehen, soll Melanie ihn doch wegmachen, die hat schließlich in dieser Woche Küchendienst, laufe rüber ins Großraumbüro, schnappe mir einen Edding und gehe auf die Toilette. Ich schließe mich in einer Kabine ein und während ich scheiße, kritzele ich mit dem Edding auf der Wand rum. Ich zeichne eine nackte Frau mit dicken Möpsen. Rechts daneben schreibe ich:

„Daniela, die geile Sau!“

Darauf wichs ich mir jetzt mal einen. Nach dem Samenerguss geht es wieder zurück an meinen Arbeitsplatz, an dem erfreulicherweise nicht viel zu tun ist. Um die Kundenanfragen kümmert sich die neue Praktikantin, die glaube ich, Bianka heißt und ungefähr so aussieht wie Desiree Nick. Ich logge mich als Markus in meine Community ein und sehe, Daniela ist online. Ich schicke ihr eine

Sofortnachricht, in der ich sie frage, was sie so gemacht hat. Ein paar Minuten später antwortet sie mir auch prompt.

honey rider: 14.38.25
hallo james, Sie werden nicht glauben, was ich am wochenende erlebt habe. eine mir befreundete frau feierte am wochenende ihren junggesellenabschied. sie hatte einen betörenden striptease tänzer geladen. ein bild von einem mann. er sah aus wie lenny kravitz und hatte eine lance armstrong nummer drauf. mann, hatte der ein gemächt. ☺☺☺

Ich frage mich, weshalb sie mir das nicht mitgeteilt hat, aber als die nächste Nachricht auf meinem Monitor erscheint, weiß ich weshalb.

honey rider: 14.38.59
ich habe diesen unglaublich attraktiven jungen mann dann mit nach hause genommen.

james bond 0007: 14.39.26
teure honey, das freut mich für Sie. herzlichen glückwunsch.

honey rider: 14.39.38
ich danke Ihnen, james. Sie können sich gar nicht vorstellen, wie gut es tut, einem wieherndem prachthengst zu begegnen, kurz nachdem man einen grunzenden ochsen davongejagt hat!

Ich schnappe mir den Edding und laufe wieder auf Toilette. Dort schreibe ich „übrigens hat sie ‘ne rasierte Fotze“ neben das Gekrickel von gerade eben und versuche aus den dicken Möpsen, die ich gezeichnet habe, schwabellige Hängetitten zu machen.

Am Abend sitze ich vor meinem Fernseher und sehe eine Werbung für einen Sofortkredit. Wegen des Unglücks mit dem Powerbook, entscheide ich mich dazu, mir einen Kredit berechnen zu lassen. Einfach nur mal so. Dazu muss ich nur meinen Wunschkreditbetrag eingeben. Schon eine Sekunde später werden die Raten für jede Laufzeit unverbindlich errechnet. Da die monatlichen Rückzahlungen bei diesem Betrag viel niedriger sind als ich vorher angenommen habe, erhöhe ich schrittweise den Kreditbetrag bis ich irgendwann bei 20.000 Euro lande. Über eine

Laufzeit von 84 Monaten kann ich mir das leisten. Wie hoch die Zinsen sind, kann mir aber nicht mitgeteilt werden, denn das ist vom individuellen Angebot abhängig, aber so viel wird das schon nicht sein. Falls es hart auf hart kommt, dann habe ich immer noch meinen Vater, der sich mit Silikon, Botox, Hyaluronsäure und Fettabsaugen eine goldene Nase verdient. Zudem wird es – spätestens, wenn ich den Abteilungsleiterposten innehabe - im nächsten Jahr eine Lohnerhöhung geben.
Ein paar Minuten später schicke ich die komplett ausgefüllte Online-Kreditanfrage an die Bank. Das wird bestimmt cool, wenn das Geld da ist. Gut gelaunt begebe ich mich in meine Community und chatte, mit einer 23-jährigen Frau, die sich >miss taro< nennt, Network-Marketing mit Aloe Vera Produkten betreibt und laut ihrer Aussage Handyfetischistin ist. Handyfetischistin? Ich hake kurz nach und bitte sie um eine genauere Definition ihres Fetischs.

miss taro: 21.57.32
lieber james. mein herz schlägt für mobiltelefone aus finnischer produktion, mit starker vibrationsfunktion. die sind der allerneueste schrei.

james bond 0007: 21.57.39
wann treffen Sie sich mit mir? ich habe eine riesenauswahl in meinen vitrinen, diese wird Ihnen sicherlich zusagen und zu alledem habe ich mir grade ein neues besorgt, das Ihnen mit sicherheit gefallen wird.

30.09.2005

Als ich nach der Mittagspause wieder im Büro eintreffe und den neuen Arbeitsplan ans Schwarze Brett hefte, entdecke ich einen neuen Aushang der Marketingabteilung. Es wird wieder ein Freiwilliger für den Katalog gesucht. Dieses Mal für den Hauptkatalog. Die Redaktion plant einen kurzen Bericht über die Arbeit hinter den Kulissen und sucht aus jeder Abteilung einen Mitarbeiter. Bisher hat sich noch niemand in die Liste eingetragen. Ja, dann wird's aber höchste Zeit. Ich trage mich ein, laufe langsam zurück an meinen Schreibtisch, setze mein Headset auf, nehme den Hörer ab und knalle ihn sofort wieder hin, da ich keine Lust habe, mit Kunden zu sprechen. Ich setze mich auf meinen Drehstuhl, stecke eine Zigarette an und surfe im Internet. In meinem Posteingang befindet sich eine E-Mail der Kreditbank. Es fehlen noch ein paar Kleinigkeiten, um mir ein Angebot erstellen zu können: meine aktuelle Anschrift, das Eintrittsdatum in mein aktuelles Beschäftigungsverhältnis bzw. meinen Renten- oder Pensionsbeginn, meine Gehaltsabrechnung bzw. Renten- oder Pensionsbescheid, meine monatlichen Verpflichtungen, meine Bankverbindung und meine Kreditdaten, wenn bestehende Kredite abgelöst werden sollen.

Ich beende die Arbeit und bevor ich aus dem Großraumbüro trete, werfe ich noch einen Blick auf das Schwarze Brett. Jetzt steht noch ein zweiter Bewerber drauf. Thomas Blender hat sich in die Liste eingetragen. Naja, den nehmen sie bestimmt nicht. In Gedanken gehe ich meine Antworten auf die imaginären Fragen durch.

Als ich vor dem Fahrstuhl stehe und über die Frage: „Was ist das Besondere an der Arbeit bei Lift?“ nachdenke, schreitet Yasmin an mir vorbei.

„Hi Yasmin!“

„Hi!“

„Wie geht‘s?“

„Gut!“

„Unterwegs ins Callcenter?“

„Ich muss den Aushang wieder zurückholen!“

„Ah, der Aushang. Ich habe mich eingetragen!“

„Also ich habe damit nichts zu tun. Die aus der Marketingabteilung entscheiden, wen sie für die Interviews auswählen.“

„Kannst ein gutes Wort für mich einlegen!“

„Sicher!“

„Und wann bekommen wir Bescheid?“

Die Fahrstuhltür öffnet sich. Niemand kommt raus.

„Das dauert sicherlich noch ein paar Tage! Ganz genau weiß ich es nicht “, sagt sie, während ich den Fahrstuhl betrete.

„Alles klar.“ Ich betätigte den E-Knopf.

„Schönen Feierabend!“, wünscht sie mir und die Fahrstuhltür schließt sich.

Ich mache mich auf den Weg zum Bahnhof. Als meine Bekanntschaft, die in natura irgendetwas von Lady Bitch Ray hat, vor mir steht und mich mit zwei Bussis begrüßt, bin ich überrascht. Meine Verabredung ist äußerst attraktiv. Rattenscharf sozusagen, auch wenn ihr Arsch ein wenig zu dick ist.
Wir fahren in meine Wohnung, setzen uns in mein Wohnzimmer und unterhalten uns über Mobiltelefone. Ich zeige ihr all meine bisherigen Modelle, die ich in der beleuchteten Glasvitrine auf kleinen Handysofas aufbewahre.
„Darf ich die mal anfassen?", fragt sie mich.
„Klar."
Ich entnehme die zwanzig Handymodelle, die ich seit meinem 16ten Lebensjahr benutzt habe, und lege sie vor ihr auf den Tisch. Sie erzählt mir von ihrem ersten Handy mit Vibrationsalarm. Als sie herausgefunden hatte, dass dieses Handy ihr mehr Freude bereitete als ihr damaliger Freund, hat sie sich von ihm getrennt und über drei Wochen lang nur mit dem geliebten Handy masturbiert. Dann war das Gerät defekt und sie musste sich ein neues zulegen. Einen neuen Freund hat sie auch, aber auch der kann es ihr nicht besorgen.
Ich zeige ihr mein neues Nokia 6265.
„Boa, ist das groß!"
Es ist der Negerpimmel unter den Handys. Aufklappbar, mit riesigem Display und kleinem Joystick, der bei richtiger Einführung vielleicht den G-Punkt stimuliert.
„Das habe ich mir neu gekauft. Ich finde es so männlich!"
Sie nimmt das Handy in die Hand und wirft einen prüfenden Blick darauf.
„Ja, hast du mir ja geschrieben! Hätte nicht gedacht, dass das so geil ist!"
„Sollen wir das nach dem Essen ausprobieren?", frage ich.
„Klar. Es ist echt sexy. Und mit diesen Minihandys kann ich überhaupt nichts anfangen. Die sind doch höchstens was für'n Arsch!", sagt sie und legt das Handy auf meinen Couchtisch. Wir unterhalten uns über die neuen Telefontarifmodelle. Gleich danach, werfen wir einen Blick auf ihr Community-Profil und nachdem sie mir

vom >Vagina Style< berichtet hat, vibriert ihr Handy. Sie nimmt es in ihre Hand, deren abgeknibbelten Fingernägel schlecht und rot lackiert sind und beantwortet die Kurzmitteilung, die wahrscheinlich von einer Freundin stammt. Ihre Finger sind unglaublich schnell.

„Meine Güte, kannst du das schnell!“

„Ja, ich weiß. Habe bei der Weltmeisterschaft mitgemacht und bin sogar unter die letzten 100 gekommen!“

„Krass!“

„Wie viele SMSe schreibst du?“

„Täglich so um die 200!“

Kurz nachdem sie die Kurzmitteilung abgeschickt hat, frage ich sie, ob ich unser Techtelmechtel filmen darf und ob wir jetzt mal langsam loslegen können.

„Aber nur, wenn auch eine Handykamera dabei ist und du mir das Video via Bluetooth zuschickst!“, antwortet sie und dann klingelt ihr Handy auch schon wieder. Sie lehnt sich an mich und dreht mir das Display zu.

„orospu almanya, ich liebe dich über alles und möchte dich unter keinen Umständen verlieren.“

Ein paar Sekunden später fummele ich an ihren Möpsen rum, die leider ein wenig hängen. Ich küsse ihre vollen Lippen, knete ihren dicken Arsch und das Grapschen wird nicht einmal unterbrochen, als sie Kurzmitteilungen schreibt. Wir gehen rüber in mein Schlafzimmer, in dem ich drei Kameras aufgestellt habe. Während sie sich auszieht, fahre ich meinen Laptop hoch und mache die Webcams startbereit. Wir setzen uns auf mein Bett und ich küsse sie. Sie schmeckt nach Milchschnitte. Ich fahre mit meiner Zunge an ihrem Hals entlang bis zu ihrem Mund, doch nach ein paar Sekunden drückt sie mich weg und sagt: „Küss mich nicht! Ich kriege davon Pickel.“

Ich reiche ihr ein altes Handy, starte meine MiniDV Kamera, die ich in meine rechte Hand nehme und filme aus einiger Entfernung, wie sie damit beginnt, es an der frisch rasierten Muschi zu reiben und es kurze Zeit später vaginal einzuführen. Als ich mein altes Handy in ihrer Möse hin und her gleiten sehe, habe ich sofort

einen Steifen. Ich knöpfe meine Hose auf, dann geht sie an mir runter, kramt meinen Schwanz aus meiner Unterhose und sagt: „Der ist ja nicht gerade der größte!“
Ich schiebe ihn in ihrem Mund. Soll sie doch die Klappe halten. Ihr Handy klingelt.
„Was willst du?“, sagt sie und wichst mir mit der linken Hand weiterhin einen ab.
„Nein, Stefan, ich bin bei Manuela und wir haben uns eine DVD ausgeliehen und schon im Bett gelegen und geschlafen. Weißt du überhaupt wie spät es ist?“ Gleich danach leckt sie mit ihrer Zunge über meine Eichel. Gut, dass Frauen multitaskingfähig sind, schießt es mir durch den Kopf während ich ihr meinen Pimmel immer wieder um die Wangen klatsche.
„Wir reden morgen. Ich bin müde“, sagt sie, legt auf und konzentriert sich auf Wichtigeres. Ein paar Sekunden später klingelt ihr Handy erneut und während sie weiterhin oral an mir zugange ist, beantwortet sie eine Kurzmitteilung. Wahrscheinlich eine ihres Freundes. Ich nehme ein weiteres Handy mit Kamera in meine andere Hand und filme gleichzeitig aus zwei Gonzo-Perspektiven, die ich später herrlich zusammenschneiden kann. Es ist wunderbar. Kurz bevor ich komme, ziehe ich meinen Pimmel aus ihrem Mund und unterbreche sie.
„Hier. Nimm das Nokia! Ich habe es auf Vibrationsalarm gestellt und werde dich anrufen!“
„Geil!“, antwortet sie und tauscht die beiden Geräte aus. Als das Nokia in ihrer Muschi steckt, renne ich in meinen Flur und schnappe mir mein schnurloses Telefon. Ich wähle meine Homezone Nummer, gehe zurück ins Schlafzimmer, schiebe ihr meinen Pimmel in ihren Mund und halte das Telefon an mein Ohr.
„Und? Vibriert es schon?“, frage ich.
Sie sagt keinen Ton und schüttelt den Kopf. Einen Augenblick später ist die Stimme meiner Mailbox zu hören.
„Der Anrufer ist zurzeit nicht erreichbar! Bitte versuchen Sie es zu einem späteren Zeitpunkt erneut!“

03.10.2005

Ich finde die Vorab-Zusage meines Kreditinstituts in meinem Posteingang. Doch ein verbindlicher Vertrag kommt erst zustande, sobald alle Unterlagen zugesandt wurden, diese mit den Eingaben übereinstimmen und die Legitimationsprüfung durchgeführt worden ist, die eine Auszahlung zulässt. Aber das wird sie. Von einem Sofortkredit kann zwar nicht die Rede sein, doch ich hoffe auf ein baldiges Ende der Finanzmisere. Wenn das Geld da ist, geht's los und ich mache meine Träume wahr. Das kann ich auch! Yes, I can and I like it jetzt schon so was von!

Zur Feier des Tages gehe ich noch ein paar Bier trinken. Schließlich muss ich die Zeit, bis ich Anne anrufen kann, irgendwie sinnvoll überbrücken. Endlich ist es soweit.

„Guten Abend. Im Auftrag der Meinungsforschung unternehmen wir eine Umfrage bezüglich des Euros. Die erste Frage lautet: Rechnen Sie immer noch in DM um? Für >Ja< drücken Sie die Eins, für >Nein< drücken Sie bitte die Zwei."

Sie drückt die Eins und es fiept einmal kurz in der Leitung.

„Die nächste Frage lautet: Hat Ihnen der Euro Vorteile gebracht? Für >Ja< drücken Sie die Eins, für >Nein< drücken Sie bitte die Zwei"

Sie drückt die Zwei und es fiept zweimal kurz in der Leitung.

„Die dritte und letzte Frage lautet: Glauben Sie, der Euro hat Deutschland einen Vorteil verschafft? Für >Ja< drücken Sie die Eins, für >Nein< ...."

Noch bevor meine Ansage zu Ende ist, fiept es zweimal. Dann tutet es. Sie hat aufgelegt. Ich konnte mich nicht einmal bei ihr bedanken.

07.10.2005

Auf dem Weg zur Arbeit blicke ich noch in meinen Briefkasten und entdecke die lang ersehnten Kreditunterlagen. Ich küsse den Umschlag vor lauter Freude und unterschreibe den Vertrag noch im Treppenhaus. Ich klebe den Umschlag zu und fahre los. Bis zum Schichtbeginn habe ich noch etwas Zeit und die nutze ich, um

den Brief zu verschicken. Sobald meine Unterlagen bei dem zentralen Kreditservice angekommen sind, erfolgt die Prüfung der Vertragsunterlagen und dann müsste mir das Geld endlich überwiesen werden. Spätestens nächste Woche geht es weiter mit meinem Film.
Ich fahre zur Arbeit und nachdem ich mich an meinem Computer eingestempelt und mir einen Kaffee besorgt habe, verfasse ich eine E-Mail an Yasmin. Ich will endlich wissen, wie sie sich entschieden haben. So langsam wird es Zeit.

VON: moritz.becker@liftorama.de
AN: yasmin.wagner@liftorama.de
BETREFF: Wie sieht es aus?

Hi Yasmin,

Wüsste zu gerne, ob schon bekannt ist, wer in den Katalog kommt. Für eine Antwort wäre ich Dir dankbar.

Mit freundlichen Grüßen

Moritz

Ich schicke die E-Mail ab, hole mir einen weiteren Kaffee, melde mich in dem Warenwirtschaftssystem an und wähle mich ein. Es ist nicht viel zu tun und mein Telefon bleibt vorerst still und als ich ein paar Minuten später erneut meine E-Mails checke, entdecke ich in meinem Posteingang doch glatt eine Antwort von Yasmin.

VON: yasmin.wagner@liftorama.de
AN: moritz.beckerr@liftorama.de
BETREFF: Re: Wie sieht es aus?

Hallo Moritz,

Ich kann Dir leider noch nicht sagen, wer genommen wird. Das entscheidet die Marketingabteilung. Wird wohl noch ein paar Tage dauern.

Gruß

Yasmin

Ja, super, wann kriegen die das denn endlich mal auf die Reihe? So schwer kann es doch nicht sein, gerade dann, wenn man bedenkt, dass sich nur Thomas und ich auf der Liste eingetragen haben. Nur Blinde würden sich für Thomas entscheiden.
Gegen zwei Uhr, als ich gerade dabei bin, die neuesten Kundenanfragen auszudrucken, schaut Anne auf der Arbeit vorbei. Sie hat ein Gespräch mit dem Chef und in der Zeit, in der sie in der Besprechung mit ihm sitzt, tauscht Daniela den Bildschirmhintergrund. Das Foto eines friedlichen Bauernhofs weicht der Großaufnahme einer vergewaltigten Frau und als ich an meinem Schreibtisch sitze und einem Kunden ein paar Perücken verkaufe, kommt Anne wieder zurück an ihren Computer. Einen Moment später stürzt sie auch schon wieder heulend davon. Die ist vielleicht ein kleines Sensibelchen.
Als ich mich umsehe und an meiner rechten Trennwand vorbei rüber zu Daniela blicke, die freundlich einen Kunden berät, entdecke ich ein hämisches Grinsen auf ihrem Gesicht. Danach ist es wieder ruhig im Callcenter und der restliche Arbeitstag läuft ab, wie jeder andere.
Kurz vor Feierabend werfe ich schnell noch einen Blick auf mein Bankkonto. Das Geld des Kredits ist zwar noch nicht angekommen, aber dennoch entscheide ich mich für ein bisschen Shoppen. Das schadet nie. Außerdem wird das Geld bestimmt in der nächsten Woche da sein. Ich logge mich aus, fahre meinen Computer runter und laufe rüber zu Daniela.
„Hast du Lust, mit in die Stadt zu kommen?"
„Klar. Ich will sowieso in die Stadt. Möchte mir ein weiteres Buch von Dan Brown kaufen!"
„Dann lass uns das doch machen."
„OK! Ich bin sofort fertig. Wartest du?"
„Klar!", sage ich und beobachte sie. Ihr Pullover, ihre Jeans und ihre neuen roten Stiefeln, haben nicht das Rot der Liebe, sondern das von Coca-Cola. Sie fährt ihren Rechner runter und packt ihre Sachen, dann wirft sie noch schnell einen Blick auf ihr Handy, sieht aber, dass ihr niemand geschrieben hat und steckt es in ihre Handtasche.

Es dauert knapp eine halbe Stunde bis wir einen Parkplatz an der Stubengasse finden können, so voll ist es und das obwohl es bis Weihnachten noch Ewigkeiten dauert. Wenn zu Fuß gegangen wären, wären wir schneller gewesen. Zuerst geht es zu einem Geldautomaten und als ich endlich an der Reihe bin und meine Karte in den Automaten stecke, versuche ich 50 Euro abzuheben. Komm schon, das sollte noch drin sein. Doch leider ist es das nicht. >zur Verfügung stehender Betrag: 0,- €<

Na ja, dann werde ich mal versuchen die Sachen einfach per EC-Karte zu kaufen. Das klappt bestimmt. Die buchen das doch eh erst in ein paar Tagen ab und bis dahin ist das Geld da. Wir laufen rüber zu Thalia und Daniela deckt sich mit spannender Dan Brown Literatur und einem Kalender für das nächste Jahr ein. Gleich danach laufen wir weiter zu Bergmann, wo ich einen total schönen Pullover entdecke, in den ich mich auf den ersten Blick verliebe. Ich probiere ihn an. Er passt wie angegossen. Als ich aus der Umkleide trete, frage ich Daniela nach ihrer Meinung.

„Der ist ja rosa!"

„Ich finde ihn super! Das Rosa mag ich! Den nehme ich!" Die hat überhaupt keine Ahnung von Stil. Ich ziehe mich schnell in der Umkleidekabine um, stöbere in aller Ruhe durch den Laden und begebe mich dann zur Kasse. Es ist kurz nach sieben. Das Geschäft hat schon geschlossen und im Schloss hängt bereits der Schlüssel. Die Kassiererin, die irgendetwas von Steffi Graf hat, scannt den Barcode ein und nennt mir den Kaufbetrag. Ich reiche ihr meine EC-Karte und sie zieht sie durch die Maschine. Dann muss ich den Rechnungsbetrag in Höhe von 119 Euro bestätigen und meine Geheimzahl eingeben, was ich auch tue, doch schon kurz danach wird auf dem LCD Display angezeigt, dass eine Zahlung zurzeit nicht möglich ist.

„Ich probiere es noch einmal. Vielleicht stimmt etwas mit dem Gerät nicht! Das kommt manchmal vor", sagt die Verkäuferin. Wir wiederholen die Prozedur, doch auch beim zweiten Mal funktioniert es nicht.

„Das kann nicht sein!", rufe ich empört.

„Ich weiß ganz genau, dass ich genug Geld auf dem Konto habe!

Ich bin doch kein armer Schlucker."
„Ich versuche es noch einmal!"
Aber auch beim dritten Mal tut sich nichts.
„Tut mir leid, aber ich kann den Pullover für Sie zurücklegen, dann könne Sie ihn in den nächsten Tagen, wenn Sie wieder Geld haben, abholen!"
„Sehe ich aus wie ein armer Penner? Sie sollten lieber mal Ihr Gerät überprüfen!"
„Damit ist alles in Ordnung!"
„Mit Sicherheit ist es nicht in Ordnung. Komm' Daniela, wir gehen jetzt, ich muss mir so etwas nicht gefallen lassen. Wenn die mein Geld nicht haben wollen, dann eben nicht! Und wissen Sie was?"
„Was denn?"
„SCHIEBEN SIE SICH IHREN PULLOVER IN IHREN FETTEN ARSCH! ICH WERDE HIER NIE WIEDER EINKAUFEN! WAS FÜR EINE FRECHHEIT! ICH BIN DOCH KEIN LAUSIGER PENNER!!!"

08.10.2005

„Ich geh mal pissen", sagt Michael und verschwindet aus seinem Wohnzimmer und ich nutze die Gelegenheit und suche auf seiner Festplatte nach ein paar Schmuddelfilmchen. Nach kurzem Suchen entdecke sogar eine kleine Auswahl, komme aber nicht dazu, sie mir auf meinen iPod Ach-ist-das-toll-Shuffle zu ziehen, weil Michael dann wieder ins Zimmer kommt und die ganze Zeit über die Naturkatastrophe in Pakistan und Indien redet und den Raum nicht wieder verlässt. Heute Morgen gab es ein Erdbeben, eines der Stärke von 7,7 auf der Richterskala und man geht von über zehntausend Opfern aus. Zum größten Teil trifft es die arme Bevölkerung, was vielleicht daran liegt, dass die Armen den größten Teil der Bevölkerung ausmachen, ganz gleich wo man sich befindet. Einige Dörfer sind komplett verschüttet und es wird noch Tage dauern bis Rettungskräfte das Katastrophengebiet erreichen. Viele Länder haben ihre Hilfe schon angekündigt, überall werden die Hilfsaktionen angekurbelt, die den Opfern der Naturkatastrophe

in der Kaschmir-Region zugute kommen sollen. Ich spüre nichts von all dem Elend. Alles ist schön, es stinkt bloß ein bisschen nach Schweißfuß. Ich schließe alle Explorer-Fenster und wir setzen uns wieder auf sein Sofa, vor den Fernseher, in dem wir uns die ARD-Nachrichten ansehen. Der Nachrichtensprecher, der irgendetwas von Jay Leno hat, ruft zu Spenden auf.
„Ich mach' in der nächsten Woche eine Spendenparty!", sage ich.
„Machst du schon wieder eine Spendenparty?"
„Ja, klar. War doch super und inzwischen kennst du das doch."
„Ja, damit du wieder ein bisschen Kohle hast, ne?", sagt er scherzhaft ohne zu wissen, wie recht er doch hat.

Um kurz nach Mitternacht betreten wir mit zwei Mädels im Schlepptau, die irgendetwas von Las Ketchup haben, das Schwarze Schaf. Es dauert nicht lange, dann sind die beiden auf der Tanzfläche und Michael und ich an der Theke. Michael stupst mich an.
„Ey, Moritz. Ich nehme Lola und du nimmst Lucia."
„In Ordnung!"
„Und damit das auch klappt habe ich ein paar K.O.-Tropfen dabei."
Seit dem er seine Freundin betrogen hat, hat sich sein Gewissen offensichtlich aus seinem Körper verabschiedet.
„Echt? Geil! Dann frage ich die beiden mal, was sie trinken möchten."
Ich dränge mich durch die Menge bis zu den beiden Mädels.
„Wollt ihr was trinken?"
„Was?", fragt Lucia, deren richtigen Namen ich schon wieder vergessen habe.
„Wollt ihr beide was trinken?", frage ich erneut.
„Ja, gerne! Ich hätte gerne einen Wodka Redbull!"
„Wodka Redbull. Alles klar! Und sie?", frage ich und deute auf ihre Freundin.
„Die nimmt auch einen!"
„Gut, dann hole ich das mal!"
„Cool!", antwortet sie, tanzt dann weiter und ich dränge mich erneut durch die Menge, bis hin zur Theke an der immer noch

Michael steht und auf mich wartet.
„Die beiden nehmen einen Wodka Redbull!"
„In Ordnung. Dann mache ich das mal klar!"
Er bestellt die Getränke bei einem Kerl, der irgendetwas von Julio Iglesias hat und als die Longdrinks vor uns auf den Tresen gestellt werden, zückt er sein Portemonnaie und sucht nach Geld, findet aber nichts.
„Moritz, kannst du die Getränke bezahlen? Ich dachte, ich hätte noch etwas Geld dabei, aber dem ist leider nicht so."
„Willst was trinken, aber hast kein Geld, ne? Ist natürlich nicht so gut, wenn man schon bestellt, ne?"
„Ja, scheiße. Kriegst du wieder!"
„Du hast Glück, dass ich das heut für dich bezahl. Digger stepp zur Seite. Komm, ich mach das klar."
Ich bezahle die Drinks mit meinem letzten 20-Euro-Schein, während er sie mit den K.O.-Tropfen verfeinert. Kein Geld zu haben ist ein unangenehmes Gefühl, aber in ein paar Tagen ist das vorbei.
„Die beiden sind für die Mädchen!", sagt er und deutet auf die Gläser, aber in diesem Moment fällt mein Blick auf eine Frau, die unglaubliche Ähnlichkeit mit Anina Ucatis hat und nur knapp neben uns beiden an der Theke steht, ihre Möpse auf den Tresen knallt und dem Kellner ihre Bestellung mitteilt.
„Die anderen beiden sind für uns!"
Ich nehme mir zwei Gläser und dränge mich wieder zur Tanzfläche. Michael folgt mir und als wir unsere Begleitung erreichen, reißen sie uns gleich die Gläser aus der Hand.
Lucia sagt: „Prost! Prost!"
Michael sagt: „Prost! Prost!"
Lola sagt: „Prost! Prost!"
Ich sage: „Ich hab' Bock auf Saufen!"
Wir stoßen auf einen lustigen Abend an und ich sehe wie die beiden Mädels die Drinks runterkippen, als seien sie pures deutsches Wasser. Das kann was werden.
„Die Tropfen sollten in etwa einer halben Stunde ihre Wirkung entfalten. Solange müssen wir uns noch gedulden!", teilt mir Michael mit und grinst.

„Alles klar!“

In diesem Moment höre ich die ersten Takte eines meiner Lieblingslieder. Der DJ legt den Top-Hit von David Hasselhoff >I‘ve been looking for freedom< auf, ich fange an zu tanzen und meine Begleitung ist sofort mit dabei. Wir tanzen weiter und weiter und irgendwann habe ich einen Zustand erreicht, in dem mir die Liedtexte zu den laufenden Songs einfallen, die ich gerne vergessen hätte. Plötzlich bin ich völlig im Arsch. Alles fängt an sich zu drehen. Aber so viel habe ich doch überhaupt nicht getrunken. Michael geht es prima. Er knutscht schon mit seiner Ketchupsorte. Ich kann mich kaum auf meinen Beinen halten. Mir ist schwindelig. Ich stürme von der Tanzfläche, vorbei an den Menschen an der Theke, die Treppe hinunter, auf der ich fast stürze. Ich erreiche die Toilette und schließe mich in einer Kabine ein. Es stinkt nach Scheiße und Pisse und es gibt kein Klopapier. Nicht einen Millimeter. Alles dreht sich. Meine Beine machen schlapp. Ich muss mich an den Wänden der Kabine abstützen, um nicht umzukippen. In dem Durcheinander entdecke ich ein weißes Kaninchen, das auf der Kloschüssel vor mir hockt. Es verschwindet in die Kanalisation und ich folge ihm. Ich treffe auf eine Gruppe winziger Tiere. Dann taucht ein Säugling auf, der sich in ein Schwein verwandelt. Ein paar Sekunden später begegne ich der Grinsekatze, die sich in Luft auflöst, ich laufe weiter und lande auf einer Teeparty auf der wir meinen >Nichtgeburtstag< feiern und nachdem ich dort abgehauen bin, muss ich an einem Poker-Spiel mit vermenschlichten Karten teilnehmen, die so aussehen wie meine Arbeitskollegen Anne und Thomas.

TEIL 3

„Fair is foul and foul is fair”
Shakespeare „Macbeth”

12.10.2005

Ich erwache auf meinem weißen Ledersofa. Auf meinem weißen Couchtisch mit Milchverglasung liegt mein weißer Laptop. Meine Internetbankingseite ist auf dem Monitor zu sehen. Der Kontostand wird angezeigt. Das Geld ist da! 20.000 Euro. Mit einem Schlag auf meinem Konto! Ich bin überglücklich und lasse mich in die Lehne meines weißen Ledersofas fallen. Endlich kann ich mit meinem Film weitermachen. Jetzt verwirkliche ich mich selbst! Jetzt ist es Zeit, meine Träume wahr werden zu lassen. Ich will und ich kann endlich shoppen!!

Als ich vor dem Parkplatz an der Stubengasse warte, sehe ich manikürte Hände vor meinem inneren Auge, die wie bei >Der Preis ist heiß< Dinge präsentieren. Einen Beamer, dann einen Plasmafernseher. Eine schwere Entscheidung, bei der mir nicht einmal die manikürten Hände helfen können, denn die präsentieren diese Dinge immer abwechselnd, sodass mir nicht genug Zeit bleibt, um die Vorteile der einzelnen Geräte zu erfahren. Dann zaubern sie ein Powerbook hervor, den neusten iPod oh-wie-super-toll-Nano, Alkohol, Titten und Ärsche und Mösen und Schwänze und dann fällt ein Vorhang und auf dem Stoff sehe ich meinen Kreditbetrag in riesigen, gelb leuchtenden Buchstaben stehen. Eins steht fest: Ich mache was Großes, was Besonderes, nicht bloß das Alltägliche. Mit diesem Geld beende ich mein Kunstwerk.

Meine erste Station ist ein Geldautomat und als ich endlich an der Reihe bin, hebe ich 500 Euro ab, blinzele mir mit beiden Augen zu und hole mir am Schalter eine Rolle mit 50- Cent Münzen. Das Kleingeld brauche ich noch für später. Ich schlendere pfeifend durch ein paar Shops, hole mir den rosa Pullover bei Bergmann, den mir die Verkäuferin nicht verkaufen wollte und gehe gleich danach zum Apple-Store am Verspoel, in dem ich mir meinen Traumcomputer, das Apple-17-Zoll-G4-1,67-GHz-Powerbook mit 2 GB Arbeitsspeicher, 120 GB Festplatte, beleuchteter Tastatur, Airport-Extreme-Build-In und Double-Layer-SuperDrive-Laufwerk, inklusive Zubehör, drei Jahre Care-Support, einer Filmschnitt-Software, einen Adapterstecker für den Zigarettenanzünder und eine Notebooktasche aus Neopren kaufe.

Als ich zuhause bin, stelle ich das Powerbook auf meinen Couchtisch und um mit der neuen Software besser vertraut zu werden, filme ich noch schnell eine Szene, die ich eh noch benötige. Ich stelle meine Kamera vor meinem geliebten weißen Ledersofa auf, setze mir ein Käppi auf, starte die Aufnahme und hocke mich hin. Diesmal filme ich die Einladung für meine Spendenparty, die per E-Mail an alle meine Arbeitskollegen und Bekannte verschickt werden soll. Diesmal wird es sogar eine Pokerrunde geben. Der komplette Gewinn wird natürlich gespendet.
Nach zehn Minuten ist die Aufnahme im Kasten und ich muss nur noch ein wenig schneiden, was doch nicht so einfach ist, wie ich immer dachte. Die Software erklärt sich nicht von selbst und ich hatte bis vor kurzem ja immer so einen scheiß PC.
Nach ein paar Stunden ist die erste Version fertig, aber irgendwie sieht es langweilig aus, also lege ich einen Schwarz-Weiß-Filter drauf und schneide kurze Bilder von derben Parties mit rein, dann sieht es total cool aus. Es dauert eine ganze Weile, bis ich den zwei Minuten langen Film hochgeladen habe und verschicken kann, doch als ich die Rundmail durch das Internet sausen lasse, bin ich super happy. Das wird bestimmt ein toller Abend. Aber jetzt ist erstmal Zeit für Fußball.
Als ich kurz vor Anpfiff im Uferlos ankomme, bin ich etwas zu spät, denn es hat mir so viel Spaß gemacht, meine Chefin zu terrorisieren. Sie hatte sie sich zwar von der Telekom eine neue Nummer geben lassen, sie aber in der Personalabteilung hinterlegt. Sie entkommt mir nicht!
Ich kann nur noch einen Platz an der Theke ergattern, aber von hier genießt man einen guten Blick auf die Großbildleinwand und man sitzt gleich an der Quelle. Alle zehn Minuten bestelle ich mir ein weiteres Bier. Jetzt kann ich es mir wieder leisten und außerdem ist es bitter nötig. Das Spiel unserer Nationalmannschaft ist schrecklich. Es wird nicht einmal durch das Bier besser, das ich in mich reinkippe.
Direkt nach dem Spiel gehe ich erneut zu einer Telefonzelle, werfe 50 Cent ein, richte meine Kamera auf mich, starte die Aufnahme und vertelefoniere das Kleingeld durch gefakte Callcenter-Anrufe

bei Anne. Ich qualifiziere Adressen, stelle Produkte vor und biete sie zum Verkauf an, vereinbare Termine, versuche sie als Kunden zu aktivieren und befrage sie nach ihrer Kundenzufriedenheit. Ich unternehme Marktanalysen und betreibe Meinungsforschung, verteile Messeeinladungen, versuche ihr Systemlotto-Scheine schmackhaft zu machen und arbeite für die Abogewinnung und –rückgewinnung. Immer unter anderem Namen und mit anderer Stimme, aber jedes Mal erfolglos, weswegen ich meine Taktik ändere und die Nummer eines Pizzaservice wähle. Gleich nach der Begrüßung fragt mich der Mitarbeiter, der sich anhört wie Donald Duck, was er für mich tun kann.

„Und sie liefern auch nach Hause?"

„Bis 23.00 Uhr!", antwortet der Kerl am anderen Ende der Leitung.

„Das ist ja wunderbar", sage ich, „Ich möchte etwas bei Ihnen bestellen!"

„Dann bräuchte ich als erstes Ihre Adresse."

„Klar, kein Problem! Ich bin hier bei einer Freundin. Ich muss eben nachfragen."

Ich halte meine Hand vor die Muschel und tue so als würde ich eine andere Person nach der Adresse fragen, lächele dabei in die Kamera und blinzele ihr mit beiden Augen zu. Wo wohnt Anne noch mal? Ach, ja!

„Dortmunderstrasse 28. Der Name, der an der Klingel steht, lautet: Anne Weißer."

„Die Telefonnummer?"

„Einen Moment bitte!"

Kannst du mir Annes Telefonnummer nennen? Klar. Da ich die Nummer nicht auswendig kenne, schaue ich in meinen Handy nach. Nach ein paar Sekunden habe ich ihre Nummer gefunden und diktiere sie dem Mitarbeiter.

„Weißer. Dortmunderstrasse 28!"

„Ja, genau!"

Sie ist sogar schon in der Kundendatei. Wie schön.

„O.K. Und was möchten Sie bestellen?"

„Drei große Pizzen. Eine mit Spinat, eine mit Salami und eine mit Meeresfrüchten und schön viel Knoblauch!"

„Das ist alles?"
„Aber schön viel lecker Knoblauch!"
„Ist notiert!"
„Ja, danke! Wie lange wird es dauern?"
„So ungefähr eine halbe Stunde."
„Vielen Dank!"
Ich bestelle noch bei drei weiteren Lieferservices. Als erstes bei einem Chinesen, dessen Stimme sich anhört, wie die Synchronstimme von Stimpy. Als nächstes bei einem Thailänder, der sich anhört wie Brandon Lee und als letztes bei einem Italiener, der wie Al Capone klingt. Während ich mit dem Mitarbeiter telefoniere, bemerke ich, dass ich kein Kleingeld mehr habe. Ich bestelle schnell noch zwei Pizzen, eine „Frutti di mare" und eine „Calzone", dann ist das Gespräch aber vorzeitig beendet. Na, das war wohl nichts, also muss ich mir erstmal neues Kleingeld besorgen.
Ich laufe durch die Straßen der lebenswertesten Stadt der Welt und vor Karstadt treffe ich auf einen Kerl, der genauso aussieht wie Meister Yoda. Der hat bestimmt Kleingeld.
„Können Sie mir vielleicht Geld wechseln?"
Er runzelt die Stirn, seufzt, sieht in seinem Portemonnaie nach und sagt: „Help you I can, yes, young man!"
Ich reiche ihm einen 5- Euro Schein und Meister Yoda wechselt ihn in Münzen um.
„Vielen Dank!", sage ich, als ich mich zu ihm runterbeuge und das Geld in Empfang nehme. Der ist so winzig klein und seine Ohren sind so süß.
„Geschehen gerne! Du darfst niemals vergessen: Deine Wahrnehmung bestimmt deine Realität!", sagt er und wackelt mit seinen langen Ohren.
„Meister Yoda, vielen Dank für den Tipp. Echt korrekt von dir!"
„Möge die Macht mit dir sein!", fügt er hinzu, als ich bereits auf dem Weg zur nächsten Telefonzelle bin. Als ich ankomme, werfe ich Geld in den Apparat, drehe mich um und sehe wie Meister Yoda seinen krummen Stock aufsetzt und langsam weitertrottet.
Als ich beim nächsten Lieferservice bestelle, einem Imbiss, der leckere Burger herstellt, schön mit Röstzwiebeln und knackigem

Salat, verschwindet er aus meinem Blickwinkel. Ich bestelle drei Burger für Anne und ihre Freunde, selbst wenn sie offensichtlich keine hat. Ich verabschiede mich, lege den Hörer auf und laufe zu einem weiteren Münztelefon, werfe 50 Cent in den Apparat, wähle Annes Nummer und hole den Stimmverzerrer aus meiner Jackentasche. Sie nimmt nach dem fünften Klingeln ab, ich aber sage nichts, sondern atme tief und langsam ein und aus. Nach ein paar Sekunden lege ich auf und fahre nach Hause. Zuhause schneide ich an meinem Film rum und komme auf die Idee, die gefilmten Telefonanrufe bei Anne mit dem Megahit >All night long< von Lionel Richie zu unterlegen.
"All night long! (all night), All night long! (all night)
All night long! (all night)"
Ein paar Minuten später bin ich fertig und überprüfe die Szene. Sie ist spitzenmäßig geworden. Ach, ist das schön, endlich kann ich mit meinem Film weitermachen und am Wochenende geht's richtig ab. Das wird richtig nice. I like it jetzt schon.

14.10.2005

„Ich fahre heute auf einem Segeltörn nach Holland!"
„Dann mal viel Spaß!", sagt Daniela.
„Den werde ich haben! Es war schon immer ein Traum von mir, das zu tun!", sage ich, renne zurück an meinen Arbeitsplatz, stempele mich pünktlich um 16.00 Uhr aus, verabschiede mich von ihr und verschwinde ins lang erwartete Wochenende. Die Sonne scheint, es ist wunderbar, allerdings könnte es ein bisschen wärmer sein. Der Winter rückt unaufhaltsam näher und ich hoffe, ich kann während der dunklen Jahreszeit ein paar schöne Tage in den Alpen verbringen. Dort ist der Winter wenigstens echt, mit Schnee und dem ganzen Zeugs, nicht so wie hier in der lebenswertesten Stadt der Welt, in der im Winter alles wie in einem nicht digital überarbeiteten Schwarz- Weiß- Film aussieht und dennoch an >Moderne Zeiten< erinnert.
Gelassen laufe ich zu Avis an der Georgskommende und es dauert nicht lange, dann halte ich die Schlüssel in der Hand. Gestern

Abend habe ich im Internet einen Hammel reserviert. Mit Navigationssystem und Platz für vier Personen. Ich schlendere über den Parkplatz der Autovermietung und da ich nicht genau weiß, um welchen Hammel es sich handelt, betätige ich einfach die Funkfernbedienung. Beim ersten Versuch reagiert keiner der Hammel und deswegen versuche ich es ein weiteres Mal. Immer noch nichts. Erst beim vierten Versuch leuchten die Ohren eines roten Hammels auf. Ich steige auf, stelle die Klimakomfortautomatik auf 21°C und ein paar Augenblicke später geht es mit scharrenden Hufen los. Der Hammel ist definitiv schneller als mein Audi. Damit wird der lange Ritt viel Spaß machen.
Ich reite noch schnell nach Hause und packe meinen Trolley. Gegen halb sechs schließe ich die Wohnungstür ab, laufe runter zum angeleinten Hammel und wir galoppieren los. Auf der Autobahnauffahrt Münster Nord entdecke ich eine Tramperin, die irgendetwas von Scarlet Johansson hat und ein Schild in den Händen hält, auf dem ihr Zielort - Dresden - angegeben ist. Ich halte auf dem Standstreifen und warte, bis sie an meinem Hammel ankommt. Als sie neben mir steht, gebe ich dem Hammel die Sporen und bleibe fünf Meter weiter wieder stehen. Sie läuft mir nach und als sie wieder neben mir steht, wiederhole ich das alles noch mal. Dann halte ich an.
„Bist ja ein ganz Witziger!"
„Na sicher!"
„Wohin fährst du?"
„Dort hin!", sage ich und deutete auf ihr Schild.
„Cool. Nimmste mich mit?"
„Klar, steig auf!"
Sie legt ihre Sachen in den Korb und steigt auf. Ich stelle mich als Matthias, 29, vor. Ich bin Clubbetreiber und Eventmanager, auf dem Weg zu einem Festival. Sie ist angeblich Studentin der Sozialpädagogik und muss nach Hause, weil ihr Bruder an einer Lungenembolie gestorben ist und morgen beerdigt wird. Während ich knapp 200 Stundenkilometer fahre, die Komfortklimaanlage auf eine Temperatur von 23°C eingestellt ist, ich trotz Dunkelheit meine Sonnenbrille trage und eine Disco-Boys-CD läuft,

unterhalten wir uns kaum. Ich wippe mit dem Kopf zum Beat und wenn die Bässe für einen Moment verschwinden und dann wieder reinkrachen, jubele ich laut mit und schlage Löcher in die Luft. „Voll geile Mukke!“
Ich schniefe meine Nase, damit sie den Eindruck hat, ich sei erkältet oder auf Koks.
„Bin krank! Aber heute Abend ist Party angesagt. Ich muss noch ein paar Medikamente schlucken, dann geht es mir wieder besser. Yeah. Paaaarty!“
„Ja, klar!“, sagt sie und grinst.
Kurz hinter Hannover, während ich wieder mit Höchstgeschwindigkeit über die Autobahn reite, drehe ich die Musik leiser und frage sie, ob sie mir dafür, dass ich sie mitnehme, einen bläst.
„Du kannst mich mal!“
„Für 50 Euro?“
„Leck‘ mich!“
„100? 200?“
„Du kannst mich mal!“
„Wie viel?“
„Unbezahlbar!“
„Das denkst aber auch nur du!“, sage ich, reduziere die Geschwindigkeit und bringe den Hammel auf dem Standstreifen zu stehen. „Also wie viel?“
„Unbezahlbar!“
„Dann steigst du hier aus!“
„Was?“
„Ja, oder du lutscht mir einen!“
„Du hast sie nicht mehr alle. Du denkst wohl, du könntest dir alles erlauben!“
Auf meinem Hammel muss ich mir so etwas Unverschämtes nicht bieten lassen. Doch nicht von so einer Zecke wie ihr! Also steige ich ab, gehe auf die Beifahrerseite und zerre sie von ihrem Sitz. Sie schreit mir irgendetwas entgegen, >du blöder Penner, lass deine Pfoten von mir< und so ein Zeugs und ich muss sagen, ich bin wirklich ein bisschen unhöflich zu der Tramperin, aber wenn sie auf mein Angebot nicht eingeht, dann hat sie es auch nicht anders

verdient. Da nutzt es auch nichts, wenn sie sich an der schönen roten Wolle festkrallt.
„Du bleibst hier stehen! Du dumme Schlampe!“, sage ich und springe auf meinen Sitz, werfe ihre Sachen auf den Standstreifen, gebe dem Hammel die Sporen und reite weiter in Richtung Eldorado. Zur deutsch-tschechischen Grenze, an der wegen des Wohlstandgefälles der Sextourismus mit reichen deutschen Freiern, wie mir, und armen tschechischen Nutten floriert.

Kurz hinter der Grenze halte ich an ein paar Hütten in denen neben Pornos, Zigaretten, Tabak, Zeitschriften, Büchern und Krimskrams auch verbotenes Nazimaterial angeboten wird.
„Wieso verkaufst du so etwas?“, frage ich den Verkäufer, der irgendetwas von Bruce Lee hat.
„Weil es sich super verkauft und man eine Menge Geld damit verdient!“
„Aha!“, antworte ich und blicke mich weiter im reichhaltigen Sortiment um. In einer hinteren Ecke entdecke ich eine SS-Uniform.
„Wie viel kostet die SS-Uniform, die dahinten hängt?“
„150 Euro!“
„Alles klar. Die nehme ich!“
Der Verkäufer läuft in seinen Laden, holt die Uniform und reicht sie mir.
„Zu der SS-Uniform hätte ich noch gerne eine Flasche Wodka und eine Stange Zigaretten.“
„Kein Problem!“
Ich packe die Sachen in meine Bag und mache mich auf die Suche nach einem Hotel. Als ich auf meinem Zimmer bin, schalte ich meine Kamera ein und filme mich dabei, wie ich meinen Trolley mit dem heute benötigten Equipment vollpacke. Ich mache eine Aufnahme mit der Kamera, bei der man einen schönen Blick auf meinen Koffer und die genau angeordnete Ausrüstung hat.
Neben einer blauen Badekappe mit Reißverschluss, die ich als Kulturbeutel verwende, befinden sich die beiden Flaschen Tränengas, die ich mir in der letzten Woche gekauft habe. Das

blaue, wasserabweisende 20-Meter-Einfachseil mit Vollimprägnierung liegt zwischen einem Pullover, einer Jeans, einem T-Shirt und einem Paar Socken. Die Handschellen befinden sich zwischen meinen Boxershorts. Das Chloroform, das ich mir in einem Chemie-Praktikum während meines kurzen Studiums besorgt hatte, steckt in meinem Kulturbeutel, neben der Zahnpasta, dem Gaffatape, den Q-Tipps und meinem Nassrasierer mit vier Klingen. In einer Einkauftasche stecken zum einen meine alten Handys. In Blau, Silber, Schwarz und Weiß. Von Nokia, Samsung, Sony Ericsson und Motorola. Zum anderen habe ich noch meine iPods mitgenommen. Jedenfalls, die, die ich nicht bei Ebay verkauft habe. Alle in Weiß. Mit 20 und 40 GB Festplatte. Damals waren das noch richtig dicke Dinger, die gerade eben in die Hosentasche passten. Ich werfe einen letzten prüfenden Blick in den Spiegel und zwinkere mir mit beiden Augen zu. Dann kann es losgehen. Doch zu meinem Entsetzen entdecke ich einen Pickel mitten auf meiner Stirn. Ich stelle meine Kamera auf die Ablage unter dem beleuchteten Spiegel und filme, wie ich den Pickel ausdrücke. Als ich die Szene nach der Aufnahme überprüfe, sehe ich, dass ein paar Tropfen des Inhalts auf dem Objektiv gelandet sind. Sieht aber ganz cool aus. Ich wische noch schnell die Kamera mit einem Streifen Klopapier ab, dann starte ich den Drehtag, auf den ich schon so lange gewartet habe.

Ich halte meine Kamera auf Hüfthöhe und stelle den Trolley auf seine Rollen. In diesem Moment verabschiedet sich die Ordnung meines Trolleys. Ich habe meine Ausrüstung nicht fixiert, wollte kein Gaffa verschwenden, denn ich habe nur zwei Rollen dabei, und da ich den Trolley jetzt aufgestellt habe, waren meine Sachen ungeschützt der Schwerkraft ausgeliefert. Gott sei Dank habe ich gerade eben noch so eine schöne Aufnahme hingekriegt.

Pünktlich zu Beginn der Geisterstunde mache mich auf den Weg. Ich laufe rüber zu meinem tollen Tier und reite ziellos durch die Gegend. Immer filmend mache ich mich mit dem Terrain vertraut und checke die Location. Vielleicht dort hinter der Bushaltestelle? Und wohin führt denn dieser kleine Schotterweg? Das muss ich doch glatt mal abchecken.

Irgendwann, als sich wieder Asphalt unter den Hufen befindet, ziehe ich mich um und lege mein Mönchskostüm an.
Es dauert nicht lange, dann filmt er bereits die ersten Damen, die in Miniröcken oder weniger gekleidet hinter Fensterscheiben stehen, Zeitschriften lesen oder nach Freiern Ausschau halten. Er reitet an ihnen vorbei, denn mit all den Nutten, die hier in so einem Haus arbeiten, kann er nichts anfangen. Für seine Sache, braucht er eine vom Straßenstrich, eine, die niemand vermissen wird. Nur so kann er seinen Traum erfüllen, über den er seit längerem, schon seit Jahren nachgedacht hat und den er sich nun endlich, dank des Kredits erfüllen kann.
Ein paar Minuten später entdeckt er den Straßenstrich und es sind ein paar heiße Feger dabei, so dass seine Wahl nicht sofort auf eine einzige fällt. Aber es gibt nur eine Auserwählte. Und die muss er nur noch finden. Er hält seinen Hammel etwas abseits der Straße, hinter einem alten Lada und sichtet das Videomaterial bei einer Zigarette. Nach grober Auswahl kommen nur noch zwei Frauen in Frage, aber da er sich nicht entscheiden kann, lässt er eine Münze, den Zufall, über das Schicksal entscheiden. Selbstverständlich nimmt er das Ereignis mit der Kamera auf. Kopf für diejenige, die irgendetwas von Minnie Mouse hat. Zahl für diejenige, die Daisy Duck ähnelt. Der Mönch wirft ein 2-Euro Stück hoch und versucht es lässig mit Links aufzufangen, aber es gelingt ihm nicht, die Münze prallt gegen den Kopf des Hammels und landet im Beifahrerkorb. Er zoomt mit der Kamera auf die Münze und kann, erst nachdem die Kamera sich scharf gestellt hat, erkennen, dass Kopf gewonnen hat. Also Minnie Mouse.
Als die Entscheidung gefallen ist, braucht er nur noch ein anderes Nummerschild. Aber das findet er schnell. Er montiert die Nummernschilder vom Lada ab und schraubt sie an seinen Hammel, dann wendet er und sucht nach ihr.
Er findet sie nachdem er noch einmal an der Strasse entlang geritten ist, hält an und winkt sie zu sich und fragt sie schüchtern und unsicher, ob sie mit zu ihm auf den Hammel steigen möchte und ob sie etwas dagegen hat, wenn er ihr Techtelmechtel weiterhin filmt.

In gebrochenem Deutsch und piepsender Stimme, die tatsächlich der Synchronstimme von Minnie Mouse ähnelt, antwortet sie: „Nein, Padre, kostet aber extra! Ihr von der Kirche habt immer Extrawünsche."
„Das ist es mir wert!", antwortet er und winkt mit ein paar 50-Euro -Scheinen. Sie steigt auf und er fragt sie, wohin sie fahren sollen und ob es für sie angenehm temperiert sei, er könne die Komfortklimaautomatik auch auf eine andere Temperatur einstellen.
„Nein, es ist gut so!"
„Hast du irgendeinen Musikwunsch?"
„Was?"
„Nein? Dann mach ich mal was an!" Er sucht kurz nach dem Dirty Dancing Soundtrack, startet ihn und als er losfährt sind die ersten Töne von >Time of my Life< zu hören.
„Das ist das beste Lied der Platte!", sagt er, dann singt er laut und unglaublich schief mit.
Nach kurzem Ritt gibt sie ihm ein Zeichen und führt ihn zu einer abgelegenen Stelle, einem Parkplatz, ein kleines bisschen Abseits der Straße. Er hält an und lässt die Musik weiterhin laufen. „Ich muss eben kurz pinkeln! Hast du vielleicht ein Taschentuch?", sagt der Mönch.
„Ja! Einen Moment!", antwortet sie und kramt in ihrer Handtasche. Sie reicht ihm zwei Taschentücher.
„Danke!"
Der Mönch steigt mit der filmenden Kamera vom Hammel und geht zum Kofferkorb. Als er mit seiner Kamera vor meinem Trolley steht und filmt, wie er den Deckel öffnet, könnte er heulen. In dem Koffer sieht es aus wie auf einer Müllhalde, alles ist durcheinander und er ist sich sofort bewusst, dass dieses Bild durch das erste, das sein Kollege noch im Hotelzimmer gefilmt hat, ersetzt werden muss. Er muss es dann nur rückwärts abspielen.
Er kramt das Chloroform heraus und benetzt das Taschentuch. Dann nimmt er eine kleine Priese, huh, die dröhnt ganz schön, huh. Er läuft ein paar Schritte weiter, huh, torkelt dabei, huh, dann bleibt er an einem Gebüsch stehen, huh, pisst, atmet tief durch

und torkelt zurück. Er setzt sich zurück in seinen Fahrerkorb, dreht die Musik ein bisschen lauter und drückt Minnie Mouse das Taschentuch aufs Gesicht. Sie strampelt, aber sie hat nicht den Hauch einer Chance. All die Anstrengungen der letzten Jahre während des Fitnesstrainings zahlen sich in diesen paar Sekunden aus, schießt es ihm durch den Kopf. Er fühlt sich wunderbar und einen Augenblick später liegt sie ruhig neben ihm, bildhübsch, mit riesigen Ohren und runder schwarzer Nase. Er startet erneut sein Lieblingslied des Soundtracks und galoppiert zu dem Schleichweg, den er vorhin erkundet hat. Als er über die Schotterpiste trabt, singt er wieder mit.

„I've had the time of my life
No I never felt this way before
Yes I swear it's the truth
And I owe it all to you"

Er hält seinen Hammel mitten im Wald, an einer kleinen Lichtung, an der es stockfinster ist, und er muss die Xenonscheinwerfer des Hammels eingeschaltet lassen, sonst würde er nicht einmal die eigene Hand vor seinem Auge sehen. Er entnimmt das Stativ aus dem Kofferkorb und stellt es neben seinen Hammel, den er an einem Baum festgebunden hat, dann montiert er die Kamera drauf, rückt den Trolley in den Bildbereich und ordnet schnell das Chaos. Die Nutte schläft, als er sie aus dem Beifahrerkorb zerrt. Er geht rüber zu seiner Ausrüstung und schnappt sich die Handschellen und das Gaffatape. Er hält beide Utensilien kurz in die Kamera, dann nähert er sich der betäubten Minnie Mouse, die mitten im Lichtkegel der Xenonscheinwerfer liegt, schließlich müssen diese Weiber gebunden sein. Auch die Freche wendet sich zur Flucht, wenn sie den sicheren Tod vor Augen sieht. Er fixiert sie, bis sie fest an einem Baum kniet. Da er sich darüber vorher nicht besonders viele Gedanken gemacht hat, verbraucht er fast die gesamte Gaffatape- Rolle. Als er mit seiner Arbeit zufrieden ist, kramt er die Tasche mit den Handys und den iPods hervor und legt sie neben die schlafende Minnie Mouse. Er hockt sich hin und zählt aus, welches der Geräte er benutzen wird. Ene, mene, miste, es rappelt in der Kiste. Ene, mene, meck, und du bist weg. Weg bist du noch lange nicht. Sag mir erst wie viel Speicherplatz dein momentanes iPod hat. 2 GB. Sein rechter Zeigefinger bleibt über dem weißen iPod mit 40 GB Speicherkapazität stehen. Dann soll es das sein. Er schnappt sich das Gerät und das Tränengas, hält die Utensilien kurz in die Kamera, blinzelt mit beiden Augen in das Objektiv, lächelt und legt los.

17.10.2005

Kurz vor Feierabend entdecke ich eine E-Mail der Marketingabteilung. Endlich haben sie sich entschieden. Na, wann soll ich zum Interview antanzen und was soll ich beantworten? Ich öffne die Mail.

VON: michael.meier@liftorama.de
AN: moritz.becker@liftorama.de
BETREFF: Interview

Hallo Moritz,

Ich wollte dir nur mitteilen, dass wir uns für Thomas entschieden haben. Du hattest doch schon ein Interview im ersten Update des Jahres und da wir auch noch andere Mitarbeiter haben, sollten wir die Chance dazu nutzen, um nach und nach alle vorzustellen.

Mit freundlichen Grüßen

Michael

Es trifft mich wie ein Schlag auf den Kopf. Mit voller Wucht. Die Marketingabteilung hat sich für diesen faulen und hässlichen Sack entschieden! Da sieht man doch sofort, dass die keinen Plan von allem haben. Ich hatte doch schon einen kurzen Bericht in einem der Updates, wird als Ausrede genannt. In einem scheiß Update! Als könnte man dieses 40 Seiten Heftchen mit dem dicken, 250 Seiten starken Hauptkatalog vergleichen!
All mein Handeln war völlig zwecklos. Mein gesamter Körper, vom Wirbel bis zur Zehe füllt sich randvoll mit wilder Grausamkeit. Mein Blut verdickt sich, und dem Erbarmen versperrt sich jeder

Weg und Eingang. Der Stab ist nun endgültig gebrochen. Meine Gedanken drehen sich nur um Thomas. Ich wusste schon immer, dass er bloß existiert, um mich rasend zu machen.
Obwohl ich schon nach Hause könnte, logge ich mich als Carola in der Community ein und kontaktiere Thomas, der sich online befindet, obwohl er doch eigentlich Kunden bearbeiten sollte. Ja, so einen faulen Sack stellen die vor! Wenn die wüssten. Aber ich werde dem schon zeigen, was Sache ist: Operation Kneifzange befindet sich seit der neusten Nachricht von der Front in der Schlussoffensive.
Ich schicke ihm als Carola getarnt eine Sofortmitteilung, aber der Arsch antwortet nicht. Jedenfalls nicht, solange ich noch auf der Arbeit bin, auf der ich wie jeden Tag direkt neben ihm sitze. Was von Tag zu Tag unerträglicher wird und bald ein Ende hat. Ich habe genug von diesem Arschloch! So etwas lasse ich mir nicht bieten.
Ich verlasse das Callcenter und auf dem Weg zu meinem Wagen, im Fahrstuhl zwischen dritter und zweiter Etage fällt mir ein, was ich tun muss. Und ich muss es sofort tun. Geld habe ich genug und es gilt keine Zeit zu verlieren. Vielleicht kann ich die Schmach noch abwenden.
Ich fahre in eine türkische Änderungsschneiderei und gebe ein Kostüm in Auftrag. Carola muss schließlich was zum Anziehen haben.
„Wozu benötigen Sie das Kleid?“, fragt der Schneider, der irgendetwas vom tapferen Schneiderlein hat, zückt ein Maßband hervor und misst meinen Brust-, Bauch- und Hüft-Umfang. Danach misst er die Bein- und Schrittlänge aus und notiert alles auf einem kleinen Post-it Zettel.
„In ein paar Tagen ist Halloween und ich möchte mich als Frankensteins Braut verkleiden!“
„Tatsächlich?“
„Das ist doch originell oder nicht?“
„Ja, sicher!“, sagt das Schneiderlein. „O.K! Das Kleid ist in drei Tagen fertig. Es kostet Sie 200 Euro.“
„Wunderbar. Vielen Dank!“, sage ich und bezahle.

22.10.2005

Pünktlich um elf stelle ich meine Kamera auf und filme mich, wie ich die Spender-Pokerrunde eröffne, bei der alle Gewinne nicht an die Sieger ausgezahlt, sondern in meine Kasse gespendet werden. Ich nehme mein Pokerset, das in einem schicken Aluminiumkoffer ausgeliefert wurde und das ich mir extra zu diesem Anlass im Internet bestellt habe und stelle es auf den Tisch. Ich öffne die Klappschlösser und komme mir dabei vor wie im Casino Royal. Der Mindesteinsatz liegt bei 10 Euro und bevor ich die Chips an die Spieler verteile, muss ich sie erstmal aus ihrer Verpackung befreien.

Wir spielen zu fünft. Die Spieler - Michael, Thomas, Yasmins Freund Karlheinz-Otto, Montgomery Burns und meine Wenigkeit - verteilen sich um meinen Couchtisch. Um uns herum stehen die restlichen Gäste und schauen mir dabei zu, wie ich die Spielkarten aus der Verpackung nehme, sie ungeschickt mische und dann zwei Karten an alle Spieler austeile. Im Hintergrund läuft leise Housemusik, die mein iPod Ach-ist-das-toll-Shuffle abspielt. Eine CD meiner Lieblingshouse-DJs. Den Disco Boys. Aber nicht zu laut, man muss die Einsätze der Spieler hören.

Ich werfe einen Blick auf meine Karten. Also nix. Eine Zwei und eine Sieben. Es dauert eine ganze Weile bis ich das erste gute Blatt auf der Hand habe - zwei Damen - und spielen kann, aber Michael, der Drecksack hat bessere Karten - zwei Könige und drei Vieren - und ich verliere die Hälfte meiner Chips. Nach einer halben Stunde bin ich wieder bei +/- Null angelangt und Thomas führt haushoch. Mir vergeht langsam die Lust, aber dann ist Thomas der Dealer und teilt die Karten aus und ich habe plötzlich zwei Asse auf der Hand. Noch bevor der Flop liegt, biete ich 100 Chips, was 10 Euro entspricht. Michael geht mit. Thomas auch. Er legt drei Karten aus. Ein Ass, eine Zehn und eine Sieben. Ich habe drei Asse und erhöhe auf 200 Chips. Beide gehen mit. Die nächste Karte ist eine Sieben. Ich biete 50 Chips. Thomas erhöht auf 100. Michael steigt aus und ich gehe mit. Thomas legt die letzte Karte hin. Eine Zehn. Ich habe ein Full House. Und biete 500 Chips. Er erhöht und geht all-in. Ich gehe mit. Mit breiter Brust decke ich meine

zwei Asse auf. „Full House! Eines der höchsten!" Ein Raunen geht durch mein Wohnzimmer.
Thomas lacht und deckt seine Karten auf. Ohne ihn zu beachten, nehme ich den Pott an mich, aber in dem Moment in dem ich die Chips zu mir ziehen möchte hält Michael mich auf.
„Ey, Moritz! Thomas hat gewonnen. Er hat vier mal die Sieben!"
„Was?"
Und tatsächlich. Thomas hat vier mal die Sieben. Er hat gewonnen und ich bin raus. Das darf nicht wahr sein. Der war doch gerade der Dealer. Er hat mich beschissen. Aber das zahle ich ihm heim. Mit Sicherheit. Gleich heute Abend. Da kannste aber einen drauf lassen.
Ich verlasse den Tisch und laufe rüber in die Küche, in der ich mich ganz nett mit ein paar Gästen unterhalte, die sich grade von meinem Buffet nehmen. Ich wünsche ihnen einen guten Appetit und schnappe mir ein kühles Bier aus dem Kühlschrank. Als ich wieder im Wohnzimmer bin, filme ich die Pokerrunde, in der Thomas alle abzockt. Irgendwann liegen fast alle Chips, die im Spiel sind, vor ihm. Er kann kaum noch auf den Tisch blicken so hoch türmt sich das vor ihm auf, aber dann hat niemand mehr Lust zu spielen und wir beenden die Pokerrunde.
„Wo ist eigentlich deine Freundin?", fragt mich Michael.
Welche Freundin? Doch dann fällt mir wieder ein, dass alle Anwesenden denken, ich hätte eine Freundin, die gelegentlich modelt.
„Ach, die ist wieder unterwegs. Hat ein Shooting in Malaysia."
„Die würde ich ja gerne mal kennenlernen."
„Vielleicht ein andermal!", sage ich.
Thomas reicht mir die Chips und ich sortiere sie wieder in den Koffer. Wenn ich ihm das jetzt auszahlen müsste, wäre ich wieder ein armer Schlucker. Aber das Ganze gehört in die Kasse. Ich ziehe die eigens bei Photoshop erstellte Urkunde hervor und trage die Gewinnsumme ein, reiche sie an Thomas und rufe alle Leute in die Küche. Dort positionieren sich alle um den Küchentisch herum und klatschen laut Beifall, während ich filme, wie Thomas das Geld, das auf dem Tisch lag, langsam in die Spardose einwirft

und die Urkunde in Empfang nimmt. Beim Pokern sind knapp 100 Euro rumgekommen. Wenn ich die Investition für das Pokerset abziehe, dann macht das einen Gewinn von 75 Euro. Das mache ich jetzt bei jeder Spendenparty. Vielleicht kann ich beim nächsten Mal einen weiteren Tisch eröffnen. Mal gucken.
Nach der Pokerrunde spendiere ich zwei Flaschen Prosecco, drehe die Musik etwas lauter und bitte zum Tanz. Während eines Songs von Jay-Z, als ich Arm in Arm mit Diana, einer Bekannten von Daniela, tanze, komme ich auf eine Idee, wie ich mich bei Thomas für die peinliche Situation beim Pokern rächen kann.
Nach dem Song, entschuldige ich mich von meiner Tanzpartnerin und laufe rüber in meine Küche. Ich schnappe mir meine Kneifzange, die ich in weiser Voraussicht in meiner Besteckschublade deponiert habe und knipse das Kensington Lock, mit dem meine Spardose gesichert ist, durch.
Ich wollte ursprünglich den Diebstahl der Kasse vortäuschen. Das hätte mir vielleicht noch ein bisschen mehr Geld eingebracht, so wic damals bei den Studenten. Die haben dann noch knapp 30 Euro zusammenbekommen. Ich dachte, ich könnte die Spardose in meinem Gefrierschrank verstauen, direkt neben dem Chihuaha meiner Mutter, den ich aus Versehen zu Tode gequält habe und der mittlerweile seit vier Jahren auf Eis liegt. Es ist noch ausreichend Platz neben ihm, aber es bietet sich ein viel besseres Versteck an: Thomas Sporttasche, die unter dem Küchentisch liegt. Ich verstaue die Spardose neben seinen stinkenden Basketball Schuhen und lege die Kneifzange auf sein nassgeschwitztes T-Shirt. Anschließend stelle ich die Tasche wieder zurück an ihren Platz, unter den Küchentisch und laufe rüber ins Wohnzimmer, in dem sich meine Gäste prächtig amüsieren.
Der Flirtfaktor des Abends ist erfreulicherweise hoch. Daniela hat gleich drei ihrer Tussi- Kolleginnen angeschleppt, von denen eine blöder, aber auch geiler ist, als die andere. Ich unterhalte mich kurz mit einer von ihnen, sie sieht aus wie Prinzessin Leia, als plötzlich Daniela zu mir kommt.
„Die Kasse ist nicht mehr in der Küche! Hast du sie weggelegt?"
„Nein, das habe ich nicht."

Ich laufe rüber in die Küche und tatsächlich, die Kasse ist nicht mehr an ihrem Fleck. Sofort laufe ich rüber ins Wohnzimmer, Thomas kommt mir im Flur entgegen und will sich von mir verabschieden, doch dafür habe ich keine Zeit. Ich schalte die Musik aus und schlage Alarm: „Die Kasse wurde geklaut! Niemand verlässt den Raum! Das gilt auch für dich, Thomas. Ich will alle Taschen sehen!“

Die Anwesenden glotzen mich an, als sei ich ein Dämon aus der Hölle, der ihnen den Abend ruiniert. Ich stelle mich vor meine Wohnungstür und lasse Daniela sofort nach der Spardose suchen. Unter den Gästen beginnen die ersten Diskussionen. Wer hat das gemacht? Wie kann man nur so unverschämt sein und einem solch tollen Gastgeber, wie mir auch noch die Kasse klauen!

Einen Augenblick später bitte ich Thomas darum, mir seine Sporttasche zu zeigen. Ich nehme die Tasche an mich, ziehe den Reißverschluss auf und werfe einen Blick hinein. Die Sachen liegen tatsächlich in seiner Jacke. Ich fasse es nicht. Er auch nicht und guckt wie ein Auto.

„Raus aus meiner Wohnung!“

„Was?“

„Jetzt tust du auch noch so scheinheilig!“, schreit ihn Daniela an, die gleich hinter mir steht. Vor versammelter Mannschaft ziehe ich die Kasse aus der Tasche und halte sie in die Luft. Der abgeschnittene Teil des Kensington Locks fällt auf mein Laminat. Alle machen >ooohhh< und richten ihre Augen auf den Übeltäter.

„Ich habe keine Ahnung, wie die dahin kommt!“

„Ja, klar. Sie hat sich bestimmt dorthin verirrt!“, ruft Daniela.

Ich greife erneut in die Tasche und hole die Kneifzange hervor.

„Und was hattest du mit dieser Zange vor?“, frage ich.

„Ich habe keine Ahnung. Ich schwör‘s dir, ich habe sie nicht geklaut!“

„Ja, ja!“

„Irgendwer spielt mir einen Streich!“

„Thomas, ich glaube vielmehr, dass du mir einen Streich spielen wolltest und ich bitte dich jetzt darum, die Wohnung zu verlassen. Du bist hier nicht mehr willkommen.“

„Aber...!“, stammelt er.
„Nichts aber! Raus und zwar sofort!“
Alle Gäste mustern ihn von oben bis unten und er verlässt beschämt meine Wohnung. Daniela gesellt sich zu mir und offenbart mir ihre Fassungslosigkeit.
„Wie kann man nur so dreist sein wie dieser Kerl? Echt. Du schmeißt hier total die tolle Party und was ist der Dank? Dass man versucht, dich abzuziehen!“
„Ich kann es auch kaum glauben. Gut, dass du rechtzeitig bemerkt hast, dass die Kasse nicht mehr dort war!“
„Ja, Gott sei Dank, denn ansonsten wäre die ganze Spendenparty umsonst gewesen, nur weil so ein blöder Idiot sich auf Kosten anderer bereichern wollte.“
„Aber wir haben ihn erwischt und jetzt wissen wir ja, was für ein Kerl er ist.“
Eigentlich hab‘ ich es immer gewusst, aber jetzt wissen es die anderen auch. Ich setze mich zu Michael, der, wie alle anderen, überrascht und zugleich unglaublich enttäuscht von Thomas ist. „Das hätte ich ihm nicht zugetraut!“, sagt er und schüttelt den Kopf.
„Ich auch nicht, aber so ist das. Man kann anderen Menschen eben nicht vertrauen! Nicht einmal seinen Kollegen!“
„Wir leben in einer traurigen Welt!“

Als alle fort sind, zähle ich das Geld in der Kasse. Es hat sich wieder richtig gelohnt und ich muss jetzt noch schnell eine Spendenquittung anfertigen. Nach zehn Minuten bin ich damit fertig und lade die Fotos und den gedrehten Film auf mein Powerbook. Das geht ratzfatz, denn mittlerweile komme ich ganz gut mit dem Powerbook zurecht. Schon ein paar Minuten später verschicke ich Fotos der Party an meine Gäste. Danach entschließe ich mich dazu, mich als Carola in meiner Community einzuloggen. Kurz danach erscheint eine Sofortmitteilung von Thomas auf meinem Monitor. Er braucht dringend Trost.

auric goldfinger: 01:27:39
hallo miss honey. wie geht es Ihnen? meiner wenigkeit geht es so schlecht wie seit langem nicht mehr.

mary goodnight: 01:28:03
lieber auric, was ist Ihnen widerfahren?

auric goldfinger: 01:28:18
ich war auf eine party eines kollegen geladen. er veranstaltete einen umtrunk mit reichhaltigem buffet und tanz. es war ein wunderschöner abend, ich hatte sogar das glück, bei der stattfindenden pokerrunde zu siegen, was bei mir ja selten der fall ist. das dabei erspielte geld wird gespendet, was ich als sehr ehrenhaft empfinde. leider wurde ich rausgeschmissen, da man mir unterstellt hat, ich hätte versucht den gastgeber zu bestehlen.

mary goodnight: 01:28:37
wie konnte das geschehen?

auric goldfinger: 01:29:04
ich weiß es auch nicht. ich war kurz im bad und habe mich frisch gemacht. doch als ich wieder aus dem bad trat, wollte ich nach hause. mir wurde durch den getrunkenen alkohol doch etwas schummerig im kopf, also schnappte ich mir meine sporttasche. leider lag darin die kasse des gastgebers und er zückte sie vor versammelter mannschaft hervor.

mary goodnight: 01:30:16
sicherlich wollte Sie irgendwer hinter das licht führen!

auric goldfinger: 01:30:38
nur wer? wer tut denn so was? so etwas macht man doch nicht! aber vielleicht passieren die dinge, gerade weil sie nicht passieren dürften.

mary goodnight: 01:30:49
einer der anwesenden muss es getan haben, Sie narr! ich würde die anklage nur gelten lassen, wenn es nicht nur indizien sondern auch tatzeugen gibt. Sie müssen zeugen für Ihre unschuld finden.

auric goldfinger: 01:31:01
aber wie? ach, das bringt doch nichts. man wird mir nicht glauben. alle sind doch jetzt der meinung, ich hätte das wirklich getan. man wird mich im callcenter schikanieren wo es nur möglich sein wird. ich sehe es schon kommen, welch unglück, ☹☹!

mary goodnight: 01:31:59
also ich glaube Ihnen auf jeden fall.

24.10.2005

Ich fahre zur Schneiderei und hole mein Kleid ab und als ich es gleich vor Ort anprobiere passt es perfekt. Zudem steht es mir gut. Der kurze Rock und der tiefe Ausschnitt werden Thomas bestimmt gut gefallen. Leider fehlt noch die blonde Perücke, aber die müsste bereits auf dem Postweg sein. Hoffentlich kommt sie pünktlich, so dass ich sie beim Date mit Thomas anziehen kann. Damit sie richtig schick ist, denn Carola will Thomas gleich beim ersten Anblick umhauen. Und das wird sie auch. Ich packe das Kleid ein, bedanke mich beim tapferen Schneiderlein, verabschiede mich, laufe rüber in ein Internetcafe an der Wolbeckerstrasse und schicke Thomas von Carolas E-Mail-Adresse eine Nachricht.

VON: carola.weissenhuber007@gmx.de
AN: thomas.blender@liftorama.de
BETREFF: Wie wär's mit Samstag??? ☺

Huhu Thomas,

wie geht's? Der Job, den ich am Samstag machen sollte, fällt ins Wasser. Die haben sich für eine andere entschieden. Dann hätte ich also Zeit und könnte zu Dir in die lebenswerteste Stadt der Welt kommen. Wie findest Du das? Schreib mir einfach, ob Dir das passt. Ich glaube im Schlossgarten ist eine coole Party.

Dicke Umarmung

☺ Carola

Ich komme auf die Idee, ihm noch ein Foto zu schicken, öffne ein neues Fenster und google nach einem Herz, das von Amorpfeilen durchbohrt ist. Es dauert nur ein paar Sekunden, bis ich so ein Bild an die E-Mail gehängt habe, dann klicke ich feierlich auf >senden<.

29.10.2005

Heute Morgen, gerade noch rechtzeitig, trifft die blonde Perücke von Carola ein. Jetzt ist ihr Outfit komplett und dem Date mit Thomas steht nichts mehr im Weg. Ich lege ihre Sachen auf mein Bett, dann geht es zur Arbeit.

Als ich das Großraumbüro betrete, liegt ein ganzer Stapel brandneuer Jahreskataloge vor dem Drucker. Ich schnappe mir ein Exemplar und mache mich, obwohl ich nicht einmal eingestempelt bin und mein Computer noch hochfährt, drüber her. Auf den ersten Seiten, direkt nach der Begrüßung durch unseren Chef, der auf dem Foto wie immer einen Anzug trägt, werden die neuen Gratisbeilagen präsentiert, die jeder Kunde ab einem Bestellwert von 50 Euro erhält. Auf Seite 119 entdecke ich Thomas' Interview. Den Stein des Anstoßes. Jedenfalls für mich. Ich kann immer noch nicht glauben, dass sie sich für ihn entschieden haben. Ich schnappe mir einen Kugelschreiber mit schwarzer Mine, male ihm ein Hitlerbärtchen, mehrere Pickel auf die Stirn, einen seiner Schneidezähne an und zeichne ihm eine Narbe auf die linke Wange, die mit zehn Stichen genäht werden musste. Damit sieht er schon viel besser aus, fast so wie Captain Hook. Dann lese ich das Interview durch.

Im Interview: Thomas Blender, Callcenter Agent in der lebenswertesten Stadt der Welt
Hallo Thomas.
Hallo.
Wie beginnt dein normaler Arbeitstag?
Für gewöhnlich gehe ich ein wenig früher zur Arbeit und unterhalte mich mit meinen netten Kollegen über die Neuigkeiten des Tages. Dann bearbeite ich meine E-Mails, checke die News und dann bin ich auch schon für das erste Kundengespräch bereit.
In welcher Schicht arbeitest du am liebsten?
Ich liebe die Spätschicht. Die beginnt um 11.30 Uhr und endet um 20.00 Uhr. Meistens ist es ab dem späten Nachmittag ruhiger und man kann sich mehr Zeit für jeden einzelnen Kunden nehmen. Und wenn ein Kunde gut gelaunt ist, dann wird auch viel gelacht. Es ist viel relaxter als in der Frühschicht.
Wie wurdest du von Lift ausgebildet?
Mir wurde in zahlreichen Schulungen der Umgang mit den Kunden und mit den Produkten nähergebracht. Und dann, als die Praxisphase begann, habe ich zu Beginn den Telefongesprächen anderer Mitarbeiter zugehört.

Erst nachdem ich die ersten Telefonate unter Aufsicht eines beratenden Mitarbeiters geführt hatte, durfte ich selbstständig arbeiten. Auch jetzt lerne ich täglich Neues dazu, denn schließlich habe ich pro Tag mit etwa 50 Kunden Kontakt.
Nimmt Lift Calls zur Qualitätskontrolle auf Band auf?
Solange der Kunde damit einverstanden ist. Zu Beginn meiner Tätigkeit empfand ich die Kontrolle als unangenehm, doch mittlerweile weiß ich, dass sie dazu dient, effizienter und serviceorientierter zu werden. Man lernt seine Schwächen kennen und kann daraus eine Menge lernen.
Arbeitest du gerne für Lift?
Na, klar. Die Leute sind nett, jung, spontan und es ist schön, in einem solchen Team arbeiten zu dürfen. Es ist nicht nur ein Erlebnis, mit uns zu telefonieren. Es ist ein Erlebnis, hier zu arbeiten.
Thomas, vielen Dank für das Gespräch!
Gern geschehen.

Meine Fresse, labert der Idiot eine Kacke! Was für ein Schwätzer ist mit ihm geboren! Ist ja nicht auszuhalten! Und da muss ich doch glatt an Samstagabend denken, als ich ihn aus meiner Bude geworfen habe, nachdem er doch tatsächlich versucht hat, mich in meinen eigenen vier Wänden zu beklauen. Das muss man sich mal vorstellen! Was für eine Frechheit! Aber trotzdem hat dieser Kerl das Interview im Katalog. There's eindeutig something rotten in the Callcenter.

Zuhause mache ich mir eine Spinat-Pizza, fahre mein Powerbook hoch und logge mich als Carola ein und kontaktiere Thomas...
Er erzählt mir, dass dies doch die beste aller möglichen Welten ist. Alles auf dieser Welt ist aufs Beste bestellt. Die Dinge könnten nicht anders sein als sie sind, denn da alles zu einem bestimmten Zweck erschaffen worden ist, muss es notwendigerweise zum Besten dienen. Nun hat er wieder alle Gründe, an seine Theorie zu glauben. Und in seinem Fall bedeutet es: Gut, dass er von seiner Freundin verlassen wurde, trotz all des Leids, das sie hervorgerufen hat, wie das nun mal manchmal so ist, aber wäre dies nicht passiert, dann hätte er Carola niemals kennengelernt. Die Chats mit ihr,

den Halt, den sie ihm gab, die Ratschläge bezüglich des Joggens, die Vorfreude auf das Date mit ihr, all das hat ihn all den Schmerz vergessen lassen.

marry goodnight: 18:36:45
aber auric, Sie glauben gar nicht, wie sehr es mich freut, dies zu hören!! treffen wir uns im schlossgarten? der ist doch so prachtvoll! zudem findet heute eine, wie man es in unseren kreisen sagt, total coole party statt. ich mache mich gleich auf den weg zu Ihnen, auric, ich freue mich unglaublich darauf, Sie endlich kennenzulernen.☺

auric goldfinger: 18:37:03
mir geht es genauso, meine liebste. dies ist die beste aller möglichen welten!! jetzt weiß ich es mit bestimmtheit.

marry goodnight: 18:37:25
es hat lange gedauert, aber heute abend ist es endlich soweit. ein traum wird wahr.

Bis zum Stelldichein bleibt noch eine knappe Stunde. Ich habe also nicht mehr viel Zeit bis zum ultimativen Schlag der >Operation Kneifzange<. Ich verabschiede mich von ihm, schließlich muss ich mich noch um die Vorbereitungen kümmern. Es soll ja gleich beim ersten Mal funken. Ich muss noch eins werden mit Carola.
Ich ziehe mir mein neues Kostüm an, packe die nötigen Utensilien zusammen, hüpfe in meine Cowboystiefel, setze mir die blonde Perücke auf, schminke mich und verfeinere meine Kostümierung mit einer dieser Pornosonnenbrillen, mit der ich im Spiegel aussehe wie Puck, die Stubenfliege. Ich ziehe die Sonnenbrille auf meine Nasenspitze und blinzele Carola, die jetzt in natura doch nicht so aussieht wie Paris Hilton, sondern eher wie Marylin Monroe, mit beiden Augen zu.
„Hallo Schätzchen!"
Carola wird ihn umhauen. Das ist so sicher wie das Amen in der Kirche. Zu einer Frau wie Carola sagt keiner Nein.
Sie freut sich richtig, als sie fertig ist und macht sich voll froher Erwartung auf den Weg zum Schloss. Ja, Carola ist gespannt, wie das wird und gerät während der Fahrt ins Schwärmen. Sie parkt ihren Wagen hinter dem Schlosscafé, irgendwo in einer dunklen

Ecke, in der man ihn nicht sofort sehen kann. Sie steigt aus, blickt sich um, entdeckt nichts und stellt das Stativ auf, montiert meine Kamera und filmt einen kurzen Moment den Treffpunkt, an dem nichts los ist, weil hier heute überhaupt keine Party stattfindet. Als sie die Aufnahme überprüft, ist alles dunkel. Wie macht sie das denn jetzt?

Erst nach ein paar Sekunden bemerkt sie, dass sie bisher noch nicht im Nachtmodus aufgenommen hat. Ja, Gott sei Dank! Dann kann es doch noch klappen! Sie ändert den Aufnahmemodus - für sie eine Leichtigkeit, denn sie kennt sich bestens mit dieser Kamera aus. Sie macht eine weitere Probeaufnahme und siehe da: Als sie das Bild überprüft, sieht sie eine deutliche Verbesserung. Das ist doch super. Schon faszinierend, was diese Dinger alles erkennen können. Sie entdeckt sogar den Joker und Batman, die sich durch die Bäume jagen, aber dann aus dem Blickwinkel der Kamera verschwinden.

Auf ihrer Uhr sieht sie, dass ihr nicht mehr viel Zeit bleibt, vorausgesetzt Thomas trifft pünktlich ein. Aber die Liebe seines Lebens sollte er nicht gleich beim ersten Date warten lassen. Jetzt sind es nur noch fünf Minuten.

Sie setzt sich in meinen Wagen, steckt sich mit dem Feueranzünder eine Zigarette an und beobachtet die Stelle, an der die beiden miteinander verabredet sind. Weit und breit noch nichts von ihm zu sehen. Aber durch diese hohle Gasse muss er kommen, er, der Mann, der ihr schlaflose Nächte bereitet.

Dann sieht sie ihn. Er kommt über den Weg und blickt sich um, bleibt an einer Laterne stehen, holt sein Handy aus seiner Jackentasche und schaut nach, ob Carola sich bei ihm gemeldet hat, was leider nicht der Fall ist. Sie steigt aus meinem Wagen, öffnet den Kofferraum, zieht meine schwarzen Lederhandschuhe über, packt Golfbälle in ihre Handtasche und nimmt diese und das Tränengas aus dem Kofferraum. Sie schnippt ihre Zigarette lässig auf den Boden und startet die Kamera, die Thomas deutlich erkennen kann. Unglaublich. Sie macht einen kleinen Schwenk auf sich, macht den Schumi-Daumen und richtet die Kamera dann wieder auf Thomas aus. Das Bild ist stechend scharf und sie ist mal wieder

total happy, dass sie sich diese tolle Kamera gegönnt hat. Sie und ich haben ihr eine Menge Spaß zu verdanken.
Sie schnallt sich, um eine zusätzliche Aufnahme vom Rendezvous zu besitzen, noch meine Digitalkamera um die Brust, steckt eine alte Prepaid-Karte, auf der sie noch knapp einen Euro Guthaben besitzt, in mein Handy und verfasst eine Kurzmitteilung.

> „Bin gleich da! Mein Zug hatte Verspätung und ich habe dadurch den Bus zum Schloss verpasst! Ist schon viel los? Ich hoffe wir kommen noch rein, denn das ist oft das Problem bei den Partys. Die sind so gut, dass es echt nicht mehr klargeht! Ich freue mich und bin gespannt, wie Du im wirklichen Leben bist. Bis = Carola ;)"

Ein richtiger Roman, zu lang für nur eine Kurzmitteilung, aber mein Handy macht ganz automatisch gleich zwei draus und als sie die SMS absenden möchte, erinnert sie eine Stimme, die so klingt wie die Synchronstimme von Angelina Jolie, daran, dass sie ihr Guthaben bald wieder aufladen muss.
Die SMS, die den schnelleren Weg über einen Funkmast, vielleicht einen Satelliten und einen anderen Funkmast nimmt, benötigt ein paar Sekunden bis sie am Ziel ist und diese Zeit nutzt Carola, um sich die weißen Kopfhörer meines iPod Ach-ist-das-toll-Shuffles ins Ohr zu stecken und Prince Megahit >Kiss< zu starten, den ich ihr aus dem Internet geladen habe.
Thomas zupft sein Handy aus seiner Jackentasche und blickt auf sein Display, auf dem er ihren kurzen Brief lesen kann. Dann rennt sie los. Durch Cowboystiefel, Frauenkostüm, Perücke, umgehängter Digital-Kamera, deren Gurt sie in ihrer Bewegungsfreiheit einschränkt, Handtasche und Sonnenbrille ist sie ganz schön langsam. Jeder Schritt in den Stiefeln schmerzt wie ein Messerstich. Sie tapst auf ihn zu und schreit: „HILFE, HILFE!!".
Er blickt von seinem Handy auf, dreht sich zu ihr um und versucht die Situation zu begreifen. Carola erkennt diesen fragenden Blick. Wovor läuft sie weg? Wo ist der Feind? Wie kann ich als Mann dieser verzweifelten Frau helfen? Wo ist meine Mutter?
U don't have to be beautiful 2 turn me on.
Doch er sieht den Wald vor lauter Bäumen nicht.

I just need your body, baby, from dusk till dawn. Die letzte Aktion der Operation Kneifzange ist ein Frontalangriff und ganz gleich was er sich jetzt fragt, er hat keinen blassen Schimmer, in welche Situation er geraten ist. Carola wird ihn umhauen. *U don‘t need experience 2 turn me up there. It‘s all up 2 me.* Nun ist die Zeit gekommen, um Thomas zu zeigen, dass man seine Schulden besser sofort und komplett zurückzahlt. *I‘gonna show U what it‘s all about.* Dass man niemandem Hundefutter zum Fraß vorwirft. *You don‘t have to be rich to be my girl.* Dass man niemanden beklaut. Dass am Ende von der Liebe nur eine böse Überaschung übrigbleibt und wie lebenswert es in der lebenswertesten Stadt der besten aller möglichen Welten doch ist!

Einen Moment später befindet er sich in Reichweite des Tränengases. Carola sprüht ihm direkt in die Fresse. *You don‘t have to be cool to rule my world.* Er schreit, so sieht es jedenfalls aus, aber aufgrund der Kopfhörer in ihren Ohren in denen >Kiss< ertönt, kann sie nichts hören. *Ain‘t no particular sign I‘m more compatible with. I just want your extra time an‘ your...* Sie reißt sich die Handtasche von der Schulter und drescht mit aller Kraft auf seinen Kopf ein. *Kiss!*

Sie trifft ihn an der linken Schläfe. Die Kopfhörer fliegen ihr aus den Ohren, er beugt sich nach vorne, schreit, sie holt erneut aus und ruft: „HILFE! HILFE! LASS DIE FINGER VON MIR, DU DRECKIGES PERVERSES SCHWEIN! HILFE! HILFE!!“

Wenn eine Frau einen solchen Satz von sich gibt, rührt sich sowieso niemand, um ihr zur Hilfe zu eilen. Ich auch nicht, aber ich weiß ja, wie fit sie ist, schließlich geht sie dreimal in der Woche ins Fitnessstudio. Sie erledigt das schon selbst. Sie trifft ihn hart auf dem Rücken. Er sackt zu Boden. Sie tritt ihm mit meinen Cowboystiefeln gegen den Brustkorb und beinahe fällt ihr meine Sonnenbrille runter. Wenn die kaputt geht, dann musst du sie bezahlen, pass doch auf! Du blöde Kuh! Und pass auch auf Thomas auf, der richtet sich schon wieder auf. Der muss bezahlen und zwar mit Blut. Oder Knochenbrüchen. Das schwöre ich aber. Sie lässt die Tasche auf sein rechtes Knie krachen. Die rechte Stiefelspitze gegen seine Eier, seinen Bauch, seinen Hals, Arme und Schultern. Zwei mal sogar die Niere. Keine Körperregion wird von ihr vernachlässigt. Sie arbeitet gründlich, so wie ich es ihr befohlen habe. Plötzlich strömt grünes Blut aus seiner Nase und auch an seiner Hose und seinen Ärmeln treten grüne Flecken hervor. Wusste ich es doch, dass es sich bei ihm um ein Insekt handelt! Die grünen Flecken kriegt er bestimmt nicht wieder raus. Genau wie die Fettflecken, die ich wegen seines Aprilscherzes auf meiner Hose hatte.

Nach 90 Sekunden ist sie fertig, legt sich die Handtasche um ihre Schulter und zündet sich eine Zigarette an. Als sie die Kopfhörer wieder ins Ohr steckt läuft MC Hammers >Can‘t touch this< und die >Operation Kneifzange< wurde erfolgreich zu Ende geführt. Sie läuft jubelnd zurück zu meiner Kamera, stoppt die Aufnahme und wirft einen Blick drauf. Sie spult zurück, bemerkt aber schnell, dass sie nicht aufgenommen hat. So ein Mist. Die Kamera lief und sie hat sie vorhin nicht an, sondern ausgeschaltet. Verdammte Kacke! Frauen und Technik!! Jetzt habe ich nur die Aufnahme der Brustkamera. Das reicht mir aber nicht, also schalte ich diesmal die Kamera ein, überprüfe, ob ich auch wirklich aufnehme und schicke Carola zurück zu Thomas, der sich grade wieder etwas aufrafft.

„Hau ihn doch um, du blöde Kuh!“

Sie rennt zurück, so schnell wie es ihr die Cowboystiefel erlauben, also nicht besonders schnell, und als sie ihn nach knapp einer Minute erreicht hat, drischt sie wieder auf ihn ein. Beim ersten Mal schreit sie: „DAS HAST DU DAVON DU SCHWULE SAU!“ Beim zweiten Mal: „MICH BELÄSTIGST DU NIE WIEDER!“ Mittlerweile hat sie den Bogen raus und beim dritten Mal knirscht es beim Aufprall der Handtasche gewaltig, als würden die Golfbälle nicht auf einem Schwuchtelschädel aufschlagen, sondern auf morschem Holz. Beim vierten Mal richtet sie ihre Worte an Gott. Nach dem Amen springt sie mit ganzer Kraft auf den inzwischen ruhigen Thomas. Irgendetwas platzt, ein Absatz bleibt stecken und knickt ab. Zum Totlachen! Sie zieht ihre Schuhe aus und rennt barfuß wieder zurück, baut in Windeseile mein Lager ab und setzt sich in meinen Wagen. Ihre Füße schmerzen und nachdem ich auf dem Beifahrersitz Platz genommen habe, frage ich sie, wie Tussis so was den ganzen Abend lang aushalten können.

„Weil wir bescheuert sind und für euch Männer dämlich rumstolzieren müssen, damit wir längere Beine und einen dünneren Arsch haben! Eine Scheißwelt ist das!“, sagt sie, wirft die Stiefel auf die Rückbank, stellt die Komfortklimaanlage auf 18°C und schließt meinen iPod Ach-ist-das-toll-Shuffle an das Autoradio an. Mir fällt auf, dass es einen kleinen Kratzer hat. Zuhause werde ich das mal genauer unter die Lupe nehmen, aber Carola hat in all der Hektik wohl nicht so ganz drauf aufgepasst. Als wüsste sie solche Dinge nicht zu schätzen. Eine Unerhörtheit!
In meiner Wohnung wird Carola jubelnd von der Muppet Show empfangen. Rowlf spielt Klavier, der dänische Koch hat Hunderagout zubereitet, das Tier trommelt wild, Kermit will gar ein Autogramm von ihr, der Kriegsheldin in Tarnuniform, haben und macht gleich danach auch noch ein Foto mit ihr. Shake Hands und sie muss sich ganz schön runterbeugen, um an ihn heran zu kommen, so klein ist er, der lustige grüne Frosch. Miss Piggy tritt ihr kurz nach dem Handschlag auf den blanken Fuß, was vielleicht daran liegt, dass Carola, die einzige hübsche Frau in meiner Wohnung ist.
Nachdem ich mich umgezogen habe, schmeißt sich Miss Piggy sofort an mich ran und als die meisten Muppets schon wieder verschwunden sind, setzt sie sich zu mir auf mein weißes Ledersofa und bietet mir Nasalsex an. Das lasse ich mir nicht entgehen.

30.10.2005

Ich hocke mich vor mein Powerbook, gehe ins Internet, logge mich bei Ebay ein und stelle mein iPod Ach-ist-ja-gar-nicht-mehr-so-toll-Shuffle ins Internet. Seit dem Date von Carola und Thomas hat es einen kleinen Kratzer auf dem Display. Nach genauer Untersuchung, habe ich entschieden, dass es mir nicht mehr gefällt und habe mir deswegen gestern ein schwarzes iPod Ach-das-ist-ja-noch-viel-toller-Nano mit 4 GB Speicherkapazität zugelegt.
Als ich fertig bin, werfe ich einen Blick auf meine E-Mails. In meinem Posteingang befindet sich eine Nachricht meines Bruders.

VON: soerenthehustler123@gmx.de
AN: moritz.becker0815@web.de
BETREFF: Lass uns das doch mal machen

Hi Moritz,

alles klar bei Dir? Schau dir mal diese Seite an: www.sexworld.de/GB2005/Larissa

Hast du nicht Lust, dabei mitzumachen? Ich werde es auf jeden Fall tun. Habe mich auch schon angemeldet und die Anmeldegebühr überwiesen.

Hau rein
Sören

P.S.: Hast du die Nachrichten gesehen? Sie haben einen Internet-Pädophilen-Ring ausgehoben.

Da bin ich gespannt, was er mir diesmal zeigen will, darum klicke ich auf den Link, schon öffnet sich ein neues Fenster und ich lande auf einer Internetseite, auf der man sich für Gang Bang Partys anmelden kann. Geil, daran habe ich bisher noch nicht gedacht. Wieso denn nicht? Keine Ahnung. Momentan sind 27 von 50 Plätzen belegt, aber bis zum Termin bleiben noch knapp vier Wochen. Den Termin kann ich bestimmt wahrnehmen. Das ist an dem Tag, an dem meine Mutter ihren Geburtstag feiert. Ich weiß gar nicht wie alt sie wird. Ist aber auch egal, wahrscheinlich wird sie wieder zu sich einladen, zum Frühstück, wie in jedem Jahr, doch nach so einem langweiligen Frühstück wäre so ein Gang Bang genau das Richtige. Verplant habe ich diesen Abend jedenfalls noch nicht. Bevor ich mich jedoch dort anmelde, schaue ich nach der Frau, die daran teilnimmt. Will wissen, was das für eine ist. Ob es sich überhaupt lohnt. Laut Profil auf der Internetseite handelt es sich um eine 50-jährige Bürokauffrau, die schon des Öfteren an solchen Partys teilgenommen hat. Ich werfe einen genaueren Blick auf das erste Foto von ihr. Sie sieht aus wie Catherine Millet. Unter dem Foto steht:

„Wenn man so eingestellt ist wie ich, so will man überall gevögelt werden, und in welchen Teil eine Maschine auch immer eindringt, man ist glücklich, sie dort zu fühlen.“

Irgendwoher kenne ich diese Frau. Aber woher? Ich klicke auf einen Link und lande auf einer Seite, auf der ein paar Bilder von früheren Partys mit ihr zu finden sind. Nach dem dritten Foto fällt mir ein, woher ich diese Frau kenne.

31.10.2005

Der Halloween Abend wird durch das Anlegen meiner SS-Uniform eingeläutet. Sie passt perfekt. Wie ein 6XL-Kondom auf einem Negerpimmel. Ich klebe mir einen an den Seiten abgeschnittenen Schnurbart auf, ziehe einen strengen Seitenscheitel in mein, seit kurzem wieder blond gesträhntes Haar und ziehe ein neues Paar schwarze Reitstiefel an, die ich mir supergünstig bei Ebay ersteigert habe. Als letztes muss ich nur noch die rote Armbinde umlegen, die ich mit einem Hakenkreuz versehen habe. Dann schnappe ich mir meine Bag, stecke meine Kamera ein und fahre mit meinem deutschen Wagen mit Vergaser zu Michael, der mich an der Wohnungstür in einem Frankensteinkostüm empfängt. „Ja, sag' mal, was ist das denn? Ein Nazi- Kostüm?"

„Zu Halloween verkleidet man sich doch als Monster!"

Ich betrete seine Wohnung und kurz nachdem wir das erste Bier geöffnet haben, sage ich ihm, dass ich ein neues Video habe, das er unbedingt sehen muss. Ich lade das Video von meinem iPod Ach-das-ist-ja-noch-viel-toller-Nano auf seinen Rechner, aber weil er an seinem Schrottcomputer nicht über USB 2.0 verfügt, dauert es ewig, bis die Datei endlich auf seinem Desktop ist.

Er klickt zweimal mit der linken Maustaste, ein weiteres Fenster öffnet sich und der Film geht los. Schon nach ein paar Sekunden wird es ihm zu heftig. In diesem Moment sieht man einen Mönch mit aufgesetzter Kapuze, der der gefesselten Minnie Mouse aus nächster Nähe Tränengas in die Augen sprüht.

„Wo hast du den Film denn schon wieder her?"

„Von einem russischen Server. War als Pornodatei getarnt."

„Ist das ein Mönch?"

„Ja, ich glaube schon!"

„Krass!", sagt er.

„Guck mal, das ist ein alter iPod!“, sage ich und zeige auf den Monitor.
„Was? Ein iPod! Der Typ schiebt ihr ein iPod in den Arsch!? Verdammt! Das waren damals doch noch so richtig dicke Dinger! Ist ja widerlich!“
„Und guck mal, jetzt greift er mit seinem Arm rein und will den Song wechseln!“
„Mach‘ das aus!“
„Warte!“, sage ich und als ich Minnies Schreie höre, die die unterlegte Dirty Dancing Musik übertönen und über seine angeschlossene Dolby Surround Anlage verstärkt in sein Zimmer dringen, bemerke ich, dass die Aufnahme doch nicht das Gefühl wiederherstellen kann, das ich damals empfand. Er stößt mich zur Seite und sagt „Ich mach das jetzt aus!“
Diese Lusche sucht mit der Maus nach dem X oben in der rechten Ecke und drückt drauf. Das Fenster schließt sich und wenn er einen etwas besseren Computer gehabt hätte, dann wäre es auch ein bisschen schneller gegangen.
„Findest du so etwas geil?“
Ja, auch wenn der Film schon nach dem zweiten Ansehen etwas an Reiz verloren hatte.
„Nein, interessant!“, antworte ich und lehne mich nach vorne, so dass er meine Latte nicht entdeckt.
„Du bist vielleicht ein Freak!“
„Also, ich wette, dass du auch ein paar üble Streifen auf deinem Rechner hast!“
„Üble Streifen? Ich habe ein paar Pornos, na und, was ist denn schon dabei? Aber so was habe ich bestimmt nicht!“
„Ich wollte es dir doch auch nur zeigen, weil es mich so fasziniert hat.“
„Faszination ist das falsche Wort.“
„Aber das erste, das mir einfällt!“
Er löscht die Datei sofort wieder, fährt seinen Rechner runter, schaltet seinen Fernseher an und lässt sich auf sein Sofa fallen.
„Hast du schon etwas gegessen? Ich habe voll Hunger. Wir könnten uns eine Pizza bestellen“, frage ich.

„Mir ist der Appetit vergangen!“

Im Fernsehen läuft eine Reportage über die Eiszeit. Er deutet mit der Fernbedienung auf seinen Röhrenfernseher, in dem eine Mammutherde durch das Bild läuft.

„Das ist faszinierend! Tiere und so. Aber doch nicht so ein Scheiß, den du da angeschleppt hast. Ist ja ekelhaft! Ich bin nicht der Typ, dieser Kleinkind-Gaffer-Typ, der unbedingt hingucken muss, weil es so eklig ist. Ist ja widerlich. Da ist überhaupt nichts cool dran!“

„Jaja!“

Eine zu lange Menschenschlange steht vor dem Grand Cafe als wir an der Hörsterstrasse eintreffen, also beschließen wir in die Lounge 54 zu gehen, die sich praktischerweise genau gegenüber befindet und nicht so voll zu sein scheint. An der Tür gibt es keinerlei Probleme und das erste was ich mache, als ich drin bin, ist Pissen zu gehen. Als ich zurück an die Bar komme, bestelle ich mir einen WKRB und sehe, dass Michael sich mit einem weiblichen Engel mit weiß blinkenden Flügeln und weißer Perücke unterhält. Ich bezahle den Longdrink und gehe runter zur Tanzfläche. Der ganze Laden ist voll mit Geistern, Dämonen, Höllenhunden, Mördern, Vergewaltigern, Verrückten, Monstern und lebenden Toten.

Ich drängele mich durch die verlorenen Seelen auf die Tanzfläche und tanze, während die Stimmen von Christina Aguilera und Redman durch die Boxen dröhnen, einen weiblichen Teufel an, der rot leuchtende Hörner, einen schwarzen Anzug und einen Klumpfuß hat. Sie versprüht eine Dampfwolke des Höllenduftes, der so bezaubernd und verführerisch riecht wie kein anderer Duft. Der Teufel ist total besoffen – genau wie ich - und als ich meinen anschwellenden Pimmel an ihrem Arsch reibe, fängt das neue Lied an. Sie dreht sich um und umarmt mich und dann tanzen der Teufel und der Nazi eng umschlungen zu Robbie Williams Megahit >Angel<. *And through it all she offers me protection*

Als die ersten Töne des nächsten Songs zu hören sind, gehen wir zur Theke, an der ich sie auf einen Drink einlade und sie nach ihrer Nummer frage. Sie wartet bis der Cocktail vor ihr auf der Theke steht, reißt sich ein Stück Haut vom Arm, fährt mit ihrem

Zeigefinger in ihre Wunde, notiert mit Blut ihre Handynummer auf dem Hautfetzen, schnappt sich ihr Glas, lacht laut auf und dann gibt es einen Knall und einen Blitz und sie ist futsch.

02.11.2005

Thomas ist krank, er wird wohl eine ganze Weile ausfallen, falls er überhaupt wieder kommt, was ich allerdings nicht hoffe. Auf die Anwesenheit des Jammerlappens kann ich hier ganz und gar verzichten. Der blöde Wichser. Und Anne, diese neunmalkluge blöde Fotze, ist nun bereits seit Wochen krankgeschrieben und lässt uns hier in der stressigsten Zeit des Jahres einfach im Stich. Und das als Abteilungsleiterin. Wie kann man nur so unkollegial sein? Wie viele Fehlzeiten hatte sie in diesem Jahr? Zehn Wochen? Zwölf? Oder noch mehr? So eine Flasche als Abteilungsleiterin zu haben, ist echt scheiße. Wir haben heute nicht einmal genug Zeit, um Mittagspause zu machen und ich kann nur hoffen, dass ich nicht mehr in direktem Kundenkontakt stehe, wenn ich endlich Abteilungsleiter bin. Immer diese beschissenen Kunden, die einem Löcher in den Bauch fragen, obwohl alles im Katalog ausführlich erklärt wird. Weil sich die beiden krankgemeldet haben, sind wir seit ein paar Tagen nur noch zu fünft, und das gerade jetzt, in der Woche in der der brandneue Katalog mit über 15.000 Produkten beim Kunden landete. Das Telefon steht den ganzen Tag nicht still. Es ist zum Kotzen.

Als ich abends nach der Arbeit nach Hause komme, bin ich total fertig, doch plötzlich habe ich einen genialen Geistesblitz. Ich springe auf, packe meine Videokamera ein und mache mich kurze Zeit später auf den Weg zu Annes Wohnung, an der ich knapp zehn Minuten später ankomme. Ich parke auf der gegenüberliegenden Straßenseite, schalte meine Kamera ein und filme minutenlang ihre Eingangstür. Da es noch früh am Abend ist, tut sich auch etwas auf ihrer Straße. Eine Frau mit Kinderwagen und ein Fahrradfahrer auf einem Rennrad durchkreuzen das Bild. Irgendwann habe ich genug Filmmaterial zusammen, packe ein und hole mir eine Pizza. Mit dem Pizzakarton auf dem Beifahrersitz geht es zurück nach Hause.

Ich hocke mich sofort an mein Powerbook und während ich den Film auf die Festplatte lade, stopfe ich die leckere Pizza in mich hinein. Ich kopiere ihn und hänge ihn immer wieder ans Ende bis ich schließlich einen 180 Minuten langen Film habe, in dem man nur Annes Haustür sieht. Die Frau mit ihrem Kind und dem Radfahrer habe ich raus geschnitten, sodass sie annehmen kann, der Filmer hätte Stunden vor ihrer Haustür gewartet. Nachdem ich den Film noch einmal gründlich gemustert habe und er die Qualitätskontrolle überstanden hat, brenne ich die DVD und überprüfe sie in meinem DVD Player. Nicht, dass sie irgendwie nicht richtig gebrannt wurde und Anne sie sich nicht ansehen kann. Dann wäre all die Mühe völlig umsonst gewesen. Aber siehe da: Alles ist in Ordnung. Ich stecke die silberne Scheibe in eine Hülle, lege sie in einen Umschlag, drucke schnell noch ein Etikett aus, das ich auf den Umschlag klebe und hocke mich dann gemütlich auf mein weißes Ledersofa und schaue fern.
Gegen halb zwei nachts fahre ich zur Tankstelle an der Steinfurterstrasse und kaufe mir ein Sixpack, anschließend geht es weiter zu Anne. Ich parke meinen Wagen um die Ecke und schlendere fröhlich mitten über die Straße. Um diese Uhrzeit kommt hier eh kein Auto vorbei. Aber plötzlich steht Roland Emmerichs Godzilla vor Annes Haustür. Er läuft schnurstracks auf mich zu. Godzilla, hier in der lebenswertesten Stadt der Welt. Er ist größer als jedes Haus der Stadt. Hoffentlich macht er nicht alles kaputt! Ich bin wie angewurzelt. Auf einmal befindet sich sein linker Fuß genau über mir. Der Fuß senkt sich herab. Ich halte schützend meine Arme vor mich. Als würde es überhaupt etwas nutzen. Bei diesem Riesenvieh. Dann ist es dunkel. Es ist aus. Es ist aus! Godzilla hat mich zerquetscht. Wie eine Fliege. Oh, nein, ich muss mein Kunstwerk doch vollenden. Und dann diese Dunkelheit. Wo bin ich hier überhaupt. Ich sehe ein kleines Licht vor mir, es wird immer größer. Es ist hell. Ist es etwa der Himmel? Dann erkenne ich die Umrisse der Strasse. Den grauen Beton und die Bordsteinkante. Godzillas Fuß hebt sich wieder. Er läuft über mich hinweg und dann davon in Richtung Aasee. Ich war genau zwischen seinen Zehen. Mann hab‘ ich ein Glück. Sogar die DVD ist

heil geblieben und mich hindert nichts mehr daran, sie in Annes Briefkasten zu werfen. Das hat sie nun mal davon, wenn sie ihre Arbeitskollegen im Stich und für sich arbeiten lässt.
Auf der Rückfahrt, als ich an einer Ampel am Cheruskerring stehe, öffne ich das erste Bier, werfe einen Blick in den Spiegel, halte die Flasche in die Höhe und blinzele mir mit beiden Augen zu. Gut gemacht. Jetzt trinke ich erstmal ein Feierabendbierchen. Das habe ich mir nach all der Aufregung durch die Riesenechse aber auch verdient. Hatte Glück, dass Godzilla so ein Monster ist, das durch eine Atomkatastrophe entstand und im Gegensatz zu vielen anderen Echsen keine Schwimmhäute zwischen den Zehen besitzt.

07.11.2005

„Ich muss meine Freundin noch vom Flughafen abholen. Sie kommt heute aus London. Danach könnten wir bei dir vorbeikommen."
„Dann lerne ich sie ja endlich kennen!", antwortet Michael.
„Genau. Also bis später!"
Ich setze mich in meinen Wagen und fahre zu Saskia Sommer. Auf der Internetseite des Bordells stand, dass zwei Nutten auch einen Service als Hostess anbieten. Also buche ich eine der Nutten für den ganzen Abend. „Ich brauche dich nur als Begleitung. Vielleicht ficken wir danach noch ein bisschen", sage ich und während sie sich fertig macht, kläre ich sie über ihre Aufgabe auf.
„Du sollst so tun, als seiest du meine Freundin. Du heißt Petra, bist Model und kommst heute von einem Shooting aus London. Ich habe dich am Flughafen in Düsseldorf abgeholt und es ist dir eine Freude endlich mal die Freunde deines Freundes kennenzulernen. Hast du mich verstanden?"
„Ja, ist in Ordnung!"
„Enttäusche mich nicht. Ich bezahle dich schließlich", sage ich und als ich sie ein wenig genauer unter die Lupe nehme, entdecke ich eine unglaubliche Ähnlichkeit mit Eva Herman.
„Soll ich sonst noch was erzählen?", fragt sie.
„Nein, sonst hältst du am besten deine Klappe. Eine Frau, die so aussieht wie du, sollte immer die Klappe halten!"

„Und was machen wir dort?“

„Wir werden uns eine DVD ansehen!“

„Was denn?“

„Mein Kollege, Michael heißt der Gute, hat sich Star Wars Episode 3 >Die Rache der Sith< bei Saturn in einer Special Doppeledition zugelegt und da ich immer noch nicht weiß, wie Darth Vader zu Darth Vader wurde, konnte ich nicht Nein sagen.“

„Den Film kenne ich schon!“, sagt sie und schnappt sich ihre Handtasche.

„Dann verrate bloß nicht das Ende, sonst ziehe ich dir das von deinem Lohn ab!“

„Ist ja in Ordnung. Ich habe schon verstanden.“

„Ist ja auch nicht schwierig. Gut aussehen, ein wenig lächeln und die Klappe halten. Das ist alles, was du zu tun hast.“

„Schön dich kennenzulernen. Moritz hat schon so oft von dir erzählt“, sagt Michael und begrüßt meine Begleitung per Küsschen.

„Freut mich auch! Ich hoffe nur Gutes!“, antwortet sie.

„Natürlich. Wie war der Flug?“

„Anstrengend! Eine DVD ist jetzt genau das Richtige.“

„Ja, dann schmeiß den mal an!“, sage ich und wir setzen uns auf sein altes Sofa.

„Einen Moment!“, sagt Michael, holt die DVD, legt sie in seinen Panasonic DVD Player und startet den Film.

„Hast du noch Bier?“, frage ich.

„Ja, sicher! Hier!“, sagt er und reicht mir eine Flasche Beck‘s. Ich nehme die Flasche an, öffne sie, lege einen Arm um die Nutte und sage laut und deutlich: „Schön, dass du hier bist.“

Gleich darauf küsse ich sie auf ihren Hals. Auf den Mund ist ja verboten.

Ganz zum Schluss des Films ist das erste Atmen zu hören. Der Moment auf den ich seit Jahren gewartet habe. Es ist super, und das in 5.1 Dolby Surround. Doch schon beim Abspann bin ich traurig, weil nun alles endgültig geklärt ist. Um mich ein wenig aufzumuntern, will ich Michael ein paar lustige Videos im Internet zeigen, aber daraus wird nichts, weil sein Computer im Arsch ist.

Seine Festplatte ist hinüber und er kann seinen Computer nicht einmal mehr starten. Glücklicherweise habe ich seit meiner Neuanschaffung nicht mehr mit solchen Problemen zu kämpfen. Dem Sofortkredit sei Dank, dessen zweite - von insgesamt 84 - monatliche Rate vor ein paar Tagen von meinem Konto abgebucht wurde. Als Michael kurz auf Toilette verschwindet, teile ich meiner Begleitung mit, dass ich sie jetzt gleich wieder heimfahren werde. „Sag' Michael bitte, du seiest so müde und müsstest unbedingt ins Bett. Ich will noch mit dir ficken!"
„Alles klar!"
Michael kommt wieder zurück ins Wohnzimmer. „Was machen wir denn jetzt noch mit dem Abend? Sollen wir in die Stadt?", fragt er.
„Ich weiß nicht", sage ich.
„Was meinst du, Petra?"
„Ich bin müde. Ich würde gerne nach Hause."
„Schade! Dann werde ich wohl auch nichts mehr machen."
„Vielleicht ein andermal!", sagt sie, steht vom Sofa auf und zieht sich ihren Mantel über. „Moritz, lass uns heim. Ich muss ins Bett!"
„O.K. Dann wollen wir mal!"
Michael verabschiedet sich mit Küsschen von der Nutte. „War nett, dich kennenzulernen.", sagt er zum Abschied.
„Ja, hat mich auch gefreut."
„Wir sehen uns."
Zwei Minuten später sitzen wir in meinem Wagen und nachdem sie mir erzählt hat, dass sie durch ihren noch jungen und attraktiven Körper ihr Studium finanziert, ficken wir miteinander. Als ich sie auf dem Beifahrersitz von hinten nehme, sage ich ihr, dass sie mir sagen soll, dass ich einen unglaublich geilen Schwanz habe und dass sie in ihrem ganzen Leben noch niemals so gefickt wurde wie von mir. Sie sagt, dass kostet ein paar Euro extra, aber die bezahle ich und dann schreit sie: „OH GOTT! OH GOTT! DEIN SCHWANZ IST SO GEIL! DAS HABE ICH JA NOCH NIE ERLEBT! UND DAS NACH ALL DEN JAHREN UND ALL DEN FREIERN! IST DAS GEIL! ICH KANN DAS GAR NICHT GLAUBEN!"

11.11.2005
Plötzlich steht mein Chef mitten im Callcenter und blickt sich um. Er begrüßt alle Mitarbeiter und da ich einen Ruhrpottproll, der irgendetwas von Erkan und Stefan hat, an der Strippe habe, kommt mir Daniela, die dumme Pute, zuvor und bringt ihm frischen Kaffee. So wie er ihn mag. Das weiß sie ja noch aus ihrer Ausbildungszeit.
Nachdem er den ersten Schluck genommen hat, habe ich meinen Kunden abgefertigt und er ruft alle anwesenden Mitarbeiter zusammen. Wir dürfen die Arbeit für einen Moment zur Seite legen, obwohl mehrere Kunden sich in der Warteschleife befinden. Mein Chef bittet um Ruhe und sagt: „Thomas wird in der nächsten Zeit nicht zur Arbeit kommen."
„Was ist mit ihm?", frage ich neugierig.
„Er liegt im Krankenhaus, weil er vor ein paar Tagen wahrscheinlich von mehreren besoffenen Engländern verprügelt wurde."
„Das ist ja schrecklich!", sagt Daniela und fasst sich an ihren Mund. Dieses Mitleid. Diese negative Natureigenschaft der Frau. Bedingt durch die angeborene Dummheit und die Schwäche ihrer Organe, ist sie empfänglicher für dieses kleinmütige Gefühl. Ganz offensichtlich hat sie bereits vergessen, was für ein verabscheuenswertes Individuum Thomas vor ein paar Tagen noch war.
„Oh, mein Gott!", sagt sie.
Mitgefühl ekelt mich an.
„In welchem Krankenhaus liegt er denn?", fragt Michael.
„Im Uniklinikum. Er ist heute aus dem Koma erwacht und liegt nun nicht mehr auf der Intensivstation. Wir können ihn besuchen gehen."
„Wie wäre es denn mit einer kleinen Aufmerksamkeit der Mitarbeiter?", frage ich.
„Das wollte ich gerade eben vorschlagen. Er war immer ein guter Mitarbeiter und wir wollen ihm ein wenig Respekt für seine gute Arbeit zollen", schlägt der Chef vor, der mal wieder einen unglaublich schicken Anzug trägt.
„Ich werde einen Strauß Blumen und noch so ein Gedöns organisieren und zu ihm ins Krankenhaus fahren!", werfe ich ein.

„Gut, dann hat sich die Suche nach einem Freiwilligen erledigt! Ich persönlich habe keine Zeit. Ich fahre gleich zum Skifahren in die Schweiz“, sagt er und ruft zu Spenden auf, doch die Geberlaune meiner Mitarbeiter ist wohl wegen Thomas Bloßstellung auf meiner Party bescheiden. Insgesamt kommen knapp 40 Euro zusammen und das, obwohl ich durch alle Abteilungen, sogar durch das Lager laufe.
In meiner Mittagspause kaufe ich einen Blumenstrauß mit roten Rosen, der knapp 20 Euro kostet, eine >Gute Besserung!< Karte und eine kleine Schachtel billige Pralinen aus dem Drospa im Hauptbahnhof. Vom Restgeld kaufe ich mir mein Mittagessen: Ente mit Cashew-Kernen und pikanter Sauce, eine Flasche Cola, eine Schachtel Zigaretten und die aktuelle FHM-Ausgabe. Nach dem Essen geht es mit mehr oder weniger großem Elan wieder zurück zur Arbeit, auf der ich gleich einen kurzen Text auf Thomas Grußkarte verfasse:

„Lieber Thomas,
Wir wünschen Dir gute Besserung und hoffen, dass Du bald wieder ganz der Alte bist! Dein Callcenter Team!“

Ich laufe mit dem Schriebs von Mitarbeiter zu Mitarbeiter und filme alle beim Unterschreiben. Manche, wie ich zum Beispiel, fügen noch ein Emoticon, einen ☺ an. Meiner ist so groß, dass ich ihn sogar auf meinem kleinen Kameradisplay erkennen kann. Als ich mit meiner Runde fertig bin, schneide ich, anstatt zu arbeiten, mit meinem Powerbook noch schnell eine exklusive Version meines Films für ihn zurecht, logge mich als Carola in meiner Community ein und beende ihre Mitgliedschaft.
Ich fahre zu ihm ins Krankenhaus, darf ihn aber nicht in seinem Zimmer besuchen, weil er schläft und immer noch sehr müde ist. Weil ich dann nicht weiß, was ich machen soll fahre ich in die Stadt, parke an der Stubengasse und gehe durch die Fußgängerzone, in der ich mich in den Schaufenstern umschaue, die herrlich dekoriert sind. Die Salzstrasse und der Prinzipalmarkt sind schon schöne Fleckchen. Immer gibt es etwas Wunderbares

zu entdecken. Neue Digitalkameras, Klamotten, Parfums, Uhren, Schuhe, Ohrringe, Schnickschnack. Wenn doch nur nicht diese Penner dort rumhängen und das tolle Stadtbild zerstören würden! Sitzen zwischen den schönen Läden, in ihrem Gammellook, der mega uncool ist und betteln um Geld. Ich bin obdachlos und habe nichts zu essen. Kinder, gebt schön in der Schule acht, sonst endet ihr hier. Können Sie mir mit einer kleinen Spende für das Essen helfen? Habe keine Arbeit. Dann such dir doch eine! Ich hasse diese Penner. Man sollte die Häuser sozialer Einrichtungen und Pflegebedürftiger gemeinsam mit den Insassen abbrennen. Ich würde sie nicht vermissen und ich werde nicht mehr so tatenlos zuschauen, wie dieser Abschaum die lebenswerteste Stadt der Welt in den Dreck zieht.

12.11.2005

„Ich habe noch eine Flasche Jägermeister daheim. Ich wohne gleich hier vorne. Wir trinken erstmal ein bisschen und dann machen wir uns auf den Weg in die Stadt“, sage ich zu dem Penner, den ich grade eben zu einem Döner eingeladen habe und der genauso aussieht wie Stefan Raab und zufälligerweise auch Stefan heißt.
„Das ist sehr freundlich von Ihnen. Vielen Dank!“
Er folgt mir bis in meine Wohnung und als er sich erstaunt meine Handysammlung anschaut, überrasche ich ihn mit einer Ladung Chloroform und mehreren Metern Gaffatape. Es dauert nicht lange, dann habe ich ihn in meiner Küche an einen Stuhl gefesselt.
Ich entledige mich meiner nach Penner stinkenden Klamotten und meiner Verkleidung - einer blonden Kurzhaarperücke und einem langen dunkelbraunen Schnauzer - wasche mich, trockene mich ab, creme mich ein und ziehe mir einen Trainingsanzug an. Ich ziehe eine Spiderman-Maske über, die ich mir vor ein paar Tagen zugelegt habe und betrete die von Mounia frisch geputzte Küche, die von der Optik her prima in einen Möbelhauskatalog passen würde. Der Penner schläft. Ich nehme den Knebel kurz ab, stopfe ihm meine stinkenden und nass geschwitzten Socken in den Mund und klebe alles mit einem großzügigen Streifen Gaffa wieder zu.

Moritz nutzt die Zeit bis zum Aufwachen, um sein Werkzeug vor dem Penner auf dem Küchentisch aufzureihen und seine Kameras zu positionieren. Insgesamt filmt er aus vier Perspektiven. Frontal mit einem Meter Abstand, von oben und hinten aus der Ecke, beide mit dem Fokus auf seinen Oberkörper. Die letzte Kamera legt er auf den blitzblank gewischten Boden, so dass man seine Füße sehen kann, die mit reichlich Gaffatape an den Stuhlbeinen fixiert sind. Aus diesen Aufnahmen wird er einen Splitscreen machen. Die Kamera neben der Kamera neben der Kamera neben der Kamera. Sozusagen.
Da Stefan nach dem Set-Aufbau immer noch nicht wach ist, holt Moritz sein Powerbook rüber in die Küche und stellt es auf sein Ceranfeld. Er schließt seine Aktivboxen an und macht sich etwas Musik. Auf Robbie Williams hat er jetzt richtig Bock. Er wählt eine zufällige Wiedergabe der Robbie Williams Hits, die er auf seinem Powerbook gespeichert hat und als die ersten Töne von >Rock DJ< zu hören sind, dreht er sich zu dem Penner und singt laut mit: *Me with the floorshow*. Da er immer noch schläft, *Kickin' with your torso*, tritt er gegen seine Beine. *Boys getting high*. Sein Sneaker landet etwas höher. *And the girls even more so*. Er gibt ihm ein paar Ohrfeigen. *Wave your hands if your not with the man*. Nach der dritten reagiert der Kerl. *Can I kick it?* Moritz tritt erneut gegen ihn und der Penner öffnet die Augen und blickt sich um. Er bemerkt, dass irgendetwas in seinem Mund steckt. Dass er sich nicht bewegen kann. Dass er nicht reden kann. Wahrscheinlich fragt er sich, wo er denn hier gelandet ist. Leider kann er keine Fragen stellen. Als er Moritz sieht, erwischt er ihn beim Tanzen. Moritz winkt ihm zu, zündet sich eine Zigarette an und deutet auf die Instrumente vor ihm. *I don't wanna rock, DJ*.
„Guck mal was ich hier alles habe! Kneifzange, Bohrhammer, Schraubstock, Tacker, Hammer, Küchenmesser, Wasserkocher und eine Packung rote Gauloise." *But you're making me feel so nice*. Sachen, die jeder von uns im Haushalt hat oder die man ohne Probleme kaufen kann. *When's it gonna stop, DJ?* Durch eine Reportage über die Inquisition im Mittelalter weiß Moritz, dass man die Präsentation der Folterinstrumente als Territion bezeichnet. Das ist die Vorstufe

der peinlichen Befragung, die jetzt beginnt. *Cos you're keeping me up all night*. Moritz schnappt sich den Tacker, denn bis auf Messer und Tacker wird er heute nichts anrühren. Der Bohrhammer und das ganze Zeug sind nur zur Zierde. Er dreht sich zu ihm und blinzelt ihm mit beiden Augen zu. Ja, ja. Hätte der Penner mal seinen Job nicht verloren, dann stünde er hier vielleicht an Moritz Stelle.
„Wohin willst du es haben?"
Da Moritz keine Antwort erhält und der Penner bloß mit dem Kopf schüttelt und vergeblich versucht sich zu lösen, sucht Moritz sich die Stelle aus, an der er seinen Tacker einsetzt.
„Ich glaube, ich tackere dir deine Ohren an. Die stehen sowieso ab", sagt er. Er greift in das Haar seines Opfers. Es ist fettig, dreckig. Es stinkt. Einen Moment lang überkommt Moritz ein Gefühl des Ekels. Er muss die Aktion abbrechen und Mounias rosa Spülhandschuhe überziehen, die leider ein wenig zu eng sind, aber diese Haare fasst er bestimmt nicht mehr ohne Schutz an. Er greift erneut in Stefans Haar, zieht fest dran, setzt den Tacker an und als er seinen ersten Schuss abgibt, ist Moritz froh, dass er beim Gaffatape um die Mundpartie so verschwenderisch war. Der Penner jammert, windet sich, heult, winselt und Moritz fühlt sich wie ein amerikanischer Soldat in Abu Ghraib. Als wäre sein Schwanz so lang, wie der eines Blauwals und seine Eier so dick wie Wassermelonen. Es ist ein tolles Gefühl und damit es noch länger anhält, drückt er gleich danach ein zweites Mal ab. Das Gaffa hält. Das Ohr auch. Besser als drei Wetter Taft. Moritz macht am anderen Ohr weiter. Wie sähe das denn sonst auch aus, wenn es nicht symmetrisch wäre? Nach zwei Schüssen legt er den Tacker zur Seite, macht eine Pause und isst erstmal was Feines.
Um kurz vor zwei, als der Penner schon knapp eine Stunde auf der Showbühne steht, drückt Moritz eine brennende Zigarette, die er sich gerade angesteckt hat, auf seinem Oberschenkel aus. Stefan windet sich, aber weg kommt er nicht. Moritz tackert noch einmal sein linkes Ohr fest. Nur so zur Sicherheit, damit das auch richtig hält und gleich danach schneidet er das rechte Ohrläppchen mit einer Schere ab, setzt sich neben sein Opfer, trinkt einen Schluck eisgekühlte Cola und wartet auf Blut. Aber es kommt nichts. Auch

auf seinen Kameras kann er nichts erkennen. Überhaupt nichts. Nicht einen einzigen Tropfen. Er startet ein neues Mp3-File, Edith Piaffs >Non, je ne regrette rien<, dreht die Anlage lauter, schneidet seinem Opfer den gestreiften Wollpullover und sein T-Shirt durch, schnappt sich ein Messer und setzt es am Bauch an. *Non! Rien de rien.* Das Panzerband hält nach wie vor bombenfest. *Non! Je ne regrette rien.* Stefans Kopf ist nach vorne gebeugt, aber kein Tropfen Blut läuft an seinen Wangen herunter. *Ni le bien qu'on m'a fait.* Moritz schneidet die Hose auf. *Ni le mal tout ça m'est bien égal!* Er zieht ihm die Hose von den Beinen, schneidet seinen Schwanz ab und wirft ihn in eine Tupperdose. Aber auch danach kommt kein Tropfen Blut aus dem Körper. Also schnappt er sich den Bohrhammer, das Messer und die Säge und stellt nach einer Menge körperlichem Einsatz fest, dass der Penner weder Blut noch Herz noch Hirn hat.

21.11.2005

„Und warst du bei Thomas im Krankenhaus?“, will Melanie wissen, als ich mir eine Zigarette anzünde.

„Ja! Noch am selben Abend.“

„Und?“

„Ich weiß nicht, er hat geschlafen, ich durfte nicht rein und habe den Blumenstrauß und die Pralinen bei der Stationsschwester abgegeben!“

„Geht es ihm immer noch nicht besser? Wie schrecklich. Und wie schnell das alles gehen kann, nicht wahr?“

„Du sagst es. Man geht fröhlich aus, trifft unglücklicherweise auf so besoffene Vollidioten und dann liegt man im Krankenhaus und kann froh sein, dass man überhaupt noch lebt.“

„Echt. Was müssen das für Menschen sein? Das hat nicht einmal Thomas verdient!“

„Ich weiß es auch nicht...,“ sage ich und schüttele den Kopf. „Einfach schrecklich und das in der lebenswertesten Stadt der Welt.“ Nach einer kurzen Pause sage ich: „Und hast du von dem Mord am Aasee gehört?“

„Ja, es kam sogar in den Nachrichten bei Antenne Münster!“

„Schrecklich nicht wahr?"
„Ja, ganz schlimm.
Da mein Handy klingelt, das auf meinem Schreibtisch auf seinem Handy-Sofa liegt, muss ich den Dialog mit Melanie unterbrechen.
„Wir reden später weiter!", sage ich, laufe an meinen Arbeitsplatz und nehme das Gespräch an. Die Stimme am anderen Ende der Leitung hat irgendetwas von der Synchronstimme von Chewbacca. Er ist definitiv Außerirdischer, wohnt aber in der lebenswertesten Stadt der Welt und es dauert ein paar Minuten bis ich verstanden habe, dass er sein iPod Ach-ist-ja-gar-nicht-mehr-so-toll-Shuffle heute Abend abholen will. Er wird bei der Abholung in bar bezahlen. Kein Problem! Den Penner bin ich schon los und das, was ich vorhabe nimmt nicht viel Zeit in Anspruch. Kurz nachdem ich aufgelegt habe, klingelt mein Telefon auch schon wieder. Der nächste Kunde möchte bedient werden. Ich setze mein Headset auf und nehme das Gespräch an.
„Guten Tag. Hier ist die Lift Hotline. Sie sprechen mit Moritz Becker, was kann ich für Sie tun?"
Ich sehe nach den Lagerbeständen der gewünschten Artikel und berate den Kunden, dessen Stimme irgendetwas von der Synchronstimme von Dagobert Duck hat. Da ich meinen Computer nicht benötige, denn ich habe alle Informationen über das Produkt im Kopf, stehe ich von meinem Drehstuhl auf, stelle mich auf den Gang und blicke hinaus auf das Hafengelände. Plötzlich, als ich dem Kunden die Vorzüge des Produktes im Vergleich zu einem anderen Produkt erkläre, reißt Shrek aus Versehen einen Hafenkran aus seiner Verankerung und der fällt daraufhin ins Wasser. Das Wasser spritzt hoch, sogar bis an unser Fenster in der dritten Etage, und ich kann eine Flutwelle sehen, die über den Hafenkai schwappt. Glücklicherweise wird niemand verletzt und dann sehe ich wie Shrek sich schleunigst vom Acker macht und der Hafenkran wieder aus dem Wasser auftaucht, weil der Hafenkran kein echter Hafenkran war, sondern ein Transformer. Der Transformer verwandelt sich in einen Airbus 380 und verschwindet in den Wolken.

Bis Feierabend fertige ich nur Kunden ab, die alle so klingen wie die Simpsons auf 78 RPM. Aber dann habe ich mein Soll erfüllt, setze mich kurz vor Feierabend zu Daniela und frage sie, was mit Anne sei.
„Keine Ahnung, die ist mal wieder krank! Ich weiß aber nicht, was sie hat, aber so wie ich sie kenne, ist es sicherlich irgendetwas Psychisches. Die ist doch ein einziger Haufen Komplexe", sagt sie, als sei sie eine komplexfreie Zone, was ich beim besten Willen nicht annehme, dafür ist ihr Arsch doch ein wenig zu groß und ihre Möpse und ihr Hirn ein wenig zu klein. Doch wer ist schon komplexfrei? Außer mir, natürlich.
„Aha. Und wann wird sie wieder hier sein?"
„Ich hab' keine Ahnung! Interessiert mich nicht. Von mir aus braucht sie überhaupt nicht wiederkommen."
Gleich nachdem ich Feierabend habe, fahre ich zu Mjam Mjam und bestelle mir bei dem Verkäufer, der so aussieht wie Bruce Wayne eine Portion Fritten und eine Schale mit Currysauce zum Mitnehmen. Die ist aber nicht für mich bestimmt, sondern für jemand anders. Mit dem Essen in der Hand geht es zu meinem Wagen. Ich setze mich und starte meine Kamera, krame eine Tupperdose hervor, fülle die vorgekochten Pimmelstücke, die ich Stefan abgeschnitten habe in die Schale mit Currysauce und verrühre sie mit einer Pommes. Sieht zwar irgendwie komisch aus, als sei die Currywurst ein wenig verschrumpelt, aber egal, irgendein Penner am Bremer Platz wird sich sicherlich darüber freuen. Als ich im Parkhaus am Bremer Platz parke, klingelt mein Handy. Der Käufer des iPod Ach-ist-ja-gar-nicht-mehr-so-toll-Shuffles hat mir eine Kurzmitteilung geschickt. Er steht vor meiner Tür und wartet. Da ich keine schlechte Bewertung haben möchte, muss ich mich jetzt aber sputen. Ich schicke ihm eine kurze Antwort:

Bin in zehn Minuten da!

Ich schnalle mir meine Kamera um, starte die Aufnahme und gehe rüber zu einem der Penner, die vor dem Bahnhof betteln.
„Hast du ein bisschen Kleingeld?", fragt er mich.
„Nein, aber ich habe etwas anderes für dich!"

„Hä?"
„Ich arbeite bei Pro Sieben. Wir machen eine Reportage über Schweinskopfsülze und drehen im Schlachthof. Nach der Mittagspause werden die Schweine halbiert und ich muss wieder an der Kamera stehen. Wir haben für die Crew eine Portion zu viel gekauft! Willst du eine Portion Pommes Currywurst?", sage ich. In diesem Moment erkenne ich bei dem nach Loser stinkenden Penner eine unglaubliche Ähnlichkeit mit Simon Gosejohann.
„Alles klar. Ich habe heute noch nichts gegessen!"
Ich reiche ihm die Tüte und er öffnet sie gierig.
„Guten Appetit!"
„Danke, vielen Dank!" Er freut sich richtig über das Gericht und auch ich freue mich.
„Kein Problem! I love to entertain me", sage ich, blinzele ihm mit beiden Augen zu und verschwinde. „Ich muss wieder zurück zur Arbeit."
„Ciao. Und nochmals vielen Dank!"
„Gern geschehen! Und noch mal: Guten Appetit!", sage ich und hoffe, dass er daran erstickt.
Als ich auf dem Weg zurück ins Parkhaus bin, stoppe ich die Aufnahme und werfe einen Blick auf das eben Gefilmte. Sofort sehe ich, dass es nicht besonders gut gelungen ist. Allerdings kann man das Wichtigste erkennen. Nämlich, wie ich Dreck an Dreck verfüttere. Das reicht mir und ich fahre schnell heim, schließlich will ich den Käufer nicht Ewigkeiten warten lassen.
Kurz nachdem ich meine Wohnung betreten habe, klingelt es auch schon an der Tür und einen Moment später steht ein Kerl vor mir, der nicht nur stimmlich irgendetwas von Chewbacca hat, sondern auch genauso aussieht. Ich reiche ihm das Paket mit dem weißen iPod Ach-das-ist-ja-gar-nicht-mehr-so-toll-Shuffle. Er gibt mir das Geld und während ich es nachzähle, öffnet er den Karton und checkt die Ware. Als er sein neu erworbenes Gerät in der Hand hält, macht er plötzlich merkwürdige Laute und streckt seine stark behaarten Arme in die Höhe. Chewbacca freut sich tierisch und da er so unglaublich groß ist, erreicht er fast die hohe Decke im Treppenhaus. Einen Moment später hat er sich wieder gefasst,

steckt alles ein und verschwindet. Ich begebe mich ins Internet, logge mich bei Ebay ein und gebe eine positive Bewertung ab.

Netter, haariger Ebayer; schnelle Abholung und Bezahlung. Super! ☺

Nachdem ich mich ausgeloggt habe, versuche ich aus dem ganzen Filmmaterial, das ich heute und in den letzten Tagen auf all meinen Kameras aufgenommen habe, eine Szene zusammenzuschneiden. Ist gar nicht so einfach, waren immerhin vier unterschiedliche Filme, aber nun weiß ich, wieso ich kein Blut sah: Ich hatte den Aufnahmemodus der Kameras auf 16 Jahre Altersbeschränkung gestellt.

Um kurz vor vier Uhr morgens habe ich etwa drei Minuten, die prima in die Version für meinen Bruder passen. Die Szene beginnt damit, wie ich ihm mein Equipment vorstelle und endet mit der Entsorgung des Penners am Aassee zwei Tage später. Am Ende habe ich die Szene mit dem Hit >Time To Say Goodbye< von Sarah Brightman & Andrea Bocelli unterlegt. Das passt wunderbar zu der letzten Einstellung auf der man Stefan, den Penner, mit dem Kopf nach unten im Schilf treiben sieht und im Hintergrund der schwarze Schwan Peter einmal durch das Bild schwimmt. Ich speichere die Datei ab und werfe kurz vorm Schlafengehen noch einen Blick auf meine Ebay Seite. >the_real_chewbaca< hat eine positive Bewertung abgegeben. Natürlich. Meine 666ste. Er schreibt:

„Hmmmmm, ☺ Wäaaaaahmmm! Hähm.1***** Hähhähmmh☺ lol"

22.11.2005

Ich habe mir heute Gedanken über die Szenenreihenfolge meiner Filme gemacht. Es hat ein bisschen gedauert und war gar nicht so einfach, denn ich drehe ja gleich zwei Versionen, die sich in ihrer Dramaturgie deutlich voneinander unterscheiden.

Der eine Film wird sich ganz und gar um das schöne Arbeitsklima bei Lift drehen. Ein echter Imagefilm, mit fleißigen Arbeitern, lustigen Kollegen und spannenden Bestellvorgängen. FSK 6.

Der andere Film wird toll. Ohne Jugendfreigabe. Mit erstklassigen Pornoszenen, Splatter, Blut, Kotze, Sperma, Pisse und echter

Kunst. In den Hauptrollen u.a. Minnie Mouse, Stefan und Thomas. Und ich. Ich verwette meinen Arsch darauf, dass sich mein Bruder tierisch über dieses einmalige Geschenk freuen wird. Genauso wie meine Mitarbeiter. Ich drucke die Szenenübersichten aus, und auf ein Mal steht Lucky Luke vor mir und versperrt die Sicht auf meinen Fernseher, in dem eine Reportage über Safaritouristen in Kenia läuft.
„Sag‘ mal Moritz, hast du die Daltons gesehen?“, fragt er.
„Nee, leider nicht! Aber Lucky, könntest du bitte aus dem Bild gehen. Ich würde gerne die Reportage sehen.“
„‘tschuldigung“, antwortet er und setzt sich neben mich. Gemeinsam schauen wir uns die Reportage an.
„Ich glaube, meine Mutter war in dem Ressort!“ Das hat sie mir doch erzählt.
„Ist echt schön! Da wird man richtig neidisch!“, sagt Lucky Luke.
„Das sage ich dir aber!“
„Deine Mutter erlebt richtig was.“
„Ja, die hat noch was vom Leben. Am Wochenende feiert sie ihren Geburtstag.“
„Wie alt wird sie?“
„Keine Ahnung.“

25.11.2005

„Hi Mama!“
„Hallo Sören!“
„Hier ist Moritz!“
„Ach, du hörst dich aber genauso an wie er!“
„Ich bin krank!“, sage ich, obwohl ich kerngesund bin und meine Stimme nur durch den Stimmverzerrer so wie die meines Bruders klingt.
„Ich werde morgen früh nicht zu dir fahren können. Mich hat es voll erwischt. Fieber, Schüttelfrost, schlappe Glieder, Kopfschmerzen. Das volle Programm!“
„Ach, das ist schade. Aber, wenn es dir nicht gut geht, dann bleib lieber zuhause. Dein Bruder ist ebenfalls krank. Er hat sich den

Rücken verrenkt. Und kann sich nicht bewegen!"
„Und was machst du?"
„Ich bin morgen Nachmittag noch mit meinen Freunden verabredet. Und dann schmeiße ich eine kleine Party!"
„Dann wünsche ich dir viel Spaß!"
„Danke! Sag' mal guckst du dir auch den Spendenmarathon an?"
„Sicher. Das ist doch das TV Highlight des Jahres!" Der zehnte RTL-Spendenmarathon zu Gunsten bedürftiger Kinder.
„Ich habe auch schon was für die armen Kleinen gespendet!"
„Gut gemacht! Aber ich muss jetzt Schluss machen. Das Telefonieren ist total anstrengend."
„Das glaube ich dir! Ja, dann gute Besserung!"
„Und dir einen schönen Geburtstag!"
„Den werde ich haben!"
Das glaube ich. Ich setze mich an mein Powerbook und checke meine E-Mails. Mein Bruder hat mir geschrieben.

VON: soerenthehustler123@gmx.de
AN: moritz.becker0815@web.de
BETREFF: Morgen geht's rund und guck ma' was ich gefunden habe

Hi Moritz,

alles klar bei Dir? Morgen ist der Gang Bang. Ich habe mir eine Tigermaske besorgt und freue mich schon total. Es sind alle 50 Plätze ausgebucht. Wünsch' mir viel Spaß!

Hau rein

Sören

P.S.: Check mal den Film, den ich dir angehängt habe. Das ist vielleicht irre, was die damals gemacht haben. Ach ja, Sie haben mal wieder einen Internet-Pädophilen-Ring ausgehoben.

Struwwelpeter.wmf 8,1 Mb

Morgen geht mein Bruder also mit einer Tigermaske zum Gang Bang. Na, dann bin ich ja gespannt auf das, was er danach zu berichten hat. Ich lade den angehängten Film runter und nach einem Doppelklick erscheint ein alter Schwarzweißfilm. Wegen der grässlichen Qualität wirkt er ein wenig nostalgisch. Es läuft Wagner. Man sieht das Haupttor des Konzentrationslagers in Dachau. In der nächsten Szene sieht man einen Kerl, der irgendetwas vom Suppenkaspar, aber auch vom Struwwelpeter hat und zudem noch am Daumen nuckelt. Er sitzt an einen Stuhl gefesselt in einem von Säulen gestützten Raum. Auf seinem gestreiften Anzug ist ein Judenstern zu sehen, auf den sein Name gestickt ist. Er heißt >Konrad<. Nach ein paar Sekunden betritt ein Mann den Raum, der so aussieht wie Dr. Mengele und einen metallenen Zylinder, einen schwarzen Frack und schwarze Ballerinas trägt. Der Mann hüpft auf und ab und singt:
„Weh! Jetzt geht es klipp und klapp,
mit der Scher‘ die Daumen ab.“
Dann holt er eine riesige Heckenschere aus seiner Fracktasche und schneidet dem gut fixierten Nichtzappelphilipp beide Daumen ab. Was der Mann dann sagt, kann man kaum verstehen, und Wagner läuft ja auch noch, und ich muss es mir immer wieder ansehen bis ich die Worte erkannt habe:
„Mit der großen scharfen Scher‘!
Heil! Da schreit der Konrad sehr.“
Die Schreie von Konrad passen wirklich hervorragend zu Wagner.

27.11.2005

Es schneit. Und wie. So etwas habe ich bisher nur in den Alpen erlebt. Aber dort gibt es Hügel und es ist nicht so flach wie hier im Münsterland. Dort macht so ein Schneefall Spaß. Hier sieht er zwar schön aus, ist aber nervig. Ich hab‘ eine halbe Ewigkeit gebraucht bis ich hier war und jetzt muss ich pissen.
Ich trete in meinen Hausflur, klopfe mir die Flocken von der Jacke und betätige den Lichtschalter. Nichts tut sich. Ich tapse vorsichtig durch den Flur bis zur Treppe und gehe langsam hinauf.

Als ich auf der dritten Stufe bin, schießen mir Bilder von diesen ganzen Filmen in den Kopf, in dem irgendetwas Böses aus dem Dunkeln erscheint. Als ich oben ankomme, versuche ich so schnell wie möglich die Tür zu öffnen, doch es gelingt mir nicht sofort. Endlich klappt es. Jetzt aber schnell rein. Ich lasse meine Tasche fallen, laufe ans Fenster, blicke auf die Straße. Der komplette Häuserblock ist dunkel. Nicht einmal die Straßenlaternen sind an. In den Fenstern der gegenüberliegenden Häuser sehe ich mehrere Menschen, die Kerzen in ihren Händen halten und genau wie ich überrascht und nervös auf die Straße blicken. Ich muss wieder an diese ganzen bösen Sachen aus dem Dunkeln denken, also hüpfe ich schnell ins Bett - das ist der sicherste Ort. Ich ziehe die Decke über die Ohren. Es ist gespenstisch ruhig. Einmal fährt ein Auto über die Straße und das Schweinwerferlicht huscht durch mein Wohnzimmer. Fast wie ein Ufo. Danach ist es wieder ruhig. Nirgendwo ein beruhigendes Geschrei aus dem Fernseher. So liege ich dann da. In der Finsternis. Ich muss dringend pissen. Aber da ich mich nicht auf die Toilette traue, die bösen Dinge aus dem Dunkeln wollen nicht verschwinden, pisse ich mir fast in die Hose. Ich verkrieche mich unter meine Decke, schnappe mir mein Handy und sehe, dass ich keinen Empfang habe. So ein Mist. Ich halte das Handy an mein Ohr. Auch dort tut sich nichts. Ich ziehe die Decke langsam vom Kopf und blicke mich um. Es ist dunkel. Was ist hier bloß los? Plötzlich ertönt ein Knarren aus dem Flur. Ich erschrecke mich tierisch und zucke zusammen. Das Handy fällt mir aus der Hand und landet auf dem Laminatboden und ich unter der Decke. Wie soll ich nun bloß meine Mama erreichen? Es dauert eine ganze Weile bis ich den ersten Blick auf das Handy wage. Ich sehe, dass ich dort, auf dem Boden, Empfang habe. Ich krabbele aus dem Bett, schnappe mir das Handy und rufe meine Mama an. Es klingelt und klingelt und klingelt und klingelt und klingelt und dann bekomme ich die Mailboxansage zu hören, die mir sagt, dass sie zurzeit auf Lanzarote ist und dort einen depressiven französischen Schriftsteller am Strand kennengelernt hat. Schluchzend hinterlasse ich ihr eine Nachricht:

IMMER WENN ICH DICH BRAUCHE, BIST DU NICHT DA!

10.12.2005

Ich werde Anne ein tolles Geschenk besorgen. Eins, das sie an ihre Vergangenheit erinnert. An die guten alten Zeiten, damals als alles noch nicht in Ordnung war. Ich fahre mit meinem Wagen in die Stadt und gehe, nachdem ich eine Stunde auf einen freien Parkplatz an der Stubengasse gewartet habe, zu Karstadt in die Spielwarenabteilung, in der ich mich gleich an eine Verkäuferin wende, die irgendetwas von Sissy, der Kaiserin hat. Ohne Witz. Sie trägt sogar ein Krönchen.

„Guten Tag. Ich bin auf der Suche nach einem Geschenk für meine vierjährige Cousine. Sie hat vor kurzem ein kleines Brüderchen bekommen und jetzt will ich ihr eine Freude bereiten. Ihre Eltern haben mit dem Baby genug zu tun“, sage ich freundlich und mit breitem Grinsen.

„Ach, das es solche aufmerksamen Männer überhaupt noch gibt!“, antwortet sie. Ja, ja. Sie führt mich zu einem der vollgepackten Regale. Die Auswahl ist riesig und ich bin froh, dass ich mich sofort an eine der kompetenten Spielwarenverkäuferin gewandt habe.

„Ich empfehle Ihnen ein eigenes Baby für das kleine Mädchen. Das hilft gegen die Eifersucht und damit kann sie alles machen, was die Mutter ihr vormacht. Sehen Sie!“

Die Verkäuferin nimmt ein Plastik-Baby aus dem Regal. Es ist so groß wie ein echtes Baby. Die Hautfarbe ist weiß, mitteleuropäisch bis nordisch. Ein Qualitätsprodukt mit aufgedrucktem Gütesiegel an der rechten Wade, genau an der Stelle, an der sich bei mir der Nike Swoosh befindet.

„Diese Puppe ist ideal für Ihre Zwecke. Sie ist 50cm lang und etwa 800g schwer. Sie kann sogar mit echten Baby- Sachen angezogen werden.“

„Tatsächlich. Das ist fantastisch, was die sich alles dabei denken. Die nehme ich.“

„Junge oder Mädchen?“

„Ein Mädchen!“ Die Verkäuferin reicht mir den Karton und wir gehen rüber zur Kasse.

Auf meinem weiteren Weg durch die Stadt, kaufe ich mir ein weißes Paar Lederhandschuhe und einen Karton.

Kartongröße Kindersarg.
„Da wird sich aber jemand freuen!", sagt der Mitarbeiter in der Postfilliale, der irgendetwas von Balou, dem Bären hat, weil er annimmt, dass ich einem kleinen Kind eine Freude bereiten möchte.
„Das glaube ich auch!"
Anschließend fahre ich zum Edeka und kaufe ein halbes Kilo Blutwurst und 200g Schweinskopfsülze.
„Darf's auch ein bisschen mehr sein?", fragt mich die Verkäuferin, die irgendetwas von Sandra Maischberger hat.
„Na, klar. Bei der guten Schweinskopfsülze doch immer! Ach, wissen Sie was, machen Sie gleich 300g draus."

Als ich wieder in meiner Wohnung bin, ziehe ich die neuen Handschuhe über, stelle meine Kamera in der Küche auf und starte die Aufnahme. Ich schnappe mir meine Geflügelschere und schneide das Baby in Einzelteile, was einfach geht, schließlich benutze ich ein Qualitätsprodukt, das spielend leicht durch den Kunststoff schneidet. Vielleicht geht das bei einem richtigen Baby genauso leicht. Diese Frage sollte ich mal ins Kopernikusforum stellen. In einer ihrer Reportagen haben die ja berichtet, dass Knochen erst viel später richtig hart werden. Aber geht das dann trotzdem genauso leicht wie bei einer Puppe? Und ob Aiman Ablablabla diese Frage durch eins seiner XXL-Experimente beantworten kann? Meinem Vorschlag mit der Schweinskopfsülze sind die Fotzen nicht nachgegangen. Sie haben den Beitrag nach ein paar Tagen aus dem Forum gelöscht. Ja, ja, der blöde Aiman Ablablabla, sein Expertenteam und sein Scheißquotenneger! Die haben doch keine Ahnung was wirklich interessant ist! Wer nicht fragt, bleibt dumm und der ganze Mist. Dieses Scheißfernsehprogramm haben wir der Sesamstrasse zu verdanken.
Ich lege die Schere zur Seite, schnappe mir die frische Blutwurst und schmiere die Extremitäten, den Rumpf und den kleinen abgeschnittenen Kopf mit ihr ein. Die süßen blauen Kulleraugen öffnen und schließen sich dabei mehrmals. Ich setze mit dem Tomaten Ketchup noch ein paar Highlights, dann nehme ich die Kamera vom Stativ und zoome von oben auf mein Kunstwerk. Es

sieht fantastisch aus. Wie ein zerrissenes Baby. Ist eigentlich viel zu schade, das Meisterwerk an die dumme Pute zu schicken.
Ich wickele den Babykadaver in Zeitungspapier ein, stecke das Ganze in den Karton, klebe ihn zu und beginne damit, Überschriften aus meinen gesammelten FHM-Ausgaben zu suchen und die passenden Buchstaben auszuschneiden. Diese klebe ich auf ein weißes DIN A4 Blatt. Der Text lautet:

MAMA! WIESO HAST DU DAS GEMACHT?

Nachdem ich meine Kollage fertig gestellt habe, bin ich richtig stolz auf mich. Der Zettel sieht so aus, wie man sich einen Erpresserbrief vorstellt. Ich drucke Annes Adresse aus und klebe sie anschließend auf den Karton. Um einen Absender zu haben, erfinde ich eine Firma. Und zwar die Beautiful Aging Schönheitsfarm GmbH aus Senden. Der Heini bei der Post wird das sicherlich nicht bemerken. Der hat den ganzen Tag irgendwelche Hackfressen vor der Linse, die irgendetwas verschicken wollen, da wird es ihn nicht interessieren, was ich verschicke und ob alles seine Richtigkeit hat. Der ist froh, wenn er Feierabend hat und an seinem Bier nippen darf. Ich klebe den Karton zu, sprühe mich voll mit meinem Parfüm, behalte meine Handschuhe an und fahre zur Post. Es ist herrliches Wetter. Der schönste Sonnenschein seit langem, selbst wenn es saukalt ist.
Nachdem ich mein Auto in der Nähe des Bahnhofs geparkt habe, besprühe ich mich erneut mit dem Parfum. Ich bin richtig verschwenderisch, bis es in der Nase brennt. Aber: Es gibt keinen Luxus ohne Parfum. Das hat Karl Lagerfeld gesagt, glaube ich zumindestens.
Ich gehe hinein in die Post und als ich endlich an der Reihe bin, bitte ich den Postbeamten, der wie der Glöckner von Notre Dame aussieht, nach einer üblichen Zustellung. Da ich immer noch Handschuhe trage, werde ich merkwürdig angeschaut, und ich erkläre ihm, dass diese einzigartigen weißen Lederhandschuhe mich vor Bakterien schützen.
„Sie ahnen nicht einmal, was alles um Sie herum passiert! Wenn Sie nur wüssten!“ Er verdreht seine Augen. Ich bin die Art Kunde,

die er so schnell wie möglich loswerden will. Solche kenne ich genau. Dann tippe ich mit meinem rechten Zeigefinger auf die aufgeklebte Absenderadresse. Er begreift schnell. Beautiful Aging Schönheitsfarm GmbH aus Senden. Für ihn bin ich ein Beautyfreak. Mein Parfüm hat er sicherlich bemerkt, denn so dick, wie ich es aufgetragen habe, ist es überhaupt nicht zu überriechen. Es sei denn, seine Nase funktioniert nicht richtig. Blinde können nicht sehen. Taube können nicht hören. Stumme nicht sprechen. Wie heißen eigentlich Menschen, die nicht riechen können? Und wie häufig kommen die vor? Das sollte man mal Aiman Ablablabla fragen.

13.12.2005

Im Stern, der heute auf der Arbeit rumliegt, ist auf einer Doppelseite eine Sandburg abgebildet. In weißen Buchstaben steht davor: *„Du bist Walter Gropius!“*

Wer zum Geier ist Walter Gropius?

Ganz klein, unten in der Ecke ist eine Internetadresse abgedruckt und nachdem ich mir, trotz mehrere Kunden in der Warteschleife, einen Überblick über die Internetseite verschafft habe, weiß ich erst, wie viele außergewöhnliche Persönlichkeiten unser Land hervorgebracht hat. Ist ganz schön erstaunlich für solch ein scheiß Volk wie das unsere. Da ich auch dazugehören will, trete ich der Deutschland Galerie bei. Das geht ganz schnell. Ich lade ein kleines Portraitfoto von mir hoch. Ein Foto, das ich auf meinem neuen iPod Ach-das-ist-ja-noch-viel-toller-Nano gespeichert habe und auf dem ich in eine dicke Bratwurst beiße. Gleich darauf verfasse ich einen kurzen Kommentar, der dann direkt unter meinem Foto erscheint: „Ich bin... dick und fett und hab kein Geld! Ich bin armes Deutschland!“

Kurze Zeit später bin ich fertig, schicke meine Daten ab und finde mein Portrait zwischen tausend Gleichgesinnten, die alle Deutschland sind. Das erfreut mich. Es ist ein tolles, subtiles Gefühl. In homöopathischer Konzentration. Sozusagen. Fast wie in der Familie meines Telekommunikations- und Stromanbieters.

Zuhause schaue ich mir RTL aktuell an. Es wird über die Hinrichtung von Stanley „Tookie" Williams, 51, berichtet, einem mutmaßlichen vierfachen Mörder und Kinderbuchschreiber, der mehrfach als Kandidat für den Friedens- und Literaturnobelpreis nominiert wurde. Der kalifornische Gouverneur Arnold Schwarzenegger a.k.a. The Running Man hat bereits gestern Nachmittag ein Gnadengesuch abgelehnt. Der Terminator findet selbst nach gründlichem Suchen keinerlei Gründe für eine Begnadigung. Als hätte der Terminator jemals Gnade besessen. Er ist der Terminator (der Terminator!).
Ich schalte den Fernseher auf lautlos, laufe rüber in die Küche und mache mir eine Salami-Pizza. Als die Pizza fertig ist, muss ich einen dreckigen Teller nehmen, weil kein sauberes Geschirr mehr da ist und sich die dreckigen Teller auf der Arbeitsfläche stapeln. Normalerweise wäre Mounia heute gekommen, aber sie ist mit ihrem Mann im Ski-Urlaub. In Saas Fee in der Schweiz. Dass sie sich das überhaupt leisten kann? Aber vielleicht bezahle ich zu viel? Im neuen Jahr sollte ich eventuell mal Tarifverhandlungen mit ihr durchführen. Wenn sie streikt, dann feuere ich sie einfach. Ist ja kein Problem. Geht ganz einfach per Kurzmitteilung und ist heutzutage gang und gäbe. Dann hole ich mir eine billige Arbeitskraft aus Polen. Die putzen für das gleiche Geld vielleicht sogar nackt. Ich muss mich mal erkundigen, denn so kann das nicht weitergehen. In meiner Wohnung sieht es vielleicht aus! Und Mounia kommt erst in der nächsten Woche!
Während ich die Pizza esse und mir eine Reportage über einen Lachsfarmer in Kanada anschaue, fällt mir eine lustige Idee ein. Das wird ein Spaß werden. Ich esse hastig auf, schalte den Fernseher aus und mache mich mit einem Haufen Kleingeld auf den Weg in die Stadt.
Von der ersten Telefonzelle mit Münzeinwurf, die ich finden kann, rufe ich Anne an. Ihre Nummer kenne ich inzwischen auswendig. Ist auch immer noch die gleiche. Frage mich wieso sie sie nicht mal so langsam wechselt. Sie nimmt gleich nach dem dritten Klingeln ab, ich nehme meinen Stimmverzerrer und sage:
„Ich bin Ludwig van Beethoven."

Dann lege ich auf und rufe erneut an.
„Ich bin Karlheinz Rummenigge“
Aufgelegt.
„Ich bin Franz Beckenbauer.“
Aufgelegt.
„Gerd Müller und Rudi Völler. Thomas Doll und Kevin Kuranyi.“
Auf einmal klingelt mein Handy. Ich krame es aus der Hosentasche und sehe, dass Michael mir eine Kurzmitteilung geschickt hat:

> Wusstest Du, dass Heinrich Heine genau Heute vor 208 Jahren in Düsseldorf geboren wurde?

Heinrich Heine? Den kenne ich doch von der Internetseite. Ich tippe eine Antwort ein:

> Klar wusste ich, dass Heinrich Heine heute Geburtstag hat. Und weißt Du, dass Ronald McDonald heute ebenfalls Geburtstag hat?

Dann laufe ich zur nächsten Telefonzelle, an der ich mich nach Roger Willemsen und Dolly Buster in Albert Einstein verwandele. Auf dem Weg zum nächsten Telefon erhalte ich Michaels Antwort.

> Ronald McDonald hat heute nicht Geburtstag. Du kannst mir da nichts erzählen ☺ Daten sind mein Hobby. Gehst Du am Freitag zur Weihnachtsfeier?

Ich tippe meine Antwort:

> Cooles Hobby. Hast recht mit R. McDoof. War bloß ein Scherz. Klar gehe ich zur Weihnachtsfeier!

Ich freu mich schon auf den Abend. Das wird mein großer Auftritt. Da werde ich aller Welt zeigen, was für ein toller Kerl ich bin.
Als ich die nächste Telefonzelle erreiche, habe ich mich in Otto Lilienthal verwandelt. Zweihundert Meter später in Michael Schumacher. In der Telefonzelle daneben bin ich Alice Schwarzer - deren Stimme durch den Stimmverzerrer irgendetwas von der Synchronstimme von Lisa Simpson hat und unglaublich lächerlich klingt. Ebenso wie die von Elke Heidenreich, in die ich mich gleich danach verwandele. Ich knalle den Telefonhörer auf, rufe gleich danach erneut bei Anne an und verpasse ihr durch die Identität von Max Schmeling den Knockout. Sie bricht in Tränen aus.

„Wer sind Sie? Wieso lassen Sie mich nicht in Ruhe?“, schluchzt sie. Ich komme mir vor wie in den Horrorfilmen >Scream< - gleich alle drei Teile auf einmal, was das Gefühl um ein vielfaches intensiviert - halte mir den Verzerrer vor den Mund und sage - mit einer Stimme, die irgendetwas von der Synchronstimme von HAL 9000, dem Computer des Raumschiffs Discovery im Film >2001: Odyssee im Weltraum<, hat: „Weil du arm bist, bin ich derjenige, der dich zwickt. Derjenige, der dich belästigt. Derjenige, der was von dir will, wenn du Ruhe benötigst. Derjenige, der dir nicht aufhilft, wenn du am Boden liegst. Ich lasse dich niemals in Ruhe. Bis du stirbst. ICH BIN DEUTSCHLAND!“

16.12.2005

Während mein Powerbook meinen Film – die Version für meine Arbeitskollegen und Freunde – auf DVD brennt, chatte ich mit Anne.

dr. no: 18.25.04
meine teure, darf ich Sie fragen, wie Sie das weihnachtsfest verbringen werden?

mayday: 18.25.09
mein lieber dr. no., als uneheliches kind, unerwünscht und ungeliebt, zudem tyrannisiert von terroristen, bleibt einem nichts, als die ungeheure einsamkeit. ich werde alleine feiern. wenn man das feiern nennen kann.

dr. no: 18.25.17
aber haben Sie denn niemanden? wirklich niemanden?

mayday: 18.25.23
nein, zu meiner schande, kenne ich meinen vater nicht und meine mutter ist mal wieder im haus des leids an ein bett gefesselt. wie Sie unschwer erkennen können, gibt es keine alternativen. glückselig, wer niemals im leben leid gekostet!

dr. no: 18.25.42
doch diesem bleibt nur die langeweile, welche man auch nicht unbedingt als schön bezeichnen kann.

mayday: 18.26.00
ewige langeweile ist besser als ewiges leid. für mich gibt's keine schmerzen, keine schicksalsschläge, keine schmach und schande, die mir nicht begegnet sind. ich wurde gar wegen mordes angezeigt.

dr. no: 18.26.27
was lese ich da? Sie? aber was haben Sie nur getan?

mayday: 18.26.34
es ist grässlich. meine teure frau mama hat mich wegen mordes angezeigt.

dr. no: 18.26.37
und wem sollen Sie das leben ausgehaucht haben?

mayday: 18.26.43
Ihr höchstpersönlich. ich nahm ihr das leben, als ich geboren wurde. o weh! wer so heimgesucht vom leid wie ich, für den ist früher tod nichts als erlösung.

An der Eingangstür des Sushi-Restaurants klebt ein Zettel. Auf dem steht: *„Geschlossene Gesellschaft"*
Ich ziehe die Tür auf, betrete das Restaurant und blicke mich um. Der niedrige Raum wirkt steril, in Zeitschriften wird so etwas als minimalistisch bezeichnet, als cool und stylish. Genau wie in meiner Wohnung, die Mounia hoffentlich in der nächsten Woche aufräumen wird. Das Licht ist gedimmt, graue Fliesen zieren den Boden und die schwarzen Designertische sind zu einem großen, U-förmigen Tisch aufgestellt. Es gibt keine Tischdecken. Rote Sets liegen auf dem schwarzen Holz und definieren den jeweiligen Sitzplatz. Es sind knapp vierzig Leute anwesend und heute sehen alle aus, als seien sie fleißige Bienchen. Anne ist nicht da und Thomas selbstverständlich auch nicht. Sie ist immer noch krankgeschrieben und bei ihm wird es noch ein paar Wochen dauern, bis er sich wieder ohne Hilfe bewegen kann.
Mein Chef, wie immer in einem wunderschönen Anzug, kommt auf mich zu und schüttelt mir die Hand, verschränkt seinen linken Arm hinter seinem Rücken, verbeugt sich vor mir, nippt an seinem Wodka-Lemon, stellt ihn auf einen Tisch und erklärt mir die Regeln

des Abends: „Du warst ja schon mal bei unserer Weihnachtsfeier, aber ich möchte dich daran erinnern, dass du heute soviel saufen musst, wie es nur geht. Und du kannst dich auch vollkommen daneben benehmen. Heute ist alles erlaubt." In seinen Nasenhaaren haben sich weiße Körner festgesetzt. Wie vorherzusehen, macht er heute mal wieder den Schneepflug. Bei Tiefschnee.
„Danke, danke, coole Sache!"
„Ich habe meinen Film dabei!", sage ich.
„Du hast deinen Film dabei? Hast du ihn endlich fertig? Ja wunderbar. Dann zeigen wir ihn nach meiner Rede."
„Super!"
Mein Chef klopft mir mehrmals energisch auf die Schulter und führt mich zu einem der freien Plätze. Währenddessen schreit er immer wieder: „Guter Mann, guter Mann!".
Ich bestelle mir bei der Kellnerin, die irgendetwas von Morticia Addams hat, ein Bier und setze mich neben Michael.
Nach und nach treffen die restlichen Mitarbeiter ein. Alle werden auf die gleiche Art und Weise von meinem Chef begrüßt. Es kommt mir vor, als hätte er seinen Text und seine Gesten vor dem Spiegel einstudiert. Alles erfolgt in derselben Reihenfolge: Händeschütteln, Verbeugen, Regeln erläutern. Einzige Ausnahme: Yasmin. Ihr reicht er nicht die Hand, sondern klopft ihr auf den Arsch. Aber das würde ich auch machen. Als alle anwesend sind, verschwindet mein Chef gemeinsam mit ihr kurz auf Toilette, auf der es drei Möglichkeiten gibt: Koksen oder Ficken oder Koksen und Ficken.
Um kurz nach neun beginnt der Vortrag des Chefs. Er steht mit einem Funkmikrophon in der Hand vor uns und unser Beamer, den wir für unsere Schulungen benutzen, projiziert Fotos der einzelnen Karrierestationen an die weiße, ausrollbare Leinwand. Die Geschichten, die er auf dem Sommerfest bereits erzählt hat, wurden von der Graphikabteilung mit Bildern unterlegt. Die Anfangsjahre in Schwarzweißbildern. Um einen nostalgischen Touch mit hineinzubringen. Erst nach ein paar kurzen Anekdoten kommt ein wenig Farbe ins Spiel und auf die Leinwand. Und kurz nach Einführung der Farbe sind wir auch schon wieder in der

Gegenwart. Dem Geschäftsjahr 2005, das retrospektiv betrachtet wird. Für jeden Monat gibt es ein besonderes Ereignis. Jedes Mal wird laut gejubelt, geklatscht, gelacht oder gepfiffen. Die Stimmung wird immer ausgelassener. Die meisten Anwesenden haben schon früh mit dem Saufen begonnen. Da war ich noch mit dem Brennen meines Films beschäftigt.

Ganz am Ende erwähnt mein Chef, dass 2005 das bisher erfolgreichste Jahr der Firmengeschichte war und 98,2% aller Kunden - bei Ebay sind es sogar 99,9% - mit unserem Service zufrieden waren. Mit dem Satz >Ich bin stolz auf euch! < beendet er seine Rede und es kommt zu einer unangenehmen Rückkopplung, die wie ein Messer in den Ohren sticht. Er dreht die Lautstärke ein wenig runter, aber dann hat er auch nichts mehr zu sagen und wir klatschen, jubeln, grölen und pfeifen. Minutenlang. Als wieder ein wenig Ruhe eingekehrt ist, stehe ich von meinem Sitzplatz auf und gehe klatschend auf meinem Chef zu, der mich gleich ankündigt.

„Moritz hat seinen Film fertig und wird ihn jetzt präsentieren. Ich bitte um einen Applaus für Moritz!“

Ich reiche meinem Chef die DVD, er legt sie in den Laptop, bittet die Anwesenden um Ruhe und startet meinen Film per Doppelklick. Es dauert ein paar Sekunden, dann beginnt die Filmpremiere. Die erste Szene ist dieses typische Runterzählen, das man von alten Schwarzweißfilmen kennt. 3,2,1. Fast wie bei Ebay. Nur das einem dann nichts gehört. Dann folgen die Szenen, die zeigen, wie einzigartig das Arbeitsklima innerhalb des Unternehmens ist. Häufig wird gelacht. Meistens sind es dann auch die Leute, die in den Szenen vorkommen. Ach, weißt du noch? Das war lustig. Oh Mann, sehe ich dort scheiße aus. Und achte mal auf Melanie und ihren dicken Arsch. Als letzte Szene habe ich Thomas Aprilscherz reingeschnitten. Die komplette Szene, die er mir gleich nach seiner Verarsche geschenkt hat. Manche lachen laut, als sie sehen, wie er mich verarscht hat. Auch ich finde es amüsant. So retrospektiv betrachtet, war das echt lustig mit ihm. Während der Abspann läuft, bei dem der Kopierer im Einsatz zu sehen ist, wird immer wieder ein Ausdruck mit meinem Namen gezeigt. Über den Beamer, so groß, kommt das richtig cool.

Kamera: Moritz Becker.
Drehbuch: Moritz Becker.
Regie und Produktion: Moritz Becker a.k.a. Private Lift

Alle Mitarbeiter applaudieren. Michael will den Film noch einmal sehen, weil er ihn so geil fand und schreit ständig „Zugabe! Zugabe! Zugabe!" Es gibt Standing Ovations für mich und mein Werk, es wird gepfiffen und als ich die DVD aus dem Laptop nehme, gratuliert mir mein Chef.

„Moritz, das war wirklich super!"

Er reicht mir seine Hand.

„Danke!"

„Wir müssen uns im neuen Jahr mal unterhalten! Was hältst du davon?"

„Ja, gerne!"

„Ich habe aufgrund der Personalsituation im Callcenter über ein paar Umstrukturierungen nachgedacht."

„Und die wären?"

„Wir besprechen das im neuen Jahr in aller Ruhe. Jetzt wird erst mal gefeiert. Aber eins kann ich dir sagen: Du bist mein Mann! Prost!", sagt er und klopft mir auf die Schulter.

Als ich hackenstramm nach Hause komme, setze ich mich an mein Powerbook und checke meine E-Mails. Mein Bruder hat mir geschrieben.

VON: soerenthehustler123@gmx.de
AN: moritz.becker0815@web.de
BETREFF: Bist Du dämlich, dass Du nicht mit dabei warst

Hi Moritz,

Wieso hast Du dich nicht bei der Gang Bang Party angemeldet? Es war total geil. Mama hatte eine Suite mit Nasszelle im Mercure Hotel gemietet und dort ihre Geburtstagsparty veranstaltet. Es waren genau 50 Männer dort. Die meisten davon maskiert, genau wie ich. Es gab ein riesiges Buffet, mit allem was man sich vorstellen kann. Mutter hat ein paar ihrer Freundinnen, unter anderem auch aus dem Polo Club, mitgebracht und während ich eine Flasche Champagner trank, habe ich mir von Inge – einer Freundin, die Mama auf ihrer letzten Kreuzfahrt kennen gelernt hat – einen blasen lassen. Ficken durfte ich sie nicht, denn zur Feier des Tages hatte nur Mama das Privileg, sich penetrieren zu lassen. Jedenfalls am Anfang. Alles Schlampen außer Mutti passt nicht ganz zu unserer Mutter, aber wenigstens kann man von ihr nicht behaupten, dass sie eine frustrierte, schlecht gefickte Hausfrau ist, die ihren Frust über ihr verkacktes Leben beim Putzen auslassen muss. Damit Du etwas besser verstehst, habe ich dir ein kleines Video angehängt. Da waren vielleicht Typen! Das kannst Du Dir nicht vorstellen. Bei nächsten Mal bist Du dabei. Das war sau lustig.

Bis denne

Sören

My M.I.L.F.wmf 11,2 mb

Ich lade die Datei auf mein Powerbook und starte sie. Dann sehe ich wie mein Bruder mit seiner Tigermaske und eine ganze Horde von Männern, unter ihnen auch Homer Simpson, Moe Szyslak und Barney Gumble, die jeder eine Duff Dose in den Händen halten, meine Mutter von oben bis unten voll pinkeln.

24.12.2005

Das Cover des Films für meinen Bruder muss noch gemacht werden. Dafür habe ich mir auch schon ein Motiv ausgesucht. Es ist die Bombe. Ein Foto, auf dem ich eine weiße, benutzte, auf links gedrehte Unterhose, auf der man schön Bremsspuren und Wichsflecken erkennen kann, als Kopfbedeckung trage und durch ein Hosenbein ernst in die Kamera blicke. Ein wenig von oben herab. So als hätte ich den Durchblick. Die Weisheit mit Löffeln gefressen. Es dauerte nicht lange, dann habe ich das Foto bei Photoshop retuschiert und mit dem Titel >Ein bisschen Spaß muss sein< und einem roten >Don't do this at home or at work< Button versehen. Ich speichere das Cover ab und drucke es aus. Leider ist meine Tintenpatrone leer und das Bild wird in miserabler Qualität ausgedruckt, also wechsele ich die Patrone und sende kurz danach den nächsten Druckauftrag los. Noch während der Drucker druckt, brenne ich den Film auf DVD. Dann ist mein Kunstwerk fertig.

Anstatt faul vor dem Powerbook rumzuhängen und im Internet zu surfen, mache ich mich daran, die noch fehlenden Weihnachtsgrüße für Anne fertigzustellen. Ich setze mich auf mein weißes Ledersofa sodass mich meine Kamera, auf ihrem Stativ, etwas seitlich des Sofas, voll im Bild hat. Ich starte die Aufnahme, ziehe mir schwarze Lederhandschuhe über, desinfiziere sie mit Sagrotan und packe die Tüte aus, in der sich mein Bastelzeugs befindet, das ich mir heute Vormittag in der Stadt gekauft habe. Ich klebe mit einem Prittstift rote, weiße, blaue und schwarze Krepppapierstreifen auf den roten DIN A4-Bogen Fotokarton. In der Mitte des Bogens lasse ich einen kreisförmigen Bereich frei. Das ist der Platz für den Text. Ich schnappe mir meine Papierschere, mache mich über meine FHM Zeitschriften her und suche nach passenden Buchstaben. Den Text, den ich aufklebe möchte, notiere ich mir schnell auf einem kleinen Post-it Zettel. Ist gar nicht viel Text, nur ein paar Worte, aber es dauert eine halbe Ewigkeit bis ich fertig bin.

Anne,
Ich habe zu Weihnachten nur einen einzigen Wunsch!
Bring' dich um! Bitte.
Deine dich hassende Mutter

Ich falte den Karton in der Mitte, stecke ihn in einen roten Umschlag, ziehe mich an, schnappe mir meine filmende Kamera, die Tasche, in der die Geschenke liegen und mache mich auf den Weg nach Düsseldorf zum Familientreffen. Bevor ich auf die Autobahn auffahre, werfe ich noch schnell die Karte bei Anne ein. Fröhliche Weihnachten!

Auf der Rückfahrt düse ich mit Höchstgeschwindigkeit über die A43 und kurz nach Dülmen sehe ich plötzlich den Road Runner im Rückspiegel. Da ich weiterhin auf der linken Seite bleibe, zieht er nach rechts rüber und fährt zu mir auf. Ich werfe einen Blick nach rechts und er grinst über beide Ohren. Er schaut kurz zu mir rüber, sagt: „Miepmiep“, gibt Stoff und verschwindet, so schnell wie Loris Capirossi auf seinem Ducati-Moto-GP-Vierzylinder-Prototypen.

Als ich wieder in meiner Wohnung eintreffe, setze ich mich auf mein weißes Ledersofa und begutachte meinen Bargeldbestand. Knapp 1.000 Euro. Das Weihnachtsgeschenk meiner Mutter und Großmutter. Ich werfe einen Blick auf mein Bankkonto und sehe, dass mein Vater mir 2.000 Euro überwiesen hat. Diesmal hat er sich beim Verwendungszweck nicht vertan, wie an meinem Geburtstag. Er wünscht mir alles Gute zu Weihnachten.

Nachdem ich mich bei meiner Bank ausgeloggt habe, starte ich die erste der DVDs, die mir mein Bruder zu den Tennissocken geschenkt hat. Er hat sie mir aus Thailand mitgebracht und mir, kurz vor meiner Heimfahrt mit den an die Evangelien angelehnten Worten übergeben: Was du nicht willst, das man dir tu, das füge nur den anderen zu; mit diesem Grundsatz wirst du es weit bringen. – Guten Abend.

Der Film heißt >Das dicke Buch< und besteht aus zwei DVDs. DVD I: >Das alte Testament<. DVD II: >Das neue Testament<. Irgendwelche Kerle haben das alte und neue Testament in Thailand zum ersten Mal unzensiert verfilmt. Ich starte die erste Szene. Der Film ist in schlechter Qualität aufgenommen. Man sieht einen Kerl mit langem weißen Rauschebart – erinnert mich ein bisschen an den Coca-Cola-Nikolaus – der einem schlafenden Menschen, der unglaubliche Ähnlichkeit mit einem primitiven Affen hat, eine Rippe rausschneidet und die Stelle mit Fleisch verschließt. Einen Augenblick später erscheint eine Frau, die so aussieht wie Lollo Ferrari und einen Apfel in der Hand hält. Kurz nachdem sie von dem Apfel abgebissen haben, werden sie von dem Kerl mit dem Rauschebart unter Tritten aus dem schönen Garten gejagt. Nach der ersten Szene schalte ich den Film aus, denn den Rest will ich mir in den nächsten Tagen angucken. Die ultra Gewalt reicht für Wochen. Ich nehme die DVD aus dem Player, stecke sie zurück in die Hülle und lese mir den Text auf der Rückseite durch. Die Liste der Szenentitel macht auf lange Sicht eine Menge Appetit. Eine stundenlange Orgie der Gewalt. Auf DVD I unter anderem >Kain und Abel<, >Samson und die Philister<, >David und Goliath<. Aber das Highlight ist bestimmt die letzte Szene: >Sodom und Gomorrha<. Von der erwarte ich einiges. Auf DVD II fällt mir die Szene >Jesus von Nazareth< auf. Die geht über Stunden und in dieser Szene spielt ein Kerl mit, der so aussieht wie Tom Cruise. So sieht es jedenfalls auf der Rückseite der DVD-Hülle aus.

31.12.2005

Da bis zum Jahreswechsel noch ein bisschen Zeit bleibt, surfe ich noch weiter durch das Internet und checke nebenbei meine E-Mails ab. Mein Bruder hat mir geschrieben.

> VON: soerenthehustler123@gmx.de
> AN: moritz.becker0815@web.de
> BETREFF: Verdammte Kacke!!!
>
> Hi Moritz,
>
> alles klar bei Dir? Habe mir den Film angesehen. Der ist die Bombe!!! Woher hast Du den geilen Scheiß! Ist sau cool. Vor allen Dingen finde ich die Szene mit der Türklinke super. Hast Du die von einer Kunstausstellung? Und was soll es bedeuten? Ich zerbreche mir schon seit Tagen den Kopf darüber. Vielleicht kannst Du mir einen Tipp geben. Finde ich jedenfalls super, dass Du mir das geschenkt hast. Das beste Geschenk, das ich je bekommen habe.
>
> Nochmals vielen Dank. Ich hoffe, Du bist mit den Tennis Socken und den DVDs zufrieden. ☺
>
> Guten Rutsch ins neue Jahr!!!
>
> Hau rein und guten Rutsch
>
> Sören
>
> P.S.: Hast du die Nachrichten gesehen? Sie haben einen Internet-Pädophilen-Ring ausgehoben. So eine verdammte Kacke!!!!

Nach einem Klick öffnet sich ein neues Fenster und ich kann meine Antwort eintippen.

VON: moritz.becker0815@web.de
AN: soerenthehustler123@gmx.de
BETREFF: RE: Verdammte Kacke!!!

Hi Sören,

Cool, dass dir meine DVD gefällt. Hat mich viel Arbeit gekostet. Der Film, den Du mir geschenkt hast, ist super. Wusste ja gar nicht wie cool Religion sein kann! Wünsche Dir einen guten Rutsch

Moritz

P.S.: Kann es sein, dass Du in der letzten Szene >Sodom und Gomorrha< auf DVD I mitspielst? Siehst in dem Video aus wie Garry Glitter.

Ich schicke die Mail ab, logge mich aus und logge mich in meiner Community ein. Als Moritz Becker. Es dauert nicht lange, dann chatte ich mit einem Mann, der sich >playdell-smith< nennt und vor kurzem einen Schlaganfall erlitten hat. Ich erzähle ihm, dass ich mir für etwas mehr als 100 Euro Böller und Raketen gekauft habe. Nach kurzer Zeit stellt sich heraus, dass er kein Fan von Böllern ist. Er zitiert den Spruch >Brot statt Böller< und ich frage ihn, wozu ich mir für über 100 Euro Brot kaufen soll. Schweinskopfsülze wäre ja noch in Ordnung, aber doch nicht Brot! Ich beende den Chat, und will mir per Telefon eine Pizza bestellen, muss aber feststellen, dass die Filiale bereits geschlossen hat. Also gehe ich auf die Internetseite meines Lieblings-Pizza-Service, auf der man rund um die Uhr Bestellungen aufgeben kann und bestelle mir eine Pizza mit Schweinskopfsülze, Barbecue Sauce und Röstzwiebeln.
„Wie groß soll die Pizza sein?“, fragt mich der virtuelle Pizzabäcker, der so aussieht wie das Krokodil zum Küssen aus Crocodil Dundee.
„17 Zoll!“
„Sie haben ein Powerbook! Schön!“, sagt das Krokodil und schiebt seinen riesiges Maul aus dem Monitor raus und schaut auf mein Powerbook.
„Olala. Das ist aber ein schickes Gerät!“.

Er verschwindet wieder im Internet und teilt mir einen Moment später mit, dass sie keine Schweinskopfsülze haben. Also springe ich auf und renne in die Küche, hole meine Schweinskopfsülze und laufe zurück zu meinem Powerbook. Dort reiche ich sie dem Pizzabäcker, der sie auf die Pizza legt, wie ich es in einem kleinen Fenster rechts oben im Bild sehen kann. Durch den neuen Live-Stream aus dem Ofen kann ich genau sehen, wie die Pizza im Ofen backt. Ein paar Minuten später, während ich bei Ebay rumsurfe, klopft es an meinen Monitor und das Pizzabäckerkrokodil ist da.
„Ihre Pizza ist fertig!"
„Oh, wie schön."
Ich reiche ihm einen 10- Euro- Schein. Einen Moment später reicht er mir das Wechselgeld und als er es mir durch den Monitor reicht, kommt es auf dem Display zu einer merkwürdigen Verzerrung der Realität, die allerdings sofort nachdem ich die Münzen an mich genommen habe, auch wieder verschwindet. Dann reicht er mir die Pizza, die in ihrem Karton nur schräg durch mein Display passt, aber immerhin, so eine große Pizza konnte ich mir bisher im Internet nicht bestellen. Das Krokodil verabschiedet sich von mir und haut mit seinem riesigen Schwanz gegen mein Powerbook, so dass es zuklappt. Ich mache mich über die bereits geschnittene Pizza her. Sie schmeckt wunderbar, besonders die leicht angebrutzelte Schweinskopfsülze ist göttlich.

Auf dem Weg zur Silvesterparty kommen Michael und ich an einer Telefonzelle vorbei.
„Warte mal eben! Ich muss telefonieren!"
„Benutz' doch dein Handy!", sagt Michael.
„Nee, kann ich nicht. Ich will meine Mutter anrufen und das soll eine Überraschung sein. Wenn sie meine Nummer auf ihrem Display sieht, dann weiß sie doch sofort, dass ich es bin!"
„Aha!"
„Hier, halt mal bitte die Kamera. Kannst mich auch filmen!"
Ich gebe ihm die Kamera, betrete die Telefonzelle und werfe 20 Cent in das Münztelefon.
„Nimmst du schon auf?"

„Nein, noch nicht.“
„Dann mach mal!“
„O.K. Die Kamera läuft.“
Ich wähle Annes Nummer und krame den Stimmverzerrer raus. Sie nimmt nach den dritten Klingeln ab. Wie immer dieser jämmerliche Tonfall, wenn sie ihren Nachnamen ausspricht. Als würde sie ihn hassen.
Mit einer Stimme, die der Synchronstimme von Tweety ähnelt, flüstere ich bloß: „Mama, Mama, wieso hast du das gemacht?“ Und lege auf.
„Kannst die Kamera ausschalten! Ich bin fertig!“
Er schaltet die Kamera aus und reicht sie mir zurück. „Was hat deine Mutter denn gemacht?“
„Sie hat so ein Stück Dreck, wie mich in die Welt gesetzt!“
„Ach, ich kenn‘ dich doch. So schlimm bist du doch überhaupt nicht!“
„War auch nur ein Scherz! Komm‘ lass uns weiter“, sage ich und lächele ihn an.

02.01.2006

Als ich das Großraumbüro betrete, wünsche ich allen Anwesenden ein frohes neues Jahr. Ich fahre meinen Computer hoch, stempele mich ein und besorge mir erstmal eine Tasse Kaffee. Mit der Tasse in der Hand geht es an meinen Arbeitsplatz, an dem ich die Anfragen ausdrucke, die während der letzten zwei Tage eingegangen sind. Über den Feiertag ist eine ganze Menge reingekommen. Ist ein richtiger Stapel, den ich aus dem Drucker nehmen muss und ich bin froh, dass ich mich wichtigeren Aufgaben widmen kann, als diese scheiß Kundenanfragen zu beantworten. Nämlich die Anfragen in aller Ruhe mit dem Kaffee in der Hand an alle Anwesenden zu verteilen, diese zu fragen, wie sie ihren Silvesterabend verbracht haben und nach einer Zigarette kacken zu gehen.
Gegen 14.00 Uhr, als ich grade dabei bin mir meine Nägel zu maniküren, klingelt mein Telefon. Yasmin, die geile Fotze ist dran und

ruft im Namen des Chefs an. Ich soll so schnell wie möglich zu ihm ins Büro kommen. Ich beende die Maniküre, werfe einen frischen Kaugummi ein und gehe hoch in die Chefetage. Als ich oben ankomme, nimmt Yasmin sofort den Telefonhörer in die Hand und kündigt mich beim Chef an. Einen Augenblick später betrete ich das Büro und sehe mich nach meinem Chef um. Er sitzt auf einer weißen, riesigen Ledercouch und starrt auf seinen Plasmafernseher mit mindestens-136cm-oder-142cm-oder-146cm-wenn-nicht-sogar-noch-mehr Bildschirmdiagonalen, in dem eine Reportage zu sehen ist. Ich schreite über das weiße Parkett auf ihn zu und reiche ihm die Hand. In dem Raum kommt man sich vor wie im Himmel.

„Hallo!?"

„Hallo Moritz! Grüß' dich! Bitte setz' dich!"

Ich setze mich und werfe einen Blick auf den Fernseher. Die Reportage habe ich schon mal gesehen. Sie berichtet über Seepferdchen. Bei dieser Tierart kümmert sich das Männchen um den Nachwuchs.

„Willst du etwas trinken?"

„Ne Cola."

„Cola? Alles klar!"

Er greift nach seinem Handy und ruft über sein Bluetooth-Headset Yasmin.

„Yasmin?"

„Jaaah?", höre ich sie sagen und durch die angeschlossenen Lautsprecher hört sie sich irgendwie an wie Paris Hilton. Sie hat so eine markerschütternde Tussi-Röhre, bei der man gar nicht wissen will, wie sie sich anhört, wenn man mit einem Baseballschläger auf sie einprügelt.

„Süße, machst du für Moritz eine Cola und für mich wie immer eine Cola light."

„Kommt sofort!", schreit sie und mir platzt fast das Trommelfell.

Mein Chef greift nach der Fernbedienung, schaltet um und dann bin ich auf dem riesigen HDTV-Plasmafernseher zu sehen. Es läuft die Szene, in der Thomas mir Hundefutter serviert hat. Damals, als der Drecksack versucht hat, mich zu vergiften. In dem letzten Bild der Szene fällt mir auf, dass ich Till Eulenspiegel ähnele.

„Weißt du, weshalb ich dich hierher gebeten habe?"
„Du hattest mir von irgendwelchen Plänen erzählt!"
„Richtig! Auf der Weihnachtsfeier wollte ich sie dir nicht mitteilen, da hatten wir doch was anderes vor", sagt er und reibt sich die Nase. In diesem Moment öffnet sich die Tür und Yasmin bringt unsere eisgekühlten Getränke herein. Sie trägt gelbe Stiefel, aber nicht im Gelb des Neids, sondern dem von Shell, stellt das Tablett vor uns auf den Couchtisch, füllt die Gläser, lächelt ihm zu und verschwindet, ohne ein Wort zu sagen wieder aus dem Büro. So wie es sich gehört. Das einzige was von ihr bleibt, ist eine Parfümwolke. Mein Chef schnappt sich sein Glas und trinkt einen Schluck.
„Also es sind mehrere Sachen: Erstens finde ich deine Reportage klasse und ich wollte dich fragen, ob du damit einverstanden wärst, wenn wir sie auch dem Kunden zukommen lassen würden!"
„Meine Reportage?"
„Ja!"
„Also, ähm, klar!"
„Wir werden wohl noch ein paar Szenen rausschneiden, aber im Großen und Ganzen gefällt mir diese Idee super! Ein paar Details sind mit der Marketingabteilung zu klären, aber ich finde es toll, wie engagiert du warst und wie schön diese Dokumentation geworden ist."
„Danke!"
„Wir werden wohl kleine Clips bei YouTube ins Netz stellen."
„Geil. Und was gibt es noch?"
„Tja. Ich möchte, dass du Abteilungsleiter im Callcenter wirst. Anne wird nicht mehr in unsere Firma zurückkehren."
„Wieso? Hat sie gekündigt?"
„Nein! Sie hat in der Silvesternacht Selbstmord begangen. Sie hat sich erhängt. Tja, ganz schreckliche Sache", antwortet mein Chef und schüttelt den Kopf. „Ganz schreckliche Sache!"
„Oh, mein Gott!", sage ich entsetzt.
„Sie hat sich sogar filmen lassen und den Kameramann wohl darum gebeten, den Film ins Netz zu stellen. Gestern Morgen, als ich aus dem Skiurlaub kam, befand sich eine Mail in meinem Posteingang, in der ein Link zu ihrem Film war. Willst du das mal sehen?"

„Nein, danke, so was ist nichts für mich!", sage ich, obwohl ich mir das Video bereits mehrfach angeguckt und sogar runtergeladen habe. Ich musste es einfach immer wieder anschauen, wie der Chefsessel in unserer Abteilung für mich freigeräumt wurde. Als sie sich erhing, konnte man das Genick brechen hören. Es hörte sich an, als würde man auf eine Küchenschabe treten. Schade nur, dass ich das nicht mehr auf den Film meines Bruders gepackt habe. Das wäre doch ein guter Abschluss gewesen.

„Ich habe es mir angeguckt. Ist echt krass!", sagt mein Chef.

Dann schweigen wir für einen kurzen Moment, so als würden wir Trauer tragen. Er unterbricht die Stille nach fünf bis sechs Schweigesekunden und geht zur Tagesordnung über.

„So. Zeit ist Geld. Wir müssen den Garten bestellen. Also ihre Beerdigung findet in der nächsten Woche statt. Ich habe im Namen der gesamten Belegschaft schon einen Blumenkranz bestellt, so einen kleinen, damit die uns nicht unterstellen, wir würden auf sie scheißen. Doch zur Beerdigung kann ich nicht gehen, weil ich im Urlaub bin."

„Wohin geht es?"

„Auf die Malediven, zum Tauchen."

„Es ist wunderbar. Ich war dort mal mit meinen Eltern!", sage ich, obwohl ich noch keinen Urlaub auf den Malediven verbracht habe und das alles nur aus Fernsehreportagen und Berichten meiner Mutter kenne. Und deren Wiederholungen.

„Wie auch immer", sagt er.

„Ich gehe zu ihrer Beerdigung und lege den Kranz nieder."

„Gut, dann hat sich das erledigt. Kommen wir zum nächsten Punkt: Ich will, dass du die Abteilung führst. Die Aufgaben kennst du zum Teil schon. Du hast in den letzten Wochen und Monaten schon genug Erfahrungen gemacht."

„Die meisten jedenfalls! Ich durfte lange genug für sie einspringen."

„Genau. Du bekommst eine Gehaltserhöhung und ziehst an ihren Arbeitsplatz. Ansonsten ändert sich nichts! Bist du damit einverstanden?"

„Klar. Ist cool!", sage ich, stehe von meinen Sitzplatz auf und reiche ihm zum Abschluss meine Hand.

„Du kannst dir heute noch freinehmen, aber ab morgen wird gearbeitet. Und rasier dich mal wieder."
„Alles klar!" Ich gehe rüber zur Tür und als ich im Türrahmen stehe, drehe ich mich um und sage: „Danke."

Ich laufe runter ins Callcenter, begebe mich an meinen Arbeitsplatz, schnappe mir eine Zigarette und rufe alle Anwesenden zusammen.
„Ich bin ab jetzt der Chef hier. Anne wird nicht mehr hier arbeiten!"
„Wieso?", fragt Daniela.
„Sie hat sich umgebracht."
„Oh mein Gott!", sagt sie und einen Moment später saust ihre rechte Hand an ihr hübsches Kinn.
„Sie hat sich erhängt!"
„Wie schrecklich!", sagt sie und hat ganz offensichtlich all ihren Hass auf ihre ehemalige Chefin schnurstracks vergessen.
„Der Chef hat es mir gerade eben mitgeteilt."
Da sich drei Kunden in der Warteschlange befinden, beende ich das Teammeeting und schicke meine Untergebenen mit einem „Los! Es gibt immer was zu tun. Es ist eure Zukunft! Ihr seid doch nicht blöd. Arbeit macht frei! Macht euer Ding! Oder gebt euch die Kugel!" zurück an die Leitungen, setze mich an meinen Arbeitsplatz, rauche in aller Ruhe meine Zigarette zu Ende und surfe nebenher im Internet.
Michael kommt um kurz vor vier und gleich nachdem er sich eingestempelt hat, erzähle ich ihm die Neuigkeiten des Tages. Ich zeige im sogar das Video. Er schaut es sich nicht einmal bis zum Ende an, klickt es weg und sagt: „In was für Zeiten leben wir, in denen Menschen ihren Selbstmord ins Internet stellen lassen?"
„Jaja, wir leben in einer verrückten Zeit!"
Sein Telefon klingelt und er muss ran, sonst hinterlässt er bei seinem neuen Abteilungsleiter gleich einen schlechten Eindruck.
„Wir sehen uns!", sage ich und laufe an meinen Arbeitsplatz.
Eine Stunde später, stempele ich mich aus, verlasse das Großraumbüro und laufe runter zu meinem Wagen, der im Regen steht. Dieses scheiß Wetter hier in der lebenswertesten Stadt der

Welt ist echt zum Kotzen. Wie ist bloß das Wetter in einer anderen als der besten aller möglichen Welten? Und wie viel Geld ließe sich in dieser mit Spendenpartys für Opfer von Naturkatastrophen machen? Ich steige ein, verbinde mein iPod Ach-das-ist-ja-noch-viel-toller-Nano mit meinem Autoradio, wähle Frank Sinatras Welthit >My Way<, starte den Motor, gleich danach die Scheibenwischer und verlasse den Parkplatz.

Ich biege auf den Hansaring ein. Glücklicherweise habe ich freie Fahrt. *And now, the end ist near.* Ich trete aufs Gas und beschleunige meine Limousine auf knapp 100 Stundenkilometer. *And so I face the final curtain.* Ich rase auf die Kreuzung am Albersloherweg zu. *My friends, I'll say it clear.* Die Ampel springt auf Gelb. Dann auf Rot. *I'll state my case of which I'm certain.* Ich fahre über die Kreuzung. *I've lived a life that's full.* Schon bin ich vor der Rechtskurve. Meiner Lieblingskurve. *I've travelled each and every highway.* Ich fahre mit 70 Stundenkilometern in sie ein. In der Unterführung fährt ein Lastwagen in der Mitte. *And more, much more than this.* Er muss diesen Weg nehmen. Sonst passt er nicht hindurch. *I did it my way.*
Eine Hupe ertönt.
Dann ist es dunkel.

Epilog

Frau Schiffer klatscht mir mit beiden Händen auf die Wangen. Kurze Zeit später bemerke ich das Aftershave. Old Spice. Es ist grässlich. Aber dann sind wir fertig mit der Rasur. Der erste Teil ist vollbracht. Jetzt geht‘s an die Körperpflege. Sie löst die Bremsen meines Rollstuhls und rollt mich über den grauen PVC Boden rüber zur Badewanne. Dann zieht sie mir den Bademantel vom Leib und ruft eine andere Pflegerin, die aussieht wie Gülcan Karahanci. Gemeinsam heben sie mich an und lassen mich in eine weiße Badewanne rutschen. Gülcan verschwindet wieder, dann zieht Frau Schiffer gelbe Spülhandschuhe über, greift nach einem Schwamm, setzt sich auf den Rand der Wanne und beginnt damit, mich mit einem männlich-markantem Duft mit Minzextrakt einzuseifen. Das Duschgel pflegt meine Haut und soll ein Gefühl von Frische und neuer Energie vermitteln. Aber bei mir tut sich nichts. Sie streicht über meinen Rücken, meinen Bauch, meine Brust. Nicht einmal als sie mir meinen kleinen Schwanz und meine Eier wäscht, spüre ich was. Weder vom Duschgel noch von ihren Händen. Als sie meine Haare einseift, kippt mein Kopf zur Seite. Er knallt auf den Rand der Wanne. Frau Schiffer sagt: „Oh, Entschuldigung!“ und ich starre auf ihren wunderschönen Busen. Sie richtet mich wieder auf. Einen Augenblick später hält sie den Duschkopf über mich und wäscht mir den Schaum vom Kopf. Das Wasser läuft über meine Haare, meine Stirn, meine Augen, meine Nase und meinen Mund und ich bekomme zeitweise keine Luft. Endlich hängt sie den Duschkopf in die Halterung und ruft nach Gülcan. Sie zerren mich aus der Wanne, eine hält mich fest, damit ich nicht umfalle und die andere trocknet mich ab. Sie setzen mich wieder in meinen Rollstuhl. Ich werde zum Bett gerollt und hineingehoben. Frau Schiffer geht rüber an meinen Schrank und wählt ein Nachthemd für mich aus. Ich starre an die weißen Rigipsplatten an der Decke. Mir ist kalt.

Es dauert lange, bis ich angezogen bin. Dann geht es an den Tisch. Abendessen. Schweineschnitzel mit Kartoffelpüree und Erbsen und Möhren. Gemixt. Nicht geschnitten. Sie legt mir einen blauen

Schlabberlatz um und füttert mich mit der täglichen Dosis an Proteinen, Kohlenhydraten, Fetten und Spurenelementen, die für die Aufrechterhaltung des Lebens essentiell sind. Weil ich meinen Kiefer nicht mehr kontrollieren kann, läuft mir der Brei zum Teil am Hals runter. Immer wieder wischt sie mir mit dem Latz den Schleim vom Mund, gibt mir zwischendurch etwas grünen Tee aus einer Schnabeltasse und führt mir den nächsten Löffel zu. Nachdem ich aufgegessen habe, putzt sie mir die Zähne, schaltet den Fernseher ein und fragt mich, ob ich noch irgendetwas bräuchte. Ich antworte ihr nicht, sondern glotze in die Röhre. Es läuft eine Reportage über die Herstellung von Schweinskopfsülze. Gepökelter Schweinskopf wird in Suppengrün und Kalbsfuß in Wasser gegart, in Stücke geschnitten, die Brühe geklärt sowie mit Weißwein, Essig und Gelatine ergänzt. Man fügt das Fleisch und etwas Gemüse in eine Form, füllt sie mit der Brühe auf und lässt sie abkühlen.
Ich blicke in den Spiegel vor mir, an dem an den Seiten jeweils drei 100 Watt Lampen angebracht sind. Ein paar Bekannte sagten mal, ich hätte was von Dean Cain, dem Superman-Darsteller in der Fernsehserie, die Mitte der 90er ausgestrahlt wurde. Aber sie irren sich. Ich ähnele einem anderen Superman-Darsteller. Ich ähnele Christopher Reeve. Ich bin ein Krüppel, der körperlich nicht in der Lage ist, sich das Leben zu nehmen. Zuweilen findet das Verbrechen seine Strafe.

Die Schweinskopfsülze ist fertig. Frau Schiffer macht den Fernseher aus und sagt, dass ich morgen das WM-Endspiel Spanien gegen Niederlande sehen darf. Sie verabschiedet sich mit einem >bis morgen<. Dann geht das Licht aus und die Tür geht zu.

M.B. dankt:

Christa und Axel Hinrich Murken für ihre Unterstützung, Marion Alexa Müller und Thomas Manegold vom Periplaneta Verlag, sowie Dirk Bernemann für seinen Tipp.

Filmographie

Lift me up!
Unsere Schöne Arbeit (USA)

Länge: 13:13 min
Produzent: privat lift
DVD, FSK 6

Intro: Countdown 3,2,1…
Szene 1: Ein Schwenk durch das Büro
Szene 2: Die Abteilungen
Szene 3: Fleißige Arbeiter
Szene 4: Miteinander
Szene 5: Der Weg deiner Bestellung
Szene 6: Mittag
Szene 7: Sommerfest 2005
Szene 8: Der neue Katalog
Szene 9: Hoch die Tassen!!

Bonus Material:
- 30 Min. Making of U.S.A.
- April, April feat. T. Blender & MS-MB-69

Ein bisschen Spaß muss sein!!
Original Pimpers Explizit Connection (OPEC)

Länge: 95:12 min
Produzent: real-bitch-ass-nigga-to-the-heart
aka big-daddy-muck-suck-fist-fuck
DVD, ohne Jugendfreigabe

Intro: Cumshot!
Szene 1: Kotzen auf dem Diskoklo feat. the great man himself Moritz Becker
Szene 2: Von Königen und Bauern feat. M. Beckers Allstars
Szene 3: Langeweile feat. Drehstuhl
Szene 4: Hundefutter feat. T. Blender
Szene 5: Geburtstag versaut!! feat. kleiner Junge
Szene 6: Sharon Tate vs. James Bond feat. Susan Stahnke
Szene 7: Pipi feat. T.Blender & Bierflasche
Szene 8: Stress ist ungesund feat. Telefonhörer
Szene 9: Auf ein Neues! feat. Headset
Szene 10: We love charity feat. M. Beckers Allstars
Szene 11: Handymania feat. Lady Bitch Ray
Szene 12: Shopping feat. D. Schneider
Szene 13: All night long feat. A. Weißer
Szene 14: That‘s shit feat. Pinguinkacke
Szene 15: Die Tür des Lebens feat. Türklinke
Szene 16: Mad Love feat. Lover Boy
Szene 17: Time of my life feat. Minnie Mouse
Szene 18: Meet Carola feat. T. Blender
Szene 19: Rape feat. E.Stoiber & Helen Memel
Szene 20: Weg mit dem Dreck feat. S. R.
Szene 21: Hmm, lecka, lecka feat. S. Gosejohann & Pimmelfleisch

Bonus Material:
Lieblingspornoszenen mit Audiokommentar

Inspirationen und Zitate von:

Kurt Tucholsky, Heidi Klum, Lady Bitch Ray, Deichkind, Marquis de Sade, Godzilla
Voltaire: „Candide oder der Optimismus“
Michel Houellebecq: „Ausweitung der Kampfzone“
Tommy Jaud: „Vollidiot“
Guiseppe Culicchia: „Bla Bla Bla”
Charlotte Roche: „Feuchtgebiete“
Sophokles: „Antigone“
Anthony Burgess: „Clockwork Orange“
Michail Bulgakow: „Der Meister und Margarita“
Fjodor Michailowitsch Dostojewski: „Schuld und Sühne“
Frédéric Beigbeder: „39,90“
Irvine Welsh: „Trainspotting“
Louis Caroll: „Alice im Wunderland“
Joris-Karl Huysmans: „Tief unten“
Shakespeare: „Macbeth“
Friedrich von Schiller: „Wilhelm Tell“

Songs:

Prince: „Kiss“
David Hasselhoff: „I´ve Been Looking For Freedom“
Die Kolibris: „Die Hände zum Himmel“
Robbie Williams: „Angel“ & „Rock DJ“
Bill Medley und Jennifer Warnes „I´ve Had The Time Of My Life“
Sido: „Arschficksong“
Frank Sinatra: „My Way“
Edith Piaff: „Non, je ne regrette rien“
Lionel Richie: „All Night Long“
Spice Girls: „If You Wanna Be My Lover“

Moritz Beckers Tzaziki Rezept:

1000 g Quark

400 g Frischkäse

1 Salatgurke

6 Zehen Knoblauch

24-48 Portionen Sperma-Gewürzmischung, je nach Gusto.

Salz, Pfeffer, Paprikapulver

Zubereitung:

Die tagelang gesammelte Sperma-Gewürzmischung auftauen. Quark und Frischkäse in einer Schüssel vermischen. Salatgurke schälen und dazureiben. Knoblauchzehen hineinpressen und alles gut mit der Sperma-Gewürzmischung vermischen. Wenn man will, darf man abschmecken, ansonsten einfach stehen lassen, da sich dadurch der Geschmack verstärkt, und sich freuen, wenn die Gäste, die Trottel, zugreifen.

Guten Appetit!

Aus dem Verlagsprogramm:

Thomas Manegold „Morbus Dei“

147 Seiten im hochwertigen Paperback als mattierte Englisch Broschur.
9,99€ bei www.periplaneta.com
ISBN 978-3-940767-01-1

Gott hat Mensch- und Thomas Manegold ist der Gott im weißen Kittel, der uns mit fast schon chirurgischer Präzision die einzelnen Symptome seiner Krankheit darlegt. Anhand von sechsundzwanzig Kurzgeschichten werden die Abgründe und Irrwitzigkeiten der Menschheit genauer beschrieben. Er macht das mit derselben gespannten Neugierde, mit der auch kleine Jungen Frösche bei lebendigem Leib aufschneiden, um zu sehen, ob sie innen genauso grün sind wie außen. Aber nachdem der Berliner Autor schon nicht mehr grün hinter den Ohren ist, bleibt es nicht nur bei dieser Neugierde sondern er stellt sich und dem Leser dabei auch noch existenzialistische Fragen. Aber man muss sich nicht dafür interessieren, damit die Geschichten funktionieren. Denn sie sind voller schwarzem Humor und gespickt mit einem üblen Sarkasmus, den der Autor seinem scharfen Beobachtungssinn zu verdanken hat. Alleingelassene Familienväter, schizophrene Michael Ende Fans, frustrierte Krankenpfleger und chinesische Parteifunktionäre kommen gleichermaßen zur schonungslosen Sozialstudie unter die voyeuristische Lupe. Und der Leser kann ihren kleinen und großen Exzessen folgen, sensationsgeil beobachten...
Die Protagonisten sind, obwohl jeder seinen eigenen Abgrund hat, immer irgendwie miteinander verbunden, manchmal sehr lose und manchmal hängt nur ein wenig Lebensfaden dazwischen. Deshalb macht es auch so einen Spaß, hin und her zu blättern, die Sprünge mitzuverfolgen und sich zu fragen, wie um alles in der Welt es der Wahlberliner geschafft hat, bei so viel Komplexität der Handlungen die Übersicht zu wahren. Denn die Geschichten spielen zwischen 1999 und dem Jahr 3043, zwischen heute und der fernen Zukunft, in der sich die Vergangenheit wiederholt.
Die alles verbindende Rahmenhandlung ist ein Chatprotokoll. Gott spielt nämlich Genesis 4.0 und die Geschichten sind Teil des Spieles. Er unterhält sich mit anderen im Forum und holt sich Tipps vom Admin, denn es ist schwer, ein Gott zu sein, wenn in einem virtuellen Spiel die Charaktere ein hochgeladener Teilaspekt des Spielers sind und obendrein auch noch mitdenken... (Und wie gleich immer herumgestorben wird, wenn man als Lenker einmal nicht aufpasst...)
"Morbus Dei- Ketzereien vom Rande des Universums" ist skandalös, literarisch wegweisend und eine Offenbarung - das würde zumindest Moses P. aus dem Propheten-Forum dazu sagen. Marion Alexa Müller